KB074985

도깨끼섬

도깨비섬

역신의 제단

배준

장편소설

네오픽션

차례

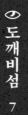

1

요트 밑에 무언가가 닿았다.

선내가 미세하게 흔들리자 기겁한 주영은 하마터면 읽고 있던 책의 종잇장을 찢을 뻔했다. 그녀는 책을 덮고 창밖을 내다보았다. 요트와 멀리 떨어진 곳에는 컨테이너선 한 척이 유유자적 떠 있을 뿐, 달리 눈에 띄는 것은 없었다. 요트는 금세 균형을 되찾았으나 한번 들이닥친 불안감은 가시지 않았다.

"아까 뭐에 부딪히지 않았어?"

"글쎄." 수현이 대답했다. "고랜가?"

대수롭지 않다는 투였다. 수현은 무릎을 세우고 요트 운전석에 앉아 책에 시선을 고정한 채 담배를 피우고 있었다. 그녀의 느긋한 옆모습을 보고 있자니 주영은 조금 전 느꼈던 긴장이 문득 별것 아닌 것처럼 여겨졌다. 주영은 덮었던 소설을 도로 펼쳤으나 몰입이 깨진 탓에 활자가 눈에 들어오지 않았다. 결국 책을 테이블에 팽개치고 담배 한 개비를 꺼내 입에 물었다. 반쯤 멍하게 뜬 눈으로 반투명한 선루프에 투과된 햇살을 째려보고 있는데, 맞은편에서 끙끙 앓는 소리가 들려왔다.

"……물 좀."

은솔이 기어들어가는 목소리로 말했다. 그녀는 아까부터 소파에 엎드려 멀미와 싸우는 중이었다. 그 때문에 요트 시동을 끄고 바다 위를 둥둥 떠다니기만 한 지 벌써 한 시간이 흘렀다. 주영이 냉장고에서 미네랄워터를 꺼내 건네주자 은솔은 힘없이 고개를 저었다. 주영이 차가운 페트병을 은솔의 목덜미에 가져다 대며 말했다.

"물 갖다주라며."

"토할 것 같아."

그러자 수현이 뒤돌아 은솔을 보며 말했다. "밖에다 해."

"일단 나가자." 주영은 은솔을 토닥이며 말했다. "아니면 화장실 갈래? 일어날 수 있겠어?"

"화장실……."

주영은 은솔을 부축해 선내의 하부로 이어지는 나선형 계단을 내려갔다. 그사이 은솔의 볼이 부풀었으나 필사적으로 입을 틀어막은 덕분에 다행히 토사물을 흘리지 않고 화장실까지 도착했다. 은솔은 변기를 부여잡자마자 아침밥을 모조리 게워 내기 시작했고, 주영은 그녀의 머리카락을 하나로 모아 잡아 주었다.

"죽을 것 같아." 은솔이 숨을 몰아쉬며 말했다. "약도 먹었는데……."

"원래 멀미 자주 해?"

"이렇게 심한 건 처음……."

은솔은 말하다 말고 다시 변기에 머리를 박았다. 주영은 두루마리 휴지를 한 움큼 뜯어내 은솔의 입을 닦아주었다. 한결 안정을 찾은 은솔이 고개를 들어 주영을 쳐다보았다. 입꼬리가 희미하게 올라간 것으로 보아 고맙다고 말하고 싶은 모양이었다. 주영은 그녀의 얼굴을 보고 숨을 삼켰다. 혈색이 실리콘처럼 창백했다.

"일단 침대로 가서 좀 누워 있자. 수현이한테 돌아가자고 말할게."

"아냐, 그러지 마. 나 괜찮아. 이렇게 넷이서만 놀러 나온 거 오랜만이잖아. 기껏 남해 내려와서 요트까지 탔는데……."

"괜찮아. 요트로 딱히 어디 갈 것도 아니었잖아. 바다나 실컷 봤으니까 됐지, 뭐."

"그래도……."

주영은 은솔을 억지로 일으켜 침실로 데려갔다. 똑바로 걸을 수 있게 부축해주려 해도 은솔이 도통 몸에 힘을 주지 않아 짐짝을 다루듯 질질 끌어서 옮겨야 했다. 겨우 도착해 은솔을 침대 위에 팽개치고 한숨을 돌린 후, 그녀가 편히 누울 수 있게끔 위치와 자세를 이리저리 고쳐주었다. 안 그래도 왜소한 은솔이 푸짐한 더블 사이즈 침대에 누워 있으니 몸이 더 작아 보였다.

은솔이 안정을 찾을 동안 주영은 침실을 둘러보았다. 웬만한 가정집의 안방과 맞먹을 만큼 공간이 넓었다. 실내는 무거운 톤의 무채색으로 차분하게 꾸며져 있었는데, 침대 머리맡에 걸린 장식품 하나가 유난히 시선을 사로잡았다.

1미터쯤 되어 보이는 기다란 총이었다.

팔을 조금만 뻗으면 닿을 위치에 놓여 있어 한번 잡아볼까 하다가 주영은 이내 관두었다. 무광으로 검게 도색된 몸통 여기저기에 흠집이 나 있었다. 관상용일지언정 장난감 같아 보이지는 않았다. 산탄총이라고 하던가. 이런 총에 맞아 머리통이 수박처럼 터져버렸던 어느 B급영화 속 악당의 모습이 문득 머릿속을 스쳤다.

"이런 사치품은 몇억이나 할까?" 은솔이 누운 채로 입을 열었다. "막상 타보니까 어지럽기만 하고 별거 없네. 어쨌든 난 요트랑은 안 맞는 것 같아."

함께 놀러 가자며 은솔을 부추긴 것은 주영이었지만, 지금은 그녀를 부른 것이 약간 후회되었다. 은솔은 계속해서 말을 이었다.

"너도 들었지? 수현이네 할아버지, 건강 많이 안 좋아지셨다던데. 들은 얘기론 수현이네 회사도 요즘 주가 엄청 떨어지고 있다더라. 가뜩이나 집이 힘들 때인데, 솔직히 이렇게 요트 타고 놀러 나와도 되나 싶긴 해. 아무리 회장님의 예쁜 손녀라지만……."

"누우니까 좀 나아졌나 보네?" 주영이 은솔의 말을 끊었다. "멀미 아직 다 안 나았을 텐데, 좀 자."

"넌 수현이 걱정 안 돼?"

"전혀. 김수현만큼 자기 앞가림 똑 부러지게 하는 애가 어디 있다고. 그럼 쉬어. 나 올라간다."

"어, 잠깐! 혼자 두고 가지 마."

"금방 다시 내려올게."

주영은 대충 둘러대고 자리에서 일어나 뒤도 돌아보지 않고 침실을 나왔다. 은솔이 계속해서 부르는 소리를 무시하고 위층으로 올라갔다. 토사물의 역한 냄새 때문에 현기증이 났다. 바람을 쐬러 라운지를 지나 갑판으로 나가자 햇살이 장대비처럼 쏟아졌다.

한아는 선미 난간에 위태롭게 걸터앉아 과자를 먹고 있었다. 주영이 다가가 손을 내밀자 그녀는 봉지를 털어 죠리퐁 한 움큼을 떨어뜨려주었다. 한입에 과자를 털어 넣고, 단맛이 퍼지자 기분이 한결 나아졌다.

"은솔이는?" 한아가 물었다. "아직도 멀미해?"

"응."

"밖으로 데리고 나와. 하늘 보고 바람 쐐야 낫지."

"일단 침대에 눕혀놨어. 상태가 너무 안 좋아서 돌아가야 할 것 같은데……."

"벌써? 이제 시작인데?"

"어쩔 수 없잖아. 애가 저렇게 힘들어하는데."

한아는 짜증을 삭이려는 듯 고개를 쳐들고 하늘에서 쏟아지는 햇살을 가득 얼굴에 담았다. 주영도 그녀를 따라 무심코 하늘을 올려다보았다가 직사광선에 눈을 한 방 얻어맞고 고개를 돌렸다. 태양의 동그란 잔상 때문에 눈앞이 뿌옜다. 주영은 시력이 회복되는 동안 딱히 시선 둘 데도 없어서 한아를 가만히 응시했다. 170센티미터가 넘는 큰 키와 보기 좋게 그을린 구릿빛 피부, 운동으로 다져진 육체에서 건강미가 흘러넘쳤다. 항상 입에 먹을 것을 달고 살면서 어떻게 이런 몸을 유지할 수 있는지 의문이었다.

"날씨가 이렇게 좋은데……." 한아가 투덜거렸다.

"내일 태풍 올 거라던데?"

"그거 일본 쪽으로 빠진대."

주영은 요트 뒤편으로 펼쳐진 수평선이나 하릴없이 건너다 보았다. 주의를 기울이는 순간 단조롭기만 하던 직선이 보일 듯 말 듯 휘었다. 지구가 둥글다는 사실을 새삼 체감하게 되는 광경이었다. 대기가 티끌 한 점 없이 깨끗해 멀리 떨어진 육지가 여전히 시야에 들어왔다. 파도 한 줄기가 요트 아랫배를 훑고 지나가자 선상이 부드럽게 출렁였다. 한아가 기쁨에 겨워 내지른 탄성이 요트가 물 위를 스치는 마찰음에 포개졌다.

주영은 담배 한 개비를 꺼내어 입에 물었다가, 문득 이 바캉스가 일종의 집행유예 같다는 생각이 들어 어렴풋이 진절머리가 났다. 담배를 도로 집어넣고 라운지로 들어가려는데 한아가 "어? 저기"라고 말하며 손가락으로 어느 먼 곳을 가리켰다. 수평선 끝에 걸린 작은 섬 하나가 제법 뚜렷한 윤곽으로 시야에 잡혔다.

"저기서 쉬다 가면 되겠네." 한아가 말했다. "어차피 여기서 마리나로 돌아가려면 또 한참 걸리잖아. 저기라면 금방 도착하겠는데?"

괜찮은 제안이었다. 해남에 있는 마리나에서 남동쪽으로 꽤 멀리 나와버렸기에 전속력으로 밟아도 도착지까지 최소 두 시간 이상 걸릴 터였다. 섬에 들러 잠시 쉬고 나면 체력이 보충될 테고, 그러면 다시 돌아가는 동안 은솔도 덜 힘들어할 것이다.

"응, 그게 낫겠다." 주영이 대답했다. "수현이한테 말하고 올게.”

“아니, 내가 말할게. 같이 들어가자.”

둘이 함께 라운지 안으로 들어가자마자 요트가 부르르 떨리며 힘찬 엔진음을 내뿜기 시작했다. 수현이 막 시동을 걸고 한 손을 핸들에 걸치는 모습이 보였다. 주영과 한아가 운전석 옆으로 다가가자 수현이 말했다.

“곽은솔 컨디션이 너무 나쁘네. 오늘은 그냥 돌아가자.”

“저 섬 보여?” 한아가 손으로 창문 너머를 가리켰다. “저기서 쉬다 가면 어떨까? 마리나까지 꽤 머니까 그 전에 은솔이 좀 쉬게 해주자.”

수현은 반쯤 일어나서 한아가 가리킨 섬을 잠시 바라보더니, “그래”라고 말하며 다시 운전석에 엉덩이를 붙였다. 그렇게 바로 핸들을 잡는가 싶더니 주영에게 이렇게 제안해왔다.

“네가 운전할래?”

“됐어. 은솔이 멀미만 더 심해져.”

“괜찮아, 별로 멀지도 않은데. 예전에 가르쳐준 대로만 하면 돼. 기억나지?”

“기억은 나는데 지금은 좀…….”

“나!” 한아가 손을 들며 불쑥 끼어들었다. “나 운전해볼래.”

“넌 할 줄 모르잖아.” 수현이 말했다.

“네가 가르쳐주면 되지. 나 운전면허도 있고 운전 잘해. 요트도 잘 몰 자신 있어."

"다음에." 수현은 고개를 저었다. "나 피곤해서 주영이한테 대신 운전해달라고 부탁하는 거야. 넌 다음에 기회 되면 가르쳐줄게."

"에이, 너무 주영이만 편애하는 거 아니야?"

수현이 순간 정색했다. "그런 거 아니야."

한아가 장난스레 웃으며 말했다. "아니긴 뭐가 아니야, 맨날 주영이만 옆에 끼고 다니면서. 어쨌든 알았어. 다음엔 꼭 가르쳐주는 거다?"

"응."

한아는 그럼에도 자못 아쉬워하는 눈치로 우물쭈물거리더니, 이내 은솔이 있는 아래층으로 내려가버렸다. 한아가 사라지자 수현은 운전석에서 일어났다. 주영은 하는 수 없이 운전석에 앉아 핸들을 잡았다.

요트가 천천히 움직이기 시작했다. 주영은 저속을 유지하며 반시계 방향으로 핸들을 신중하게 돌렸다. 그렇게 목적지인 섬을 마주 보게끔 요트의 각을 맞추고서 서서히 속력을 높여 갔다.

"그렇지……." 수현이 나지막이 말했다. "좋아, 이대로 쭉 가."

주영은 은근히 신이 나면서도, 자동차 면허증도 없는 주제에 요트를 몰고 있는 제 모습에 새삼 기가 찼다. 운전에 집중하느라 말없이 한참을 앞만 내다보고 있는데, 수현의 목소리가 귓가로 흘러들었다.

"어때? 생각 좀 정리됐어?"

주영은 수현의 물음이 무엇을 뜻하는지 알았으나 일부러 되물었다.

"무슨 생각?"

"학교." 수현이 목소리를 낮게 깔았다. "그만둘지 말지 결정했냐고."

"아직."

"그만두고 싶다며."

"모르겠어."

"그럼 계속 다니고 싶어?"

"모르겠다고."

"언제까지 모르기만 할 건데?"

"아, 모르겠다니까……."

수현의 한숨 소리가 들렸으나 주영은 무시하고 정면을 응시했다. 날씨가 지나치게 좋아서 지독한 놀림이라도 당하는 기분이었다. 수현은 담배를 꺼내 입에 물며 말했다.

"네가 편한 대로 해."

툭 던지는 듯한 말투가 주영의 귀에 화살처럼 꽂혔다. 순간 속에서 무엇인가가 꿈틀거려 주영은 핸들을 꽉 쥐었다. 충동적으로 핸들을 팍 꺾어버리려다가 은솔을 핑계로 꾹 참았다.

그 뒤로는 아무런 대화도 오고 가지 않았다. 서먹한 공기가 라운지를 가득 채웠으나 그 누구도 원래 있던 자리를 벗어나지 않았다. 수현은 맞은편 문간에 기대 서서 담배를 피웠고, 주영은 섬에 도착할 때까지 묵묵히 운전석을 지켰다.

2

섬은 가까운 거리에서도 능선 전체가 한눈에 들어올 만큼 작았다. 일자로 뻗은 방파제 옆에 허름한 고깃배 두 척이 정박해 있었다. 섬과 완전히 가까워지자 주영은 수현에게 운전대를 넘겨주었고, 수현은 곧 방파제와 수직으로 이어진 선착장의 가장 구석으로 천천히 진입해 요트를 세웠다. 주영의 일행은 요트에서 내려 밧줄로 배를 간단히 정박시킨 후에 은솔을 부축해 데리고 나왔다.

키가 작은 활엽수와 여름풀로 뒤덮인 섬이었다. 환한 쪽빛에 드문드문 진녹색이 뒤섞인 풍경이 햇빛을 반사해 보는 사람의 눈을 시리게 만들었다. 섬 곳곳에는 혹서기의 열기가 가득 고여 있었다. 굳이 찾아올 만한 정도는 아니었지만 나름대로 예쁜 곳이었다. 협소한 해안가를 제외하면 평지라 할 만한 지형을 찾아보기 힘들었는데, 그래서인지 민가들이 줄지어 세워지지 못하고 계단식으로 듬성듬성 떨어져 있었다. 당장 눈에 띄는 민가가 몇 채 되지 않아 마을이라고 부르기도 애매할 만큼 규모가 소박했다.

한아가 은솔의 이마에 손을 가져다 대며 물었다.

"괜찮아? 과자 먹을래?"

"……아니."

은솔의 혈색은 여전히 좋지 않았으나 땅을 밟아서 그런지 표정이 전보다 나아 보였다.

"좀 눕고 싶은데." 은솔이 손바닥으로 차양을 치며 말했다. "너무 더워."

북서쪽에서 뜨겁고 습한 바람이 쉬지 않고 불어왔다. 요트에 있을 때는 몰랐는데 햇살이 너무 강해서 목덜미가 익는 것 같았다. 주영은 묶었던 머리를 풀고 주위를 둘러보았다. 테트라포드 위에 선 낚시꾼 몇 명이 입질을 기다리는 모습만 보일 뿐, 그 외에 달리 눈에 띄는 사람은 없었다.

"저기로 가자."

수현이 담배를 끼운 손가락으로 어느 곳을 가리키며 말했다. 선착장 맞은편으로 이어지는 마을 초입에 팔각정 정자 한

채가 있었다. 대여섯 명이 대자로 뻗어 누워도 충분할 만큼 넓었고 지붕도 옹골차서 햇볕을 피해 쉬어 가기에 더할 나위 없어 보였다. 더 고민할 필요도 없이 다들 그리로 걸음을 옮겼다.

주영은 햇볕이 얼굴에 닿는 부분을 조금이라도 줄여보고자 고개를 푹 숙이고 친구들 뒤만 졸졸 따라 걸었다. 그러다 앞사람이 돌연 걸음을 멈추는 바람에 그의 등짝에 머리를 가볍게 박았다. 고개를 들고 보니 수현이었다. 그런데 그녀뿐만 아니라 은솔과 한아도 걸음을 멈추고 어딘가를 빤히 응시하고 있었다. 주영도 곧 그들의 시선을 좇았다.

열 살도 채 안 되어 보이는 조그만 남자아이 하나가 보였다. 아이는 아지랑이에 반쯤 녹아든 채로 주영의 일행이 있는 쪽을 향해 천천히 걸어오고 있었다.

“여기 사는 앤가?” 한아가 말했다.

“이런 코딱지만 한 섬에?” 수현이 심드렁하게 대꾸했다. “심심하겠네.”

다들 대수롭지 않게 생각하며 다시 걸음을 떼려는데, 은솔이 주영의 옷깃을 잡아챘다.

“응? 왜?”

주영이 의아해하며 물었으나 은솔은 대답 없이 아이만 가만히 쳐다봤다. 땅을 밟고 좀 나아진 줄 알았는데 다시 보니 딱히 그렇지도 않은 모양이었다.

"토하고 싶어?" 주영이 물었다. "저기 방파제 가서 하고 오자."

"아니, 그런 게 아니라……."

"그럼 뭔데? 못 걷겠어? 업어줄까?"

"아니."

은솔은 갈팡질팡하며 나머지 친구들을 둘러보더니, 이내 힘없이 옷깃을 놓았다.

"괜찮아."

"뭐야." 수현이 싱겁게 대꾸했다. "속 안 좋으면 그냥 말해. 나중에 길바닥에 하지 말고."

"……응."

은솔의 대답을 끝으로 수현이 다시 앞장섰고 나머지도 뒤를 따랐다.

한편 아이는 팔각정을 지나 주영의 일행 쪽으로 계속해서 거침없이 걸어오는 중이었다. 민소매 티셔츠와 반바지 차림에 살갗은 햇볕에 적당히 그을린 평범한 꼬맹이였는데, 주영은 문득 아이의 눈에서 미묘한 위화감을 느꼈다. 아이는 주영의 일행이 아니라 그보다 더 뒤에 있는 무엇인가를 멀찌감치 내다보는 것 같았다. 등 뒤에 뭐라도 있나 싶어 뒤를 돌아보려 했으나 그럴 겨를이 없었다. 거리가 완전히 좁혀졌는데도 아이는 걸음을 멈추기는커녕 속도를 더 높였기 때문이었다. 거의 뛰어오는 수준이었다. 아이와 부딪히기 직전에 주영과 친구들은 헐레벌떡 양쪽으로 갈라져 길을 터주었다. 그대로 스쳐 지나갈 줄 알았으나 아이는 걸음에 급제동을 걸더니 정확히 넷의 한가운데에 딱 멈춰 섰다.

다들 어리둥절한 얼굴로 눈짓만 주고받았다. 아이는 의심의 여지없이 주영의 일행 사이에 끼어들었음에도 아무런 말을 하지 않았고 그 누구도 쳐다보지 않았다. 살짝 손을 뻗으면 닿을 정도로 가까웠지만 왠지 모르게 아득한 거리감이 느껴졌다. 주영은 굳이 말로 꺼내지 않아도 친구들의 눈빛에서 같은 생각을 읽을 수 있었다.

'이상한 애다.'

낯선 침묵이 오감을 묵직하게 휘감았다. 주영이 일단 말이라도 걸어보려고 짧게 숨을 들이쉬며 입을 여는 찰나 수현이 먼저 접촉을 시도했다.

"안녕?"

대답은 돌아오지 않았다. 그때 은솔이 또다시 주영의 옷깃을 잡아끌며 서서히 뒷걸음질 치기 시작했다. 주영도 얼떨결에 조금 물러나려 했으나 아이가 고개를 확 돌려 주영을 쳐다보는 바람에 그만 몸이 굳어버렸다. 아이의 눈빛에 초점이 없었다. 마주 선 이의 망막을 관통해 그 너머를 바라보기라도 하는 듯 깊은 눈동자였는데, 언뜻 만취한 사람의 자제력 잃은 눈 같기도 했다. 주영은 치솟는 경계심을 드러내지 않기 위해 억지 미소를 지어 보이며 물었다.

"너, 여기 사는 애야?"

이번에도 대답은 돌아오지 않았으나 대신에 아이는 한쪽 손을 들어 올려 주영에게 내밀었다. 주영은 아이 입가에 걸린 천진난만한 미소를 보며 후퇴하고 싶은 충동을 간신히 억눌렀다. 아이는 이어서 손바닥을 펼쳐 하늘 방향으로 돌리더니 다른 손의 집게손가락으로 그 위를 살살 간질이기 시작했다. 간질인다기보다 손바닥 위에 글자를 쓰는 제스처에 가까웠다.

"과자 줄까?"

한아가 손에 들고 있던 과자 봉지에서 죠리퐁을 한 줌 꺼내 아이 손에 올려주었다. 그러자 아이는 고개를 저으며 과자를 다시 돌려주는 시늉을 했다. 한아는 하는 수 없이 과자를 되돌려 받아 제 입안에 털어 넣었다.

"꼬마야, 말을 해." 수현이 말했다. "말을 해야 누나들이 알아듣지."

다소 짜증이 섞인 말투였으나 아이는 여전히 말없이 손가락으로 손바닥 위만 휘저을 뿐이었다.

"아." 한아가 조심스러운 투로 말했다. "청각장애인인가 보다."

"……그럼 어떡해?" 주영이 물었다.

"수화 해야지."

"할 줄 알아?"

"응, 봉사활동 다니면서 좀 배웠어."

한아는 아이와 마주 서서 눈높이를 맞추었다. 그러고는 오른손으로 왼팔을 쓸어내리더니 이어서 양 주먹을 쥐고 앞으로 내밀었다. 무슨 뜻인지는 모르겠으나 인사라는 점은 어렴풋이 알 수 있었다. 한아는 계속해서 느릿한 동작으로 몇 가지의 손짓과 팔짓을 만들어 보였다. 그러나 아이는 반응은커녕 한아를 보는 체도 하지 않았다. 한아는 그대로 쪼그려 앉아 생각에 잠기는 듯하더니, 잠시 후 더욱 심각해진 얼굴로 친구들을 향해 말했다.

"이 아이 아무래도 시청각장애인인 것 같은데?"

"시청각장애인이면……." 주영이 대꾸했다. "시각이랑 청각 둘 다 상실한 아이라고?"

"응, 그런 것 같아."

주영은 비로소 아이의 시선에서 느껴지던 위화감의 정체를 깨달을 수 있었다. 그리고 본능적인 동정심이 가슴팍을 알싸하게 채웠다. 한아 역시 연민 어린 심정을 여과 없이 표정으로 드러냈다.

"근데 어떡하지?" 한아가 말했다. "나 시청각장애인이랑은 소통해본 적 없어서……. 수화는 좀 해도 촉수화*까지는 할 줄 모르는데."

"아이가 손 내밀었잖아." 수현이 끼어들었다. "손바닥에 써 달라는 거 아니야?"

"……그런가?" 한아가 한 박자 늦게 손뼉을 치며 긍정했다. "아! 맞네, 손바닥 필담. 시청각장애인들이 가장 선호하는 소통 방식이라고 들은 적 있어."

"언어는? 그냥 한글 써도 되는 건가? 필담이라고 해도 점자처럼 따로 전용 언어가 있을 것 같은데."

"내가 알기론 그냥 한글 쓰면 돼. 수화나 점자 모르는 사람이랑도 손바닥 필담으로는 소통할 수 있다고 하더라고."

한아는 곧 아이의 손을 잡았다. 그리고 그 조그만 손바닥 위에 자신의 집게손가락을 대고 한 획씩 긋기 시작했다. 적당히 느린 속도로 손바닥을 꽉 채우며 큼직하게 글씨를 적어나갔다. 한 음절을 다 적고 나면 다 썼다는 의미로 손바닥을 한번 쓸어주고는, 이어서 다음 음절을 적었다.

"일단 '안녕'이라고 썼어."

한아가 손을 거두며 말했다. 반응을 기다리기가 무섭게, 아이는 한아의 손을 끌어당겨 손바닥 위에 찬찬히 글씨를 쓰기 시작했다. 십여 초 정도가 지나자 아이가 다 썼다는 신호로 손

* 시청각장애인이 사용하는 수화 중 하나로, 수어를 손으로 직접 써가며 촉각으로 소통하는 방식이다.

가락을 들어 올렸다. 한아는 손바닥 필담 내용을 모두에게 읊어주었다.

"안녕하세요……. 정확히 '안녕하세요'라고 존댓말로 썼어."

짧고 굵은 침묵이 지나갔다. 아이가 한아의 손바닥에 재차 글을 쓰기 시작했다.

"뭐래?"

수현이 물었다. 한아는 방해하지 말라는 듯 다른 손을 들어 수현을 막는 시늉을 하고서 아이의 손가락 끝에 신경을 집중했다. 아이의 필기는 대략 일 분가량이 지나서야 끝났고, 한아는 그 말을 천천히 또박또박 전달해주었다.

"나는 귀가 안 들립니다. 눈도 안 보입니다. 헬렌 켈러처럼. 이모 어디서 왔어요? 몇 명이에요?"

잠시 먹먹한 침묵이 감돌았다. 아이가 대답을 재촉하듯 주위를 두리번거리자 한아는 황급히 아이의 손을 잡았다. 그녀는 친구들도 들을 수 있도록 한 음절 한 음절을 쓸 때마다 말로 읊었다.

"우린 누나들이고, 네 명이고, 서울에서 왔어. 넌 여기 사니?"

아이는 고개를 두어 번 끄덕거리고 나서 한아의 손바닥에 다시 글을 썼다. 잠시 후 한아가 미소를 지으며 말했다.

"아까 손에 올려준 거 뭐냐고 묻는데?"

한아가 과자라고 대답해주자 아이는 표정을 밝히며 오므려

붙인 두 손을 내밀었다. 한아는 과자를 한 줌 크게 집어 아이의 손에 담아주었다. 아이는 처음에는 과자를 하나씩 집어 소심하게 먹더니 금세 코를 박고 순식간에 다 먹어치웠다. 아이가 또 손을 내밀었고, 한아는 봉지 안에 손을 넣으려다 말고 아예 봉지째로 건네주었다. 아이는 한아를 향해 미소를 듬뿍 지어주고는 곧 과자 삼매경에 빠져들었다.

아이의 두 손이 다 과자에 묶여버렸기 때문에 대화가 잠시 중단되었다. 그동안 한아와 친구들은 아이가 입을 열심히 오물거리는 모습을 가만히 지켜보았다. 잠시 후 수현이 슬쩍 미소를 지으며 말했다.

"귀엽네."

"응."

주영도 고개를 끄덕였다. 처음에 느꼈던 경계심은 눈 녹듯 사라졌다. 다시 보니 양 볼을 쥐고 흔들어주고 싶을 만큼 복스럽게 생긴 아이였다.

"근데 애는 혼자 나온 건가?" 수현이 말했다. "어떻게 혼자 나왔지?"

"그러고 보니까……." 주영은 근처를 둘러보았다. "주위에 아무도 없네."

"길이 익숙한 거 아닐까?" 한아가 덧붙였다. "아까 여기 살고 있다고 했으니까. 아니면 사람들이랑 같이 있다가 혼자 떨어져 나왔을 수도 있고."

"아무리 익숙하다고 해도, 이렇게 혼자서 돌아다니는 게 가능한 건가? 혹시 청각장애만 있고 눈은 보이는 거 아닐까?"

주영은 살짝 따지듯 물었다. "그럼 애가 안 보이는 척 연기라도 한다는 거야?"

"혹시 모르지. 아무리 생각해도 이해가 안 돼. 안 보이고 안 들리는데 어떻게 지팡이 하나 없이 돌아다닐 수 있는지. 아까 봤잖아, 거의 뛰는 속도로 걸어오는 거."

한아는 다시 한번 아이에게 촉수화가 아닌 일반 수화를 시도했다. 이어서 아이의 눈앞에 손을 가까이 가져가 마구 흔들어보기도 했지만, 아이의 눈동자는 움찔하는 기색도 없었다.

"아니면 뭐, 반향정위?*" 주영은 어디서 대충 주워들은 지식을 꺼냈다. "그 능력이 뛰어나서 그럴 수도 있지 않을까? 어떤 사람은 시력 잃고도 반향정위로 농구까지 할 수 있게 됐다던데."

"그건 시각장애만 있을 때 얘기고. 얘는 청각장애도 있잖아."

"내가 봤을 땐." 한아가 단호하게 결론을 냈다. "시청각장애인이 맞아."

* 反響定位, echolocation. 부딪쳐 되돌아오는 소리로 위치를 정한다는 뜻. 음파탐지라고도 부르며 주로 박쥐와 돌고래 등의 동물들이 주위의 지형지물을 파악하기 위해 사용한다.

"……흠."

수현이 팔짱을 끼고 아이를 지그시 내려다보았다. 주영은 그녀의 진지해진 표정에서 모종의 꺼림칙한 기운을 감지했으나, 어차피 은솔의 컨디션이 회복되고 나면 금방 섬을 떠날 테니 애써 무시하기로 했다.

과자는 애초부터 양이 얼마 남지 않았었기 때문에 금세 바닥을 드러냈다. 아이는 마지막 남은 가루까지 입에 탈탈 털어 넣고 나서 빈 봉지를 돌려주었다. 아이의 입가에 과자 가루가 지저분하게 묻어 한아가 물티슈를 꺼내 닦아주었다. 수현은 빈 과자 봉지를 평평하게 펼친 다음 쪽지 모양으로 접었다. 그런데 무슨 일인지 갑작스레 뚝 멈추더니, 접는 걸 관두고 봉지를 도로 좍좍 펼쳤다. 수현은 아이의 얼굴에 봉지를 좀 더 가까이 들이대더니 거기에 적힌 내용을 유심히 읽기 시작했다. 주영이 왜 그러느냐고 묻기도 전에 수현이 주영에게 봉지를 넘겨주며 말했다.

"이거 좀 봐봐."

주영은 봉지를 받아들고 들여다보았다. 봉지 뒷면에는 과자에 함유된 갖가지 성분과 영양 정보, 그리고 실종 아동을 찾는다는 공고가 사진과 함께 인쇄되어 있었다. 수현은 눈앞에 서 있는 아이와 봉지 속 실종 아동의 사진을 번갈아 가리키며 말했다.

"닮지 않았어?"

주영은 뜬금없다고 생각하면서도 일단 둘을 비교해봤다. 한눈에 봐서는 딱히 닮은 점을 찾기 어려웠다. 둘 다 남자아이기는 했으나 사진은 아이가 만 네 살 때 찍힌 것이었다. 눈앞의 아이보다 많이 어려 보여서 비교하기가 곤란했다.

"뭐가?"

한아가 끼어들어 봉지 속 내용을 들여다보더니, 곧 눈을 휘둥그레 떴다.

"……실종?"

"잘 봐봐." 수현이 사진 부분을 좀 더 빳빳하게 폈다. "닮았잖아."

눈썰미가 둔한 주영으로서는 납득하기 어려웠으나, 한아는 좀 더 들여다보더니 느릿느릿 고개를 끄덕였다.

"그렇다고 하니까 조금 닮은 것 같기도 하고……."

"맞지?" 수현의 목소리에 힘이 실렸다. "생긴 것도 그렇고, 실종 날짜 따져봐도 지금 얘 나이대랑 비슷해."

말마따나 사진 속 아이의 실종 당시 나이는 '만 4세 1개월', 실종 날짜는 '2017년 1월 1일'이었다. 당시로부터 오 년가량 지났으니 현재는 만 아홉 살일 테고 눈앞의 아이도 딱 그 정도 나이로 보였다. 한아까지 수긍하는 분위기로 흘러가자 주영도 왠지 점점 둘이 닮아 보이기 시작했다.

"그리고 봐봐." 수현이 이어서 사진 밑의 신체 특징 설명을 가리켰다. "청각장애."

주영은 계속해서 읽어보았다. 정말 신체 특징란에는 "청각장애. 귀에 입을 대고 큰 소리로 말해도 듣지 못하는 수준"이라고 적혀 있었다. 이어서 더욱 시선을 끄는 대목이 나왔다.

"어, 이거." 주영은 신체 특징란을 손으로 짚으며 말했다. "오른쪽 날개 뼈에 흉터 있다는데? 3센티미터짜리 물고기 모양……."

주영의 말이 끝나기도 전에 수현이 다짜고짜 아이의 상의를 걷어 올렸다. 아이는 딱히 불쾌해하는 기색이 없었고, 그들은 곧 아이의 등을 확인했다.

"……있네."

수현은 아이의 피부에 닿지 않게 조심하며 손으로 흉터를 가리켰다. "이거."

오른쪽 날개 뼈라기보다는 옆구리에 가까운 위치였지만 확실히 흉터가 있었다. 이쯤 되니 주영도 아예 가능성이 없지는 않겠다는 생각이 들었다. 수현의 얼굴에 서서히 흥분기가 감돌았다. 그때 은솔이 돌연 봉지를 낚아채 유심히 들여다보더니, 다소 공격적인 투로 말했다.

"물고기 모양 아니잖아. 흉터도 3센티보다 훨씬 작아 보이고."

"그래도 일단 비슷한 위치에 흉터가 있긴 하니까……."

은솔은 주영의 말을 들은 체도 않고 제 할 말을 이어나갔다.

"그리고 어디가 닮았다는 건데? 얼굴형부터가 아예 다르잖아."

"얼굴형은 어릴 땐 계속 변해." 수현이 받아쳤다. "아직 한창 클 때고 젖살도 빠지잖아. 테두리가 아니라 이목구비의 특징을 봐봐."

"뭔 소리야. 얼굴형이 변하면 당연히 이목구비도 변하지. 그리고 청각장애라고만 쓰였지, 시청각장애라는 말은 없잖아. 내가 봤을 땐 아예 다른 사람이니까 황당한 소리 그만하고……."

"이게 왜 황당한 소린데?" 수현이 정색했다. "만약 진짜로 얘면 어쩌려고?"

그들은 잠시 정적에 싸인 채로, 너나없이 아이를 내려다보았다. 아이는 손바닥 필담을 이어나가고 싶은지 손을 내민 채 누군가가 잡아주기만을 기다리고 있었다.

이윽고 수현이 아이의 손을 잡고 친구들을 죽 돌아보며 말했다.

"뜬금없이 들리는 건 나도 아는데, 일단 확인이라도 해보자고. 혹시 모르잖아."

"그러자." 한아도 동조했다. "그냥 확인만 하는 거니까. 물어본다고 아이한테 나쁠 것도 없고."

반대할 이유가 없었다. 주영은 "나도 찬성"이라고 말한 뒤

마지막 남은 은솔에게로 시선을 돌렸다. 은솔은 못마땅하다는 듯 한숨을 쉬더니, 한참 후에야 꾸역꾸역 고개를 끄덕였다. 주영은 은솔이 왜 이렇게 부정적인 태도를 보이는지 선뜻 이해가 가지 않았다. 짧게 생각해보다가 그냥 멀미 때문에 많이 예민해진 것이리라 결론지었다.

수현은 아이 앞에 쪼그려 앉아 다시 손바닥 필담을 주고받기 시작했다. 품이 많이 드는 소통 방식이다 보니 대화는 오래 걸렸다. 수현은 한꺼번에 정리해서 들려줄 생각인지 필담을 나누는 동안엔 친구들 쪽으로 눈길도 주지 않았다. 주영은 대화가 끝나기를 기다리면서 실종 아동에 관한 정보를 다시 한 번 정독했다.

이주영

(당시 만 4세 1개월, 남)

발생 일자: 2017년 1월 1일

발생 장소: 서울시 종로구 보신각 앞. 제야의 종 행사를 구경한 후 0시 30분경 돌아가는 인파에 섞여 실종.

신체 특징: 청각장애. 귀에 입을 대고 큰 소리로 말해도 듣지 못함. 오른쪽 날개 뼈 아래에 3cm가량의 물고기 모양 흉터가 있음.

착의 사항: 턱까지 감쌀 수 있는 동물 귀가 달린 파란색 털모자,

등에 내셔널지오그래픽 로고가 박힌 검은색 롱 패딩,

무릎 패치가 달린 베이지색 코르덴바지.

"일단……."

한참이 흐른 뒤 수현이 자리에서 일어났다. 그녀는 오래 쪼그려 앉아 있던 탓에 현기증이 일었는지 잠시 고개를 뒤로 젖히더니, 아이의 손을 잡은 채로 차근차근 말했다.

"이 섬에 산대. 그리고 부모님은 없대. 지금 같이 사는 사람들은 '이모'들이랑 '이모부'들인데, 이것도 피가 섞인 친척이 아니라 남남이고. 그냥 호칭만 그렇게 부르나 봐."

수현은 여기까지만 말하고는 잠깐 뜸을 들였다. 말을 끊는 사람도 없었기에 수현은 다시 이어 말했다.

"이 섬에서만 쭉 살았고 밖으로 나가본 적이 한 번도 없대. 처음부터 안 보였고 안 들렸고. 그리고 이름이 없어. 자기도 딱히 이름의 필요성을 못 느끼나 봐. 다들 자기를 부를 땐 어깨를 건드리고, 대화 중에 지칭해야 할 땐 사람들이 자기를 '도련님'이라고 부른대."

"이상하네……." 한아의 표정이 심각해졌다. "부모님도 없고, 이름도 없고, 시청각장애를 가진 어린아이가 외딴섬에서 피도 안 섞인 사람들이랑 산다……. 너무 이상한데?"

"자기 나이도 확실히 모르는 것 같아. 세어본 적 없어서 아홉 살인지 열 살인지 헷갈린대."

"같이 산다는 이모랑 이모부는 뭐 하는 사람들인데?" 주영이 물었다.

"아직 거기까진 안 물어봤어. 도련님이라고만 부른다는 거 보니까 누가 얘를 양자로 들인 것 같지도 않고."

"도련님……." 주영이 고개를 갸웃했다. "왜 그렇게 부르는 거지?"

"몰라, 어쨌든 여기까지만 들어도 충분히 수상해. 경찰에 신고하자."

수현은 스마트폰을 꺼내 들어 112에 전화를 걸었다. 그러나 얼마 못 가 액정을 들여다보며 미간을 찌푸렸다.

"뭐야, 안 터지네."

그 말을 듣고 다들 각자의 스마트폰을 꺼내 확인했다. 전화를 걸려 했지만 서비스 지역이 아니라는 팝업창에 가로막혔다. 전화와 메시지는 물론이고 인터넷도 먹통이어서 비행기모드나 다름없는 상태였다.

"외딴섬이라 그런가?" 한아가 말했다. "어떡하지?"

"우리가 데리고 나가야지, 뭐."

수현이 담백하게 선언했다. 마치 처음부터 이럴 작정이었던 것처럼 일말의 머뭇거림도 느껴지지 않는 투였다. 은솔은 자기가 제대로 들은 게 맞느냐는 듯 수현을 멍하니 바라보다가,

이내 붕 뜬 목소리로 대꾸했다.

"미쳤어? 애를 납치하려고?"

수현은 대답 대신 아이에게 손바닥 필담을 건넸다. 그러자 아이는 함박웃음을 띠며 신나게 고개를 끄덕였다.

"얘도 나가고 싶대."

"그게 문제가 아니잖아." 은솔이 목청을 높였다. "보호자 허락도 없이 마음대로 데리고 나가는 게 말이 되냐고!"

"보호자들이 보호하는 게 아닐 수도 있으니까 이러는 거잖아. 일단 데리고 나가자. 경찰에 넘겨서 확인해보고 잘못 짚은 거면 내가 사과하고 죗값 치르면 되지."

그 순간 갑자기 아이가 새된 목소리를 내며 모두의 이목을 끌었다. 수현이 바로 대답을 주지 않아 금세 조바심이 난 듯 보였다. 수현은 잠시 아이와 손바닥 필담을 나누고 나서 그 내용을 말해주었다.

"섬 밖으로 나가본 적 있냐고 물어봤는데, 없대. 이모들이 위험하다고 절대 안 보내준대."

"근데……." 주영은 아이의 표정을 주시하며 말했다. "섬을 아예 나가고 싶은 게 아니라, 그냥 잠깐 나가보고 싶다는 뜻 아니야? 분위기 보니까 나들이 가는 기분으로 받아들인 것 같은데?"

"응." 수현이 수긍했다. "나중에 이모들한테 혼나도 되니까 몰래 나갔다 와보고 싶대. 어쨌든 애가 이렇게까지 원하는데 아직까지 한 번도 못 나가봤다는 거잖아. 그리고 생각해봐. 아홉 살이면 한창 학교에 다녀야 할 나인데 외딴섬에만 갇혀 산다고. 이게 정상이냐? 데리고 나가야 돼."

"근데 지금 당장 데리고 나가는 건……." 한아가 조심스럽게 말했다. "좀 극단적이긴 하다. 그러지 말고 일단 이 섬에 사는 사람들 말도 들어보는 건 어떨까?"

"안 돼." 수현이 단언했다. "만약 이모랑 이모부라는 사람들이 진짜로 아이를 납치한 거라고 쳐봐. 자기들이 의심받고 있다는 걸 알면 애 데리고 한발 먼저 도망치려고 하겠지."

"에이, 그건……." 주영도 끼어들었다. "너무 넘겨짚는 것 같은데. 만약에 실종 아동이 맞다고 해도 굳이 우리가 데리고 나갈 필요는 없잖아. 일단 나가서 신고한 다음 경찰한테 맡겨도 안 늦을 것 같은데."

"늦을 수도 있어." 수현이 말했다. "내가 이것저것 디테일하게 캐물었잖아. 나중에 애가 집에 돌아가서 우리랑 대화한 내용 말해버리면 어떡하려고?"

"말하지 말라고 하면 되지. 이모들이 알면 너 못 데리고 나간다고 살짝 겁주면서."

수현은 팔짱을 낀 채 잠시간 침묵했다. 주영이 계속해서 말했다.

"입단속만 잘 시키면 돼. 어차피 보호자들은 얘랑 우리가 만난 사실 자체를 모르니까, 먼저 물어볼 일도 없을 거고."

"아……." 한아가 주영의 너머를 응시하며 턱짓으로 등 뒤를 슬쩍 가리켰다. "늦은 것 같다."

뒤돌아보니 중년의 여성 두 명이 주영의 일행 쪽을 향해 빠른 걸음으로 다가오고 있었다.

"그 '이모'들인가 본데?"

수현은 중년의 여성들을 흘끗 보고 나서 곧바로 아이의 손바닥에 글자를 휘갈기기 시작했다. 전달은 꽤 길었고, 아이는 중간중간 고개를 끄덕였다. 수현의 손바닥 필담은 여성들이 완전히 코앞까지 도착했을 때에야 마침표를 찍었다.

"안녕하세요. 아이 부모님이세요?"

수현이 먼저 웃는 얼굴로 아주머니들에게 말을 걸었다. 그들도 수현과 친구들을 보며 살갑게 미소를 지어주었으나 눈에는 경계심이 드러나 있었다.

"아이 이모예요."

아주머니 중 하나가 말했다. 경상도 사투리를 듣게 될 줄 알았던 주영의 생각과 달리 그녀의 입에서는 자연스럽게 표준어가 흘러나왔다.

"학생들이 돌봐주고 있었구나. 아이가 어딜 그렇게 잘 돌아다니는지 정말……. 없어져서 한참을 찾았거든요."

"저희도 방금 만났어요."

"아까 손바닥 필담 나누는 거 같던데, 아이랑 무슨 얘기 했어요?"

"겨우 인사 정도만 나눴어요."

"아, 그렇구나……." 아주머니들의 표정이 한결 누그러졌다. "근데 학생들인 것 같은데, 이 시간에 여긴 어떻게 왔어요? 오늘 배편은 다 끊기고 없었을 텐데?"

"아, 저흰 따로 요트 타고 왔어요."

수현이 얼른 방파제에 정박해놓은 요트를 손으로 가리켰다. 아주머니들은 요트를 보자마자 동시에 감탄사를 내뱉었다.

"우와, 저걸 직접 몰고 온 거예요?"

"네."

"대단하네. 학생들 부자야? 요트 타고 온 사람은 처음 보네."

한 명이 말하자 다른 한 명도 고개를 끄덕이며 관심을 보였다. 둘 다 진심으로 신기해하는 눈치였다.

"얘가 부자고요." 한아가 수현을 가리켰다. "나머지는 다 평민들이에요."

그러자 아주머니들의 주목이 수현에게로 쏠렸다.

"저 요트 학생 거야? 직접 샀어?"

"아뇨, 할아버지가 선물해주신 거예요."

"뭐 하시는 할아버진데 손녀 선물로 요트를 다 사줘?"

수현의 표정에 떨떠름함이 스쳤다. "그냥 기업 하나 운영하고 계세요."

"그렇구나." 아주머니가 멋쩍게 웃었다. "아니, 저런 럭셔리한 요트 타고 온 사람들은 처음 봐서, 신기해서. 여긴 맨날 고깃배 타고 낚시하는 아저씨들만 오는 곳이거든요. 아는 사람만 아는 외딴섬인데 어떻게 용케 잘 찾아왔네."

그녀가 말하는 사이에 다른 아주머니가 아이의 어깨를 부드럽게 쥐고는 자기 품으로 끌어당겼다. 아이는 자못 아쉬워하는 눈치였으나 곧 수현의 손을 놓고 아주머니의 곁으로 갔다. 둘은 곧 촉수화를 나누기 시작했는데, 방금까지 수현과 나눴던 손바닥 필담과는 속도부터가 달랐다. 아주머니가 돌멩이를 그러쥐듯 아이의 손을 감싸자 그 손안에서 아이의 손이 현란하게 움직이며 촉수화를 전달했다. 이어서 아이가 들을 차례가 되면 아이는 아주머니가 했던 것과 똑같은 손 모양을 하고, 손바닥에 닿는 촉각으로 아주머니의 손 모양새와 움직임을 읽어냈다. 둘은 그런 방식으로 물 흐르듯 소통을 주고받았는데, 주영으로서는 둘이 서로 손장난을 치는 것으로밖에 보이지 않아 그저 경이로울 따름이었다.

"계획하고 온 건 아니고요." 수현이 은솔을 가리켰다. "얘가 멀미를 심하게 해서 잠깐 쉬려고 들른 거예요. 이제 가려고요."

"가려고?" 아주머니가 은솔을 보며 말했다. "얼굴에 핏기가 하나도 없네. 좀 더 쉬다 가도 돼요."

말마따나 은솔의 안색이 말이 아니었다. 오히려 요트 안에 있을 때보다 더 나빠진 듯했다.

"아니요, 괜찮아요." 은솔이 친구들을 둘러보며 말했다. "난 괜찮으니까 빨리……."

은솔은 말을 채 끝내지도 못하고 갑자기 바닥에 토를 하기 시작했다. 더 이상 게워낼 것도 없어 멀건 액체만 찔끔찔끔 비어져 나왔다.

"아이고……." 아주머니가 혀를 찼다. "회관 2층 방에 침대 있으니까 거기서 쉬었다 가요. 약 같은 게 있을까 모르겠네."

그때 은솔이 방파제 쪽으로 뛰쳐나갔다. 주영은 서둘러 그녀를 따라갔다. 은솔은 테트라포드가 있는 곳까지 멀찌감치 떨어져 나와서는 다시 고개를 박고 바닷물에 구토를 해댔다.

"어쩌면 좋아?" 주영은 조금 울먹였다. "미안, 내가 괜히 같이 가자고 해서……."

"못 느꼈어?"

"뭘?"

은솔은 숨을 그렁그렁 몰아쉬며 말했다. "저 아이한테서 뭐 못 느꼈냐고."

"……아이한테서?"

"정상이 아니야."

주영은 순간 할 말을 잃었다. 그러다 문득 은솔이 말한 '정상'이 자신이 생각하는 '정상'을 의미하는 게 아님을 깨달았다. 주영은 은솔을 진정시켜보려고 등에 손을 올렸다가 흠칫했다. 온몸에 힘이 꽉 들어갔는지 등이 빳빳했다. 더는 멀미가 문제가 아니었다. 급기야 은솔은 발작이라도 일으키듯 몸을 파르르 떨기 시작했다.

"은솔아!" 주영이 은솔의 어깨를 감싸안았다. "괜찮아?"

"먼저 요트에 가 있을게." 은솔은 휘청거리는 다리로 몸을 일으켰다. "수현이한테 당장 떠나자고 말해줘."

주영은 은솔을 부축하며 걱정스러운 듯 물었다. "이런 상태로 올라탈 수 있겠어?"

"여기 있는 것보다는 나아."

그러나 그렇게 말하자마자 은솔은 다시 바닥에 엉덩방아를 찧듯 주저앉았다.

"몸도 제대로 못 가누잖아. 무리하지 말고 그냥 쉬었다 가. 아줌마가 침대 빌려주신다고 했으니까……."

"싫어, 무섭단 말이야!"

어린아이가 바락바락 떼쓰듯 불안정한 목소리였다. 주영이 이러지도 저러지도 못하고 있는데 등 뒤에서 수현의 목소리가 날아왔다.

"뭐가 무서운데?"

돌아보니 수현과 한아가 다가오고 있었다. 저 멀리 마을 어귀로 느릿느릿 걸어 올라가는 아주머니들과 아이의 뒷모습도 보였다.

“아, 얘기 끝났어?” 주영은 겉치레식으로 물었다.

“응, 별 얘기 안 했어.” 한아가 대답했다. “있고 싶은 만큼 있다 가라고 해서 그러겠다고 하고 헤어졌어. 착한 사람들 같던데?”

“그래서.” 수현이 재차 물었다. “뭐가 무섭다고?”

은솔은 고개를 숙이고서 얕은 신음만 내뱉을 뿐 대답할 생각이 없어 보였다. 주영이 대신 대충 얼버무렸다.

“사실 배 타는 게 무섭대.”

“뭐?” 수현은 황당하다는 듯 물었다. “근데 왜 탔어?”

“아하, 배 타는 게 무서워도 요트는 타보고 싶었구나?” 한아가 끼어들었다. “그 마음 알지. 나도 해산물 못 먹는데 누가 비싼 오마카세 사준다고 하면 따라가서 억지로 다 먹잖아.”

수현이 피식 웃었다. “그거랑 이거랑 같냐?”

“어쨌든 은솔이는 지금 바로 돌아가고 싶대.” 주영이 은솔을 바라보며 말했다.

“무섭다며.” 수현이 잔뜩 웅크린 은솔의 등을 내려다봤다. “좀 쉬고 진정되면 가. 놀러 왔다가 괜히 트라우마 만들지 말고.”

"아니면 너희 할아버지한테 헬기 하나 보내달라고 해."

한아는 농담조로 말했지만 수현은 진지하게 주변을 둘러보더니 고개를 저었다.

"착륙할 만한 데가 없어."

"……."

"어차피 폰 안 터져서 연락도 안 되고." 수현이 은솔의 옆에 쪼그리고 앉았다. "알았지, 은솔아? 어쨌든 배 한 번 더 타야 하는데 네 상태가 너무 안 좋아 보여서 걱정스러워. 그러니까 여기서 좀만 쉬다 가주라, 응?"

주영은 은솔이 또 성을 낼까 봐 마음을 졸였으나 기우에 그쳤다. 은솔은 고개를 살며시 들더니 한결 잠잠해진 표정으로 수현을 바라보았다.

"……알았어."

수현은 자리에서 일어나 은솔이 일어설 수 있게끔 부축해주었다. 주영도 얼른 반대편으로 가서 은솔을 잡아주려는데, 한아가 잠자코 끼어들어 은솔을 훌쩍 등에 업었다. 그렇게 넷은 마을 어귀로 천천히 걸어 들어갔다.

3

은솔이 바깥에 있고 싶어 했기 때문에 넷은 마을 초입의 정자에 머무르기로 했다. 정자의 나무 바닥이 딱딱해서 수현이 직접 요트 안에 있던 베개와 이불을 가져와 간단히 이부자리를 깔아주었다. 은솔은 누운 지 오 분도 안 되어 쌔근쌔근 잠에 빠져들었다.

수현이 정자 기둥에 등을 기댄 채 말했다. "어지간히 피곤했나 보네."

"몸이 약하니까."

한아가 덧붙였다. 은솔과 함께 다니는 친구들이라면 다들 아는 사실이었다. 주영은 은솔이 "정상이 아니야"라고 했던 말을 문득 떠올렸다. 둘에게 말해줄까 하다가, 괜히 긁어 부스럼만 될 것 같아 그냥 속에 담아두었다.

주영은 수현과 함께 담배를 피우려고 정자에서 조금 떨어진 곳으로 나왔다. 흡연 구역으로 정해진 곳이 따로 없어 보여서 대충 햇볕을 가려주는 나무 그늘로 가 담뱃갑을 꺼내 들었다. 주영은 담뱃불을 붙이려다 말고 수현에게 물었다.

"마지막에 애한테 뭐라고 말했어?"

"마지막 언제?"

"아줌마들 오기 직전에."

"아……." 별것 아니라는 투였다. "그냥 네가 말한 대로 입단속 시켰어. 다음에 또 올 테니까, 그때까지 우리끼리 얘기한 거 비밀이라고."

주영은 싱겁게 고개를 끄덕였다. 그 말만 했다고 보기에는 필담의 양이 더 많지 않았나 하는 생각이 들었지만, 수현이 딱히 거짓말할 이유가 없어 보여서 그러려니 했다.

주영은 공중에 연기를 흩뿌려대며 지루하게 주변을 둘러보다가, 멀리 떨어진 언덕에서 시선을 끄는 무언가를 하나 발견했다. 커다란 나무였는데, 언뜻 보기에는 나무라고 확신하기 힘들었다. 전체적으로 짙은 잿빛을 띠었고, 몸통은 쓰러지기 일보 직전처럼 기울어져 있어 굵은 가지들 아래로 탄탄해 보이는 지지대를 세워놓은 상태였다. 콘크리트 같은 건축물의 잔해인가 하고 추측하고 있는데, 뒤에서 확신에 찬 목소리가 들려왔다.

“팽나무네.”

한아였다. 가만있기 심심했는지 주영과 수현을 따라 나온 모양이었다.

“죽은 걸 억지로 세워놓은 것 같은데, 왜지?”

나무는 섬을 뒤덮은 푸릇푸릇한 분위기와는 철저히 단절된 채 언덕배기에 혼자 덩그러니 놓여 있어 다소 살풍경해 보였다. 좀 더 자세히 보고 싶어 저도 모르게 앞으로 몇 걸음 나아가는데, 느닷없이 “에에엑!” 하는 괴상망측한 비명이 주영의 귓속을 파고들었다. 기겁한 주영은 반대편으로 도망치려다 발이 꼬여 그대로 엉덩방아를 찧었다. 급격한 공포를 느낀 주영이 옆을 보자 검은 털의 네발짐승 한 마리가 고개를 비정상적인 각도로 꺾으며 그녀를 내려다보고 있었다. 심장 뛰는 소리가 고막까지 타고 올라왔다. 짐승은 속을 알 수 없는 건조한 눈빛으로 주영을 가만히 노려보더니, 곧 고개를 똑바로 돌려놓고 입을 오물거리며 반대편으로 멀어졌다. 주영은 몸에 힘이 들어가지 않아 팔꿈치를 바닥에 대고 반쯤 누워버렸다. 네발짐승의 정체는 흑염소였다.

“와, 진짜 심주영…….” 한아가 배를 잡고 웃었다. “이거 찍었어야 했는데.”

고개를 돌려 보니 수현 역시 큭큭 웃음을 흘리고 있었다. 주영은 자리에서 일어나 엉덩이를 툴툴 털다가, 둘의 웃음소리에 전염된 나머지 끝내 허탈하게 웃었다.

“저거 어디서 나왔어?”

“섬에 흑염소 몇 마리 풀어놓고 키운대.” 수현이 말했다. “아까 아줌마들이 말해줬어.”

“저런 걸 그냥 밖에다 풀어서 키운다고?”

“사나운 애들 아니니까 똥만 잘 피해 다니래.”

“어쨌든 봤으면 말을 해줘야지.”

“네가 나무 구경하느라 정신 팔려 있길래.”

“근데 염소 원래 저렇게 울어?” 한아가 염소의 뒤꽁무니를 따라가며 말했다. “메에, 하고 우는 거 아니었나?”

염소가 한아의 인기척을 눈치챘는지 걸음을 천천히 늦추고는 다시 셋이 있는 방향으로 고개를 돌렸다. 한아는 염소 앞에 마주 서서 염소의 머리를 쓰다듬었다. 염소는 나른하다는 표정으로 눈을 두어 번 끔뻑거리더니, 기습적으로 한아의 손을 물었다. 한아는 퍼뜩 손을 빼내자마자 그 손으로 곧장 염소 머리를 퍽 소리 나게 때렸다. 염소가 이번에는 메에, 하고 평범하게 울며 멀리 달아났다.

“야, 괜찮아?” 주영이 다가가며 물었다.

“괜찮아, 세게 안 물렸어.”

그런 것치고는 손등에 이빨 자국이 벌겋게 찍혀 있었다.

"진짜로 괜찮아?"

"괜찮아, 괜찮아."

한아는 바지에 손을 슥슥 문질러 닦았다. 얼굴에 머금은 미소는 여전했지만 주영이 엉덩방아를 찧었을 때만큼 흥겨워 보이지는 않았다.

담배를 다 피우고 나서 셋은 다시 정자로 돌아왔다. 은솔은 여전히 쿨쿨 자고 있었다. 그들은 한동안 은솔의 곁을 지키며 시원하게 펼쳐진 바다만 멍하니 바라보았다.

너무 더웠고, 하늘은 티끌 없이 맑았다. 정자가 해를 가려주었으나 목을 타고 흐르는 땀까지 막아주지는 못했다.

"폰도 안 되고……." 한아는 스마트폰을 던져놓으며 구시렁거렸다. "염소도 가버리고."

"네가 때려서 그런 거잖아."

한아는 대꾸 없이 마루에 등을 대고 대자로 드러누웠다. 그렇게 그녀는 잠시 천장만 올려다보며 어딘가 불안한 사람처럼 다리를 파닥파닥 떨어대다가, 갑자기 벌떡 일어나 방파제를 향해 전력 질주했다. 그녀는 대략 200미터 남짓한 시멘트 길을 긴 다리로 순식간에 주파하더니, 끝에 다다르자 그 속력 그대로 멀리뛰기 하듯 바다로 몸을 던졌다. 수면을 경쾌하게 찢어발기는 소리가 주영이 있는 곳까지 들려왔다.

"저럴 줄 알았다." 주영이 말했다. "갈아입을 옷은 있어서 저러나?"

"우리도 가자." 수현이 말했다.

"난 싫어."

"왜?"

"옷 젖는 거 싫어."

"요트에 옷 있어. 버려도 되는 옷들이니까 그걸로 갈아입어."

"……."

"갔다 와, 애들아."

주영이 고민하는 사이 옆에서 나른한 목소리가 들려왔다. 어느덧 일어난 은솔이 양반다리를 하고 부스스해진 머리를 긁고 있었다. 혈색이 한결 따뜻해진 것을 보니 한숨 자고 제법 나아진 모양이었다.

"나 많이 잤지?" 은솔이 물었다. "심심했을 텐데 놀고 와. 난 여기서 구경하고 있을게."

"너도 같이 놀자." 수현이 말했다.

"됐어, 나 수영 못해."

"구명조끼 있어. 튜브도 있고."

은솔이 가만히 주영을 쳐다보자 주영은 고개를 끄덕였다.

셋은 곧 정자에서 나와 준비물을 챙기러 요트로 향했다. 그들은 다 함께 반나절 정도를 정신없이 놀다가 은솔의 입술이 파랗게 질릴 때쯤 되어서야 뭍으로 나왔다. 은솔은 하나도 춥지 않다며 더 놀고 싶어 했으나 몸을 덜덜 떨고 있었기에 이쯤에서 끝내기로 했다. 어차피 다들 배가 고파서 더 이상 놀 힘도 없었다.

한아가 원래는 요트에서 먹을 계획이었던 고기와 술을 정자로 가지고 나와서 먹자고 제안했고, 다들 흔쾌히 동의했다. 방파제 쪽을 지나던 한 아저씨에게 정자에서 취사해도 되는지 물어보니 먹은 후 깨끗하게 치우기만 하면 문제 될 것 없다는 대답이 돌아왔다. 그들은 곧 음식과 술, 버너 등을 나르기 시작했다. 그동안 사람을 몇 명 더 마주쳤는데, 의외로 이십대로 보이는 젊은 사람들도 있었다.

"여기 사는 사람들인가?" 수현이 말했다. "다들 피부가 하얗네."

"그러게."

말마따나 요트에서 이것저것 나르는 동안 사람을 대여섯 명은 마주쳤는데 나이를 불문하고 다들 그은 티가 별로 나지 않았다.

"우리처럼 놀러 온 사람들인가 보지." 주영이 말했다.

"우린 어쩔 수 없이 들른 거고. 솔직히 여기, 놀러 올 만한 곳은 아니지 않냐?"

"그래도 잘만 놀았잖아. 어쩌면 아는 사람만 아는 숨은 명소 같은 곳일 수도 있지."

"그런가?"

준비를 마치고 나니 딱 저녁 먹을 시간이 되었다. 바람이 선선해서 바깥에서 취사하기에 제격인 컨디션이었다. 친구들이 집기류를 세팅하는 동안, 주영은 버너에 불판을 올리고 기름칠을 한 후 삼겹살을 굽기 시작했다. 고기가 지글지글 익어가는 소리를 흘려들으며 주영은 무심코 서쪽을 바라보았다. 주홍색 노을이 수면에 녹아들어 시야를 우윳빛으로 뒤덮었다. 드문드문 떠 있는 고깃배들이 장식용 꼬마전구처럼 띠를 이루는 형상을 보고야 겨우 수평선을 가늠할 수 있었다. 주영은 실눈을 뜨게 만드는 절경을 하염없이 바라보다가 자칫 고기 뒤집는 타이밍을 놓칠 뻔했다.

"여기 마음에 든다." 한아가 말했다. "경치도 좋고, 조용하고."

"맞아." 은솔이 맞장구를 쳤다. "수현이 아니었으면 평생 모르고 살았을걸? 친구 잘 둔 덕분에 좋은 데도 와보고 요트도 타보고. 고마워, 수현아."

주영은 다소 기가 차서 가자미눈으로 은솔을 쳐다보았으나 이내 그러려니 했다.

처음에는 다들 먹는 데에만 열중하다가 슬슬 배가 차고 술도 들어가자 이야기꽃을 피워냈다. 학교를 주제로 이야기를 나누기 시작해서 반목 중인 라인의 동급생들 뒷담화로 번졌다가, 세 병째 소주를 깔 즈음에는 최근 연예인 이슈로 무르익었다. 제법 넉넉히 챙겨 온 줄 알았던 삼겹살은 삼십 분도 안 되어 동이 났다. 주영이 슬슬 항정살을 꺼내 불판 위로 올리려는데 수현이 쩝쩝거리며 말했다.

"학교 그만둬." 주영에게 하는 말이었다. "요리 배울 수 있는 곳으로 편입을 하든가. 학교에 죽치고 있어봤자 너한텐 시간 낭비야."

"……갑자기?"

"뭐가 갑자긴데? 작년 말부터 계속 고민했잖아."

"아니, 내 말은……." 주영은 원망의 눈초리로 수현을 노려보았다. "갑자기 그 얘길 왜 꺼내냐고."

"……심주영." 한아가 많이 놀란 얼굴로 젓가락질을 멈췄다. "학교 그만두게?"

은솔도 반쯤 입에 넣었던 깻잎쌈을 도로 빼며 주영을 쳐다보았다. 주영은 한숨부터 푹 내쉬었다. 수현을 제외한 다른 친구들에게는 생각을 확실히 매듭짓고 나서 알려주려고 했었다.

"아직은 결정 못 했어." 주영은 변명조로 서둘러 말했다. "그래서 말 안 한 거야. 내 생각엔 일단은 한 학기만 더 다녀보고……."

"다녀보긴 뭘 다녀봐." 수현이 말했다. "다녀보려고 하지 말고 다닐 거면 확실히 다녀. 근데 다닐 필요를 못 느끼겠다며. 마음이 완전히 떠났는데 더 있어봤자 뭐 해?"

"그렇다고 다짜고짜 때려치우는 건 너무 위험하잖아." 주영은 집게와 가위를 내려놓았다. "아니, 근데 이게 내 문제지 네 문제야? 내가 알아서 할게."

"네가 알아서 뭘 하고 있는데? 이도 저도 아닌 상태로 반년 넘게 허송세월하고 있잖아. 성적은 날이 갈수록 떨어지더니 저번 학기엔 학사경고까지 받고, 그렇다고 공부 안 하는 시간에 따로 하고 싶은 걸 하는 것도 아니고. 한숨은 늘어만 가고, 표정도 날이 갈수록 무기력해지는 애를 바로 옆에서 보고 있는데 안 답답하겠냐?"

"나 답답한 거 이제야 알았어?" 주영의 목소리가 슬슬 떨렸다. "난 너처럼 잘나지 못해서 똑 부러지게 결정도 못 내리고 겁도 많아. 그러니까 네 기준으로 이래라저래라 하지 마. 난 너랑 다르니까."

"그럼 다른 배 속에서 태어났는데 같겠냐? 다르다고만 하면 뭐가 달라지는데? 미꾸라지처럼 요리조리 빠져나가지 말고, 죽이 되든 밥이 되든 하나만 하라고."

"아! 고기 탄다, 고기 탄다."

한아는 주영이 내려놓은 가위와 집게를 가로채 고기가 눌어붙은 불판을 허겁지겁 수습했다. 그녀는 약간 타버린 고기들을 건져 친구들의 접시에 차곡차곡 올려주었으나 아무도 젓가락을 들지 않았다. 결국에는 한아마저 젓가락을 내려놓고 심각한 얼굴로 팔짱을 꼈다. 이대로 당분간은 어색한 정적만이 흐르나 싶었는데, 곧 은솔이 입을 열었다.

"그랬구나." 은솔의 말투에서 섭섭함이 묻어나왔다. "주영이 학교 그만두고 싶어 했구나. 나랑 한아한테도 말해주지. 같이 고민해줬을 텐데."

"그만 됐고, 슬슬 돌아가자." 수현이 냉담하게 말했다. "많이 어두워졌어."

주영은 수현에게서 시선을 거두고 주변을 훑어보았다. 노을은 완전히 자취를 감추었고, 어느덧 탁한 코발트빛이 하늘을 뒤덮고 있었다. 남동쪽에서 거대한 세력의 먹구름이 천천히 넘어오는 중이었는데, 늦어도 오늘 밤 안으로 이 섬을 집어삼킬 듯이 보였다.

"시간이 벌써 이렇게……." 한아가 주영과 같은 곳을 응시하며 말했다. "저거 태풍이지? 아, 씨. 우리나라 쪽으로 왔구나."

수현은 접시를 내려놓고 쓰레기봉투를 펼쳐 들었다. "빨리 치우고 가자."

서먹해진 분위기를 뒤로하고 다들 일어나서 먹은 자리를 치웠다. 처음에는 배가 불러서 하나같이 굼뜨게 움직이다가 멀리서 천둥소리가 한 번 아련하게 울려 퍼지자 본격적으로 손놀림에 속도가 붙었다.

뒷정리를 끝내고 방파제로 돌아가 보니 수현의 요트만 달랑 남아 있었다. 그들은 정박용 밧줄을 풀기 전에 먼저 안으로 들어가 시동을 걸어놓고 소파에 앉아 잠깐 쉬었다. 먹구름은 아직 멀리 있었고 근방의 파도도 잔잔해서 막상 여유가 있는 듯했다. 주영은 스마트폰을 꺼내 들고 수신 상태를 확인했다. 여전히 먹통이었다.

"……어디 갔지?"

수현이 갑자기 일어나 호주머니를 뒤적이기 시작했다.

"내 폰, 본 사람 있어?"

"잃어버렸어?" 한아가 제 스마트폰을 꺼내 들며 말했다. "전화……는 못 걸겠네. 아직도 안 터진다."

"정자에 놓고 온 거 아니야?" 은솔이 물었다.

"그런가 보다. 금방 갔다 올게."

수현이 요트 밖으로 뛰쳐나갔다가 금방 되돌아왔다. 그녀는 문간 앞에 서서 잠시 머뭇거리더니 주영을 향해 말했다.

"심주영, 찾는 것 좀 도와줄래?"

"……왜?"

튕기는 것이 아니라 순수한 물음이었다. 스마트폰을 찾기에 복잡한 곳이 아니었으므로 금방 찾을 수 있을 텐데 굳이 둘이나 필요할까 싶었던 것이다. 수현은 어깨를 한번 으쓱하고는 가볍게 말했다.

“둘이서 찾으면 더 빠르잖아.”

틀린 말은 아니었지만, 아직 그녀에 대한 화가 풀리지 않은 탓에 주영은 썩 내키지가 않았다. 그러자 한아가 씩 웃으며 호탕하게 말했다.

“같이 갔다 와!” 이어서 주영에게만 들리게끔 속삭였다. “사과하고 싶다잖아.”

주영은 싫은 티를 내며 끝내 소파에서 일어났다.

수현의 스마트폰은 아무리 찾아도 나오지 않았다. 정자 주변은 물론이고 마루 밑까지 플래시를 비춰가며 샅샅이 뒤졌으나 허사였다.

"없는데?" 주영이 말했다. "여기서 잃어버린 거 맞아? 처음부터 요트에 두고 온 거 아니고?"

"아니야, 분명 가지고 나왔어." 수현은 별안간 배를 쓸어 만지며 주위를 두리번거렸다. "아, 나 근데 똥 마렵다. 배 너무 아픈데? 고기 잘못 먹었나?"

"가지가지 한다. 요트 갔다 와. 내가 좀 더 찾아볼게."

"급한데……. 요트 도착하기 전에 나올 것 같아. 느낌이 딱 설사야."

"별로 안 멀잖아. 참고 뛰어가."

"안 되겠다. 화장실 좀 빌려 쓰고 올게. 넌 계속 찾고 있어줘."

"……어, 야!"

"금방 갔다 올게."

수현은 정자를 빠르게 지나 마을 방면으로 뛰기 시작했다. 고개를 허둥지둥 휘두르며 갈피를 못 잡는 꼴을 보니 어지간히 위급한 모양이었다. 주영은 수현이 건물 모퉁이를 돌아 시야에서 벗어날 때까지 뒷모습을 지켜보다가, 한숨을 내쉬며 스마트폰을 마저 찾았다. 그러나 이미 웬만한 곳은 다 뒤져봤기 때문에 얼마 안 가 단념하고 정자 계단에 걸터앉아 수현을 기다렸다.

마냥 앉아만 있기 적적했던 주영은 스마트폰을 꺼내 사진 앨범을 훑어보며 시간을 죽였다. 한장 한장 넘기다 보니 여러 추억이 떠오르는 바람에 서서히 집중하여 들여다보게 되었다. 그렇게 저장된 사진들을 전부 다 열람하고 나서 시간을 확인하니 이십 분이나 훌쩍 지나 있었다. 주영은 그제야 퍼뜩 정신을 차리고 주변을 둘러보았다. 마을 안으로 들어간 수현은 여전히 코빼기도 보이지 않았다.

불안감이 엄습했다. 이십 분 만에 주변이 눈에 띄게 어둑해졌다. 마을에 설치된 가로등 불빛이 하나둘씩 켜졌다. 주영은 문득 수현이 자신을 버리고 간 게 아닌가 하는 피해망상이 들어 얼른 방파제 쪽을 확인해보았다. 다행히 요트는 제자리에 잘 있었으나 그새 더 거칠어진 파도 탓에 위아래로 불안하게 흔들렸다. 안에 있는 친구들이 걱정되었다. 바람은 점점 더 거세졌고 심지어 콧잔등에 비도 한 방울 툭 떨어졌다. 스마트폰이고 나발이고 당장 수현을 데리고 요트로 돌아가야 했다. 주영은 마을 어귀에 서서 외쳤다.

"김수현!"

그러나 대답은커녕 근처에는 사람 한 명 없었다. 주영은 원을 그리며 정처 없이 빙빙 돌다가 끝내 마을로 뛰어 들어갔다. 몇몇 집에 불이 들어와 있었으나 인기척은 느껴지지 않았다. 급한 대로 가장 가까운 집의 초인종을 누르려는데, 마침 수현의 모습이 눈에 들어왔다. 주영은 안도하며 수현을 소리쳐 부르려다가, 할 말을 잃어버렸다.

수현의 등에 한 아이가 업혀 있었다.

"뛰어!" 수현이 달려오며 외쳤다. "요트로 가, 빨리!"

주영은 점점 가까워지는 수현을 고요하게 바라보았다. 너무 놀라서 오히려 침착해졌다.

이윽고 수현은 주영 앞에 멈춰 서더니 한 번 더 꾸짖었다.

"뭐 해? 뛰라니까!"

"너 미쳤어?" 주영은 최대한 조곤조곤 말했다. "돌아가서 경찰에 신고만 하기로 했잖아."

"생각 바뀌었어. 자세한 건 나중에 설명할 테니까 일단 가자."

"애 내려놔. 아직 안 늦었어."

"늦었어." 수현은 아이를 고쳐 업으며 말했다. "우리가 애랑 대화하는 거 아줌마들이 봤을 때부터 의심 샀을 가능성이 높아. 이 방법이 제일 확실해."

"뭔 소린지 모르겠고 빨리 내려놓으라니까? 이건 납치잖아."

"납치 아니야. 내가 얘보고 이 시간이 되면 나오라고 말해놨었어."

"언제?"

"아까 아줌마들 오기 전에."

수현이 아이의 손에 긴 글을 휘갈기던 때의 장면이 주영의 머릿속을 스쳤다. 당장 아이의 표정만 봐도 싫다는 애를 억지로 업어 온 것 같지는 않은 듯했다.

"어쨌든 애랑만 한 약속이잖아. 아이 보호자랑은……."

"보호자가 아닐 수도 있어서 이러는 거라고 몇 번을 말해?"

"그렇다고 막무가내로 이러면 어떡해?"

"알았으니까, 일단 가자니까?" 수현은 자꾸 등 뒤를 힐끔거렸다. "사람들 쫓아와."

주영은 수현의 등 뒤로 그녀가 지나왔던 길 끝을 내다보았다. 아주머니 서너 명이 막 이쪽을 향해 슬리퍼 바람으로 뛰어오는 게 보였다. 깜짝 놀란 주영은 반사적으로 뒤돌아 뛰었다. 그렇게 하는 것 말고는 달리 선택지가 없었다.

빗방울이 얼굴을 때리는 빈도가 점점 늘어났다. 빗물이 삽시간에 시멘트 바닥을 적시자 바닥이 미끄러워져서 달리는 속도를 줄여야 했다. 뒤를 흘끗거리며 가늠해보니 추격자들과의 거리는 아직 멀었다. 그런데 정자를 막 지나칠 무렵, 수현이 무언가를 잘못 밟아 덜커덩거리는 쇳소리를 내며 앞으로 넘어졌다. 주영은 뛰던 관성 탓에 좀 더 나아가다가 겨우 멈추고는 수현에게로 황급히 되돌아왔다.

"괜찮아?"

수현은 손과 무릎을 땅에 짚은 채로 아이를 천천히 내려놓더니, 신음을 내뱉으며 상반신을 힘겹게 일으켰다. 손바닥과 팔꿈치, 무릎 등에 바닥에 쓸린 상처가 짙게 패여 있었다. 그에 반해 아이는 다친 곳 하나 없었고 그저 어찌 된 영문인지 모르겠다는 얼굴로 눈가에 흘러내리는 빗물만 닦았다.

"아아, 씨……." 수현은 발목을 부여잡으며 신음했다. "안 빠지네."

수현은 한동안 발목을 요리조리 비틀어보다가, 곧 호주머니에서 스마트폰을 꺼내 플래시를 비췄다. 길가에 흔히 설치되는 배수구 덮개에 틈이 하나 크게 벌어져 있었는데, 거기로 수현의 오른쪽 발목이 깊이 끼어버렸다. 덮개를 들어내고 신발을 벗어도 소용없었다. 복숭아뼈가 틈에 끼어 발을 빼낼 수 없었다.

"휴우우……."

수현이 심호흡을 한번 크게 하고는 자신의 발목을 있는 힘껏 잡아당겼다. 고통을 참느라 이를 악무는 수현을 지켜보는 주영의 얼굴도 덩달아 일그러졌다. 그러나 발은 빠지지 않았고 오히려 복숭아뼈에 난 상처만 더 벌어졌다.

"그만해, 피 나잖아!" 주영은 무의식적으로 안도하며 말했다. "그냥 다 포기하자. 이 상태론 어쩔 수가……."

"심주영."

수현은 발목에서 손을 떼고 아이의 손을 지그시 잡더니, 주영을 천천히 올려다보았다. 각오가 서린 눈빛이 주영의 간덩이를 쿡 찔렀다.

"네가 얘 업고 가."

"……어?"

"이제 혼자서도 요트 운전할 줄 알지? 운전석 옆에 보면 비상용 손도끼 있어. 시동은 걸려 있으니까, 도끼로 밧줄 끊고 바로 출발해버려."

"내가……." 주영은 머리가 굴러가지 않았다. "지금 나보고 얘를 데려가라고?"

수현은 고개를 끄덕였고, 주영은 고개를 저었다.

"싫어."

"왜?"

"왜냐니! 이거 네가 멋대로 벌인 일이잖아. 난 이렇게 하고 싶었던 적도 없고 애초에 이러는 거 반대야. 그냥 사람들 오면 애 돌려보낼래."

"여기까지 같이 잘 도망쳐놓고?"

"……."

"이럴 거면 처음부터 말리든가. 너 만약 내가 이 지경 안 되고 요트까지 무사히 도착했으면 내가 하자는 대로 계속 따랐을 거잖아. 아니야?"

주영은 반박하지 못했다. 수현은 뒤를 흘끗 경계하고 나서 말을 이었다.

"내가 봤을 때 얘한텐 이게 마지막 기회야. 지금 아니면 저 사람들한테서 영영 못 벗어날 수도 있어."

"난 모르겠어, 이게 잘하는 짓인지. 그냥 잘 살고 있는데 쓸데없이 오지랖 부리는 것 같다고. 꼭 이렇게까지 해야 할까? 솔직히 우리랑은 상관없는 일이잖아."

"그렇지." 수현이 고개를 끄덕였다. "어제까지만 해도 우리랑은 상관없는 일이었지. 근데 오늘 이렇게 만났잖아. 나 지금 죠리퐁 뒷면에 나온 애들 다 구하겠다는 거 아니야. 오늘 우리가 만난 얘만 어떻게든 해보겠다는 거야. 너 나중에 집에 가서 후회 안 할 자신 있어?"

"……."

"난 자신 없어. 그래서 이렇게 나대는 거야. 안 하고 후회할 바엔 하고 실패하는 게 속 편하잖아."

그녀의 말이 지금 이 상황에 어울리는지 아닌지를 떠나, 주영은 직감했다. 자신이 어떻게 나오든 간에 수현은 제 뜻대로 밀어붙이기로 완전히 결심을 굳혔고, 그녀의 뜻을 거스를 경우 둘의 관계에 돌이킬 수 없는 균열이 생길 것이다. 주영은 고뇌에 치여 한숨만 연거푸 쉬다가, 하는 수 없이 물었다.

"그럼 넌? 나 가고 나면 어쩌려고. 혼자 여기 남게?"

"응, 난 나중에 알아서 돌아갈게."

"안 돼, 싫어. 네 말대로 위험한 사람들이면 어쩌려고?"

"어쩔 수 없잖아. 움직이질 못하는데."

"그래도……."

"괜찮아, 설마 죽이기야 하겠냐?"

천둥소리가 한 차례 울려 퍼졌다. 다급히 고개를 돌리자 마을 어귀를 막 벗어난 사람들이 뛰쳐나오고 있었다. 주영은 그들을 보고 순간 전의를 상실했다.

"잠깐만, 못 하겠어. 수현아, 그냥 애 돌려주자. 어?"

그러자 수현은 고개를 떨구며 크게 한숨을 쉬었다. 주영은 또 꼼짝없이 수현의 강요 섞인 핀잔이나 듣게 될 거라 예상했다. 하지만 수현은 아이의 손을 버리듯이 휙 놓고는 힘없이 주영을 올려다볼 뿐이었다.

"알았어, 네가 편한 대로 해."

체념과 멸시가 섞인 말투였다. 그 말을 듣는 순간, 온몸의 모공이 오그라드는 듯한 강렬한 흥분이 주영의 머릿속을 지배했다. 기타 줄 같은 것이 팅 끊어지는 소리가 한쪽 귀를 찌르자 더 이상 아무 생각도 할 수 없었다. 쫓아오는 마을 사람들과의 거리가 많이 줄어들어 있었다. 주영은 급히 아이를 업었다. 탈것이 달라졌지만 아이는 개의치 않고 얌전히 업혀주었다. 주영은 그대로 자리에서 일어나 수현에게 눈길도 주지 않고 요트를 향해 전속력으로 달리기 시작했다.

잔뜩 흥분한 덕인지 아이는 솜뭉치를 업은 듯 가벼웠고, 다리근육의 힘도 평소보다 더해서 하마터면 속도를 주체하지 못하고 앞으로 나자빠질 뻔했다. 이제 완연한 밤이었고, 가로등도 몇 개 없어 사방이 어두웠다. 점점 더 심해지는 빗줄기가 얼굴을 타고 흐르는 바람에 앞을 보기도 힘들었다. 손으로 닦아내고 싶어도 아이를 업고 있어 그럴 수 없었다. 서서히 이성이 되돌아오자 이건 아니라는 생각이 자꾸 머릿속을 맴돌았으나 어찌 된 일인지 한번 달궈진 발은 좀체 멈춰지지 않았다.

"심주영!"

방파제를 지나 요트 근처에 거의 다다르자 한아의 목소리가 빗소리에 묻혀 흐릿하게 들려왔다. 주영은 요트 앞에 도착하자마자 일단 아이를 내려놓고 숨부터 골랐다. 허파가 터질 것 같았다.

"……뭐야?" 한아가 당황스러운 듯 물었다. "개를 왜 데려와?"

"데리고 갈 거야."

"뭐?"

비가 제법 내리고 있었으나 배를 띄우지 못할 정도는 아니라는 판단이 섰다. 충분히 해볼 만했다. 피가 거꾸로 솟은 탓인지 낙관적인 기분이 대책 없이 주영의 피를 감싸고 돌았다.

"……수현이는?" 한아가 외쳤다.

"설명은 나중에. 올려줄 테니까 애부터 받아줘."

주영은 아이의 겨드랑이에 손을 끼운 뒤 아이를 힘차게 들어 올렸다. 한아는 얼떨떨한 얼굴로 잠시 굳어 있다가, 이내 아이를 받기 위해 난간 앞으로 몸을 기울였다. 그렇게 그대로 받는가 싶더니 돌연 경악에 찬 표정으로 주영의 뒤를 가리켰다.

"야, 저기……."

주영은 급히 고개를 돌려 뒤를 돌아보았다. 손전등 불빛 몇 줄기가 어둠을 가르고 튀어나왔다. 빛은 하나둘 늘어나더니 그 주위가 환하게 밝아질 정도로 삽시간에 수가 늘어났다. 다 해서 대략 스무 명쯤 되어 보였다. 그 인파가 우산도 쓰지 않고 홀딱 젖은 채로 물귀신처럼 살벌하게 돌진해 오는 광경을 보고 있자니 너무 무서워 오히려 웃음이 나왔다.

주영은 저도 모르게 뒷걸음질 치다 하마터면 아이를 물에 빠뜨릴 뻔했으나 끝내는 아이를 다시 등에 업고 요트에 올라타기 위해 난간을 잡았다. 그러나 파도로 인해 요트가 흔들려 자꾸만 손이 미끄러졌다.

“빨리!” 덩달아 급해진 한아가 손을 뻗었다. “잡아!”

한아의 손과 난간을 동시에 잡은 주영은 팽팽히 당겨진 밧줄 위로 한쪽 발을 올렸다. 그대로 반쯤 올라갔을 때 뒤에서 사람들이 쏟아내는 외침과 욕지거리가 주영의 귓속을 파고들었다. 어느덧 추격자들과의 거리가 완전히 좁혀졌다. 난간을 채 넘어가기도 전에 한 남자가 주영의 다리를 꽉 안고는 있는 힘껏 잡아당겼다. 주영은 결국 한아의 손을 놓쳤고 그대로 남자와 함께 바닥으로 내동댕이쳐졌다. 거세게 넘어져 모로 몇 번을 구른 후에야 헐레벌떡 자리에서 일어났다. 등부터 떨어져서 아이가 무사한지 걱정되었으나 주영을 잡아당긴 남자가 쿠션 역할을 해준 덕분에 별 피해는 없어 보였다. 다른 곳을 살피려는데, 문득 아이와 눈이 맞았다.

찰나였으나 주영은 분명하게 느낄 수 있었다. 아이가 또렷하게 초점 있는 눈동자로, 주영의 눈을 정확히 쳐다본 것 같았다. 제대로 확인하고 싶었지만 곧이어 자동차 상향등처럼 무지막지하게 밝은 스포트라이트들이 일제히 주영의 얼굴 위로 쏟아졌다. 주영은 갓 체포된 현행범처럼 눈을 감고 팔로 얼굴을 가렸다. 영원히 분출될 것만 같았던 아드레날린이 증발해 버리자 패기도 완전히 상실되었다. 주영은 얌전히 두 손을 들어 올렸다.

마을 사람들이 원을 만들며 주영을 에워쌌다. 주영은 그들이 자기를 무릎 꿇리거나 바닥에 눕혀 손이라도 묶을 줄 알았는데 그런 일은 벌어지지 않았다. 그들은 그저 격하게 숨을 몰아쉬며 주영을 천재지변 대하듯 허탈하게 바라보기만 했다. 아무도 말이 없었다. 침묵을 찢어발기듯 천둥소리가 한 차례 크게 터져 나왔다. 주영은 하늘을 올려다보았다. 태풍이 섬을 막 집어삼키고 있었다.

5

주영은 섬사람들에게 둘러싸인 채 마을회관으로 연행되었다. 한아와 은솔도 별수 없이 요트에서 내려 뒤를 따랐다. 일행을 격리하기 위한 섬사람들의 조치인 동시에 한편으로는 태풍을 피할 곳을 제공해주려는 배려이기도 했다. 파도가 심해서 요트 안에서는 더 이상 머물 수가 없었다.

회관은 흔한 갈색 벽돌로 지어진 2층짜리 건물이었다. 주영의 일행은 섬사람들의 안내를 받아 함께 안으로 들어갔다. 회관인 만큼 평수가 넓어 스무 명가량 되는 사람들이 들어차도 공간이 넉넉했다. 주영은 주위를 둘러보다가 소파 끝에 앉아 있는 수현을 발견했다. 그녀의 무릎과 팔꿈치에 거즈가 붙어 있었다. 수현은 막 들어온 셋을 흘겨보더니 결국 이렇게 될 줄 알았다는 듯 뒤통수를 벽에 기댔다.

사람들이 마른 수건을 가져와 하나씩 건네주었고, 셋은 말없이 젖은 몸을 닦았다. 섬사람들도 각자 몸을 닦았고 그러는 내내 다들 아무런 말이 없었다. 스무 명이나 모여 있는데도 말 한마디 없어서 분위기가 험악하게 느껴졌다. 그들이 들어오기 한참 전부터 에어컨이 틀어져 있었는지 실내의 공기가 서늘했다. 주영은 오들오들 떨리는 턱을 진정시키려고 팔을 더욱 열심히 움직였다. 더 이상 닦을 데도 없었지만 물기를 터는 시늉을 멈추지 않았다.

셋은 곧 수현의 옆에 나란히 앉혀졌다. 섬사람들은 앉지 않고 소파에 앉은 넷을 포위하듯 둘러섰다. 주영은 자연스레 고개를 숙였다. 위압감이 상당해서 그들의 얼굴을 올려다볼 엄두가 나지 않았다. 겁을 잔뜩 먹은 은솔이 흐느끼는 소리가 주영의 귓가로 흘러들었다. 주변을 둘러봤지만 아이는 어디에도 보이지 않았다.

"왜 그랬어요?"

누군가가 물었다. 주영은 고개를 슬쩍 들어 목소리가 들려온 쪽을 쳐다보았다. 오십대 후반쯤으로 보이는 아주머니였는데, 아무래도 이곳의 이장쯤 되는 높은 인물인 듯 보였다. 깡촌에 사는 사람은 촌스러울 거라는 주영의 고정관념과 달리 차림새나 인상이 세련되었고, 말투도 접때 만났던 아주머니들과 마찬가지로 표준어였다.

"그런 짓을 대체 왜 했냐고."

"……죄송합니다." 한아가 기죽은 목소리로 말했다.

"사과나 받자는 게 아니야."

이장의 말이 끝나기도 전에 은솔이 울음을 터뜨렸다. 이장은 은솔을 잠시 애처로운 눈빛으로 내려다보더니 이어서 살살 구슬리듯, 그러나 적의는 분명히 표한 채로 말을 이었다.

"화를 내기 이전에 너무 궁금한 거야, 우리는. 멀쩡하게 생긴 어린 학생들이 왜 이렇게 막돼먹은 일을 벌인 거야?"

그때 수현이 호주머니에서 주섬주섬 무언가를 꺼냈다. 쪽지 모양으로 접어놓았던 죠리퐁 봉지였다. 수현은 봉지 뒷면을 펼쳐 사람들에게 들이밀었다. 이장은 봉지를 받지는 않고 뭐 하자는 거냐는 식으로 수현을 빤히 노려보았다.

"읽어보세요."

이장의 옆에 서 있던 젊은 여자가 봉지를 받아들고 눈으로 읽었다. 근처에 있던 사람들도 하나둘씩 봉지를 들여다보았고, 끝내 이장도 그 내용을 확인했다. 그녀는 일순 미간을 구기더니, 이해하지 못하겠다는 표정을 만면에 드러냈다.

"이게 뭐가 어쨌다고?"

"그 아이 어디 있어요?" 수현은 아랑곳하지 않고 말했다. "데려와서 거기 나온 실종 아동 사진이랑 비교해보세요. 똑같아요. 나이대도 비슷하고, 등에 물고기 모양 흉터 있는 거랑 청각장애 있는 것도 똑같고. 아줌마네가 그 아이 납치한 거 아니에요?"

"무슨 미친 소릴……." 이장의 목소리가 훅 낮아졌다. "동티날 소리 함부로 하지 마요. 도련님은 처음부터 여기서 나고 자라셨어. 그래서 이것 때문에 그런 거야? 이런 심증만 가지고? 도대체 데려가서 뭘 어쩌려고 했는데?"

"경찰에 신고하려고요."

딱히 입을 여는 사람은 없었으나 실내의 공기가 몇 배는 더 무거워진 것을 주영은 느낄 수 있었다. 이장은 기가 차다는 듯 주위 사람들을 둘러보며 말했다.

"너무 어이가 없어서……."

이어서 이장은 마치 한 수 가르쳐주겠다는 듯한 태도로 봉지에 적힌 신체 특징란을 툭툭 치며 가리켰다.

"긴말할 것 없고. 잘 봐, 학생. 여기 뭐라고 적혔어. 청각장애라고만 나와 있지? 근데 도련님은 앞도 안 보이셔요. 이것만 봐도 아닌 거 충분히 알 수 있잖아. 다른 증거도 들 수 있는데, 굳이 생판 모르는 남 앞에서 도련님 이야기를 떠들 필요가 있나 싶어. 이 애랑은 전혀 다른 분이에요. 학생들 멋대로 착각하는 거니까 그런 줄 알고, 오늘은 일단……."

"진짜 안 보여요?" 수현이 따지듯 말했다. "개 진짜로 안 보이는 거 맞아요? 내가 보기엔 '그런 척'하는 것 같던데."

이장이 실눈을 떴다. "……뭐?"

"안 보이는 애가 어떻게 밖을 혼자서 돌아다녀요? 보호자도 지팡이도 없이 혼자서 잘만 뛰어다니던데."

"수현아." 그때 은솔이 수현의 팔을 잡았다. "그만하자, 네가 함부로 말할 일은 아니잖아."

"그리고 왜 애를 도련님이라고 불러요?" 수현은 신경 쓰지 않고 계속해서 말했다. "아이는 그쪽들을 이모, 이모부라고 부른다면서요. 가족 아닌 건 확실한 것 같은데, 아이랑 무슨 관계예요?"

"그만하라니까……."

은솔이 재차 말리자 수현은 "아, 좀 놔봐" 하고 손을 뿌리치며 목소리를 높였다.

"가족도 아닌 사람들이 왜 어린애를 이런 외딴섬에 가둬놓고 키우냐고. 애초에 그 아이가 실종 아동이냐 아니냐를 떠나서 이런 상황 자체가 엄청 수상……."

"제발!" 은솔이 빽 고함을 질렀다. "그만하라고, 좀!"

순간 은솔에게 주목이 확 쏠렸다. 은솔은 숨이 찬 듯 가슴을 들썩거리며 수현만 노려보았다. 눈물이 채 마르지 않은 얼굴에 두려움이 가득했다. 그녀는 떨리는 목소리로 경고하듯 나지막이 말했다.

"자극 좀 하지 마."

이어서 핏기를 잃기 시작했다. 몸도 비에 젖은 강아지처럼 바들바들 떨고 있어서 옆에 앉은 주영에게까지 알 수 없는 긴장감이 전이되었다.

"갑자기 왜 이래?"

"있어." 은솔은 거의 들리지 않는 성량으로 중얼거렸다. "뭐가 있다고, 여기."

"아……." 수현이 미간을 좁혔다. "너 또 어디 아프냐?"

주영은 수현의 "아프냐"는 물음이 물리적인 아픔을 뜻하는 게 아님을 알았다. 방파제에서 은솔이 아이를 두고 "정상이 아니야"라고 했을 때 주영이 품었던 의심을 이제는 수현도 가지게 된 모양이었다.

"야, 곽은솔." 수현이 은솔의 손을 잡으며 말했다. "너 또 귀신 보여?"

그 말에 이번에는 섬사람들의 시선이 수현에게로 옮겨 갔다. 정확히는 '귀신'이라는 단어에 반응한 것 같았다. 주영은 사람들의 표정을 쓱 훑어보았다. 뚱딴지같은 말을 들었다는 반응이라기보다는 뭔가를 말하고 싶은 충동을 꾹꾹 눌러 담은 눈빛들이 서로 은밀하게 오고 가는 듯 보였다.

"안 보여." 은솔이 말했다. "확실해. 걔는 눈이 안 보이는 아이야. 그건 실종된 애가 아니야. 그건…… 여기 사람들 말이 맞

아. 무조건 맞으니까, 이번만큼은 제발 내 말 들어주라."

"그러자, 수현아." 주영도 동의하며 끼어들었다. "은솔이 지금 많이 피곤한 것 같으니까 일단 여기까지만 하자."

주영은 특히 '피곤'을 강조해서 말했다. 수현은 못마땅한 듯 주영을 노려보다가, 끝내 마른 한숨을 내쉬며 입을 닫았다. 그녀가 한발 물러나자 사람들도 한시름 놓았는지 경직되어 있던 어깨가 하나둘 내려갔다.

"맞아요, 다들 피곤할 텐데……." 섬사람 중 몇몇이 말했다. "오늘은 쉬고 내일 다시 이야기하는 게 어떨까요?"

대부분 순순히 긍정하는 분위기였다. 곧 이장이 나서서 상황을 갈무리했다.

"학생들은 일단 여기서 자. 어차피 태풍 때문에 하루 이틀은 섬에 묶였으니까, 그때까진 회관에서 지내요. 어쩔 수 없으니까."

"……감사합니다." 주영과 한아가 잠시 머뭇거리더니 동시에 고개를 꾸벅 숙였다.

이장은 그 말을 끝으로 자리를 떠났다. 그녀를 따라 섬사람 중 절반이 회관을 빠져나갔다. 그래도 열댓 명 정도가 여전히 거실에 남아 있었는데, 주영 일행을 감시하기 위한 인원인 모양이었다.

"여기."

한 젊은 여자가 과자 봉지를 수현에게 돌려주었다. 그러고 나서 소파에 앉은 넷을 찬찬히 뜯어보더니, 나름 호의적인 투로 말했다.

"화장실은 저기예요. 세면도구 다 있으니까 씻고 싶으면 씻어도 돼요. 이불이랑 베개는 저 붙박이장 안에 많으니까 각자 쓸 거 가져와서 거실에서 자세요."

"침대 없어요?" 수현이 불쑥 물었다. "나 바닥에서 못 자는데."

주영은 수현을 뜨겁게 째려보았다. 진짜로 침대를 원하는 게 아니라 일이 뜻대로 안 되니 공연히 시비나 붙여보려는 것 같았다. 여자는 씩 웃더니 가볍게 대답했다.

"회관에는 없어요. 정 불편할 것 같으면 요트로 돌아가셔도 돼요."

은은하게 가시 돋친 말투였다. 주영은 수현이 또 허튼소리를 하기 전에 얼른 말했다.

"바닥에서 잘게요. 신경 써주셔서 고맙습니다."

넷은 바닥에 이부자리를 깔고 나서 한 명씩 돌아가며 샤워했다. 그동안 말을 걸어오는 섬사람은 아무도 없었고, 다들 경계심을 잔뜩 세운 얼굴로 넷의 일거수일투족만 감시했다. 주영은 내심 저들에게 해코지를 당하지 않는 것만도 다행이라는 생각이 들었다. 그와 동시에 자신이 무슨 짓을 벌였는지를 깨닫자 등줄기가 오싹해졌다. 나이가 아직 한 자릿수밖에 되지 않는 어린아이를 납치하려고 했다. 그때 분명 제정신이 아니었다.

모두 누울 준비를 마치자, 섬사람들은 눈치껏 거실 불을 꺼주었다. 그 전까지는 친구끼리든 섬사람끼리든 짤막하게 오가는 말소리라도 들렸었는데, 어두워지고 나니 그것마저 뚝 끊겨 먹먹한 침묵에 잠겨들었다. 갈수록 거세어가는 빗소리만이 그나마 정적을 희석해주었다.

주영은 모로 누워 습관적으로 스마트폰을 집어 들었다. 열시 정각. 자기에는 다소 이른 시각이라 양옆을 두리번거리며 친구들의 동태를 살폈다.

“내일 나갈 수 있을까? 태풍 심해서 안 되겠지?”

아무에게나 물었으나 묵묵부답이었다. 벌써 잠에 빠졌는지 아니면 그런 척하는 건지 다들 꼼짝없이 누워 있었다. 베개에서 곰팡내가 희미하게 올라왔다. 바꿔달라고 말할 처지가 못 되었기에 주영은 그저 감지덕지하며 자세를 고쳐 누웠다. 그러고는 여러 번 뒤척이다가, 곧 잠에 빠져들었다.

6

주영은 창이 세차게 흔들리는 소리를 듣고 눈을 떴다. 밖은 아직 어두웠다. 상반신만 일으켜 주위를 둘러보니 다들 잘만 자고 있었다. 다시 누우려던 주영은 갑자기 불어닥친 돌풍에 잠에서 완전히 깼다. 창문이 당장이라도 깨질 것처럼 일제히 뒤흔들렸다.

“바람 엄청 세다.”

놀란 마음을 잠재울 겸 그녀는 혼잣말을 뱉었다. 스마트폰으로 시간을 확인해보니 새벽 두시였다.

현관의 미닫이문이 유난히 달그락거렸다. 주영은 뻐근한 몸을 추스르고 일어나 현관 앞으로 갔다. 자세히 보니 살짝 열린 문틈으로 바람이 날카로운 소리를 내며 새어 들어왔다. 문을 닫으려고 문틀을 잡는 순간, 반투명 유리창 너머로 흐릿한 실루엣이 보였다. 주영은 잠시 주춤하다가 문을 살짝 더 열어 보았다. 그때 번개가 소리 없이 번뜩이며 하늘을 대낮처럼 밝혔고, 비바람에 홀딱 젖은 아이가 일순 모습을 드러냈다가 도로 어둠에 덮였다.

주영은 비명을 지를 뻔했으나 겨우 참아 넘기고, 스마트폰 플래시로 아이를 비추었다. 아이는 한 치의 미동도 없이 마네킹처럼 가만히 서 있었다. 미역처럼 들러붙은 머리칼에 반쯤 가려진 눈으로, 그저 어딘가를 멍하게 내려다보는 듯했다.

"괜찮아?"

주영은 말하고 나서야 아이가 듣지 못한다는 사실을 새삼 인식했다. 우선은 아이를 안으로 들이는 수밖에 없었다. 주영은 손을 내밀어 아이를 향해 천천히, 신중하게 뻗었다. 손가락 끝이 아이의 맨살에 막 닿으려는 찰나 번개보다 몇 템포 늦게 도착한 천둥이 다이너마이트 터지듯 고막을 강타했다. 주영은 마치 감전된 것처럼 후딱 손을 거둬들였다. 아이는 천천히 고개를 치켜들더니 갑자기 확 숙였다. 깜짝 놀란 주영은 급하게 뒷걸음질 치다가 턱에 걸려 엉덩방아를 찧었다. 아이는 그냥 재채기했을 뿐이었다. 주영은 가슴을 쓸어내리다가 뒤쪽에서 무슨 소리가 들려와 무심코 뒤를 돌아보았다.

이부자리 위에서 두 개의 실루엣이 격렬하게 뒤엉키고 있었다.

누군지는 잘 보이지 않았다. 주영은 일단 몸을 일으켰다. 그리고 그대로 멍청히 서서 계속 지켜보기만 했다. 거실 스위치를 찾아 그 위에 손을 올려놓기는 했으나 차마 불을 켤 용기가 나지 않았다. 실루엣의 괴팍한 움직임이 도저히 사람 것으로 보이지 않았다. 오랑우탄이나 침팬지 같은 영장류 날짐승만 머릿속에 떠오르는 와중에 "씨발!" 하고 소리치는 수현의 목소리가 귀에 꽂혀 주영은 즉각 거실 불을 켰다.

은솔이 수현의 하복부에 올라타 있었다. 둘 다 상의가 걸레짝처럼 찢겨 너덜너덜했다. 자세히 보니 은솔이 수현의 목을 조르는 중이었다. 소형견이 아르랑거리는 듯한 숨소리가 은솔의 입에서 새어 나왔다. 표정이 심하게 찌그러져 있어 지금껏 알고 지내던 친구가 맞는지 의심될 정도로 딴사람 같았다. 한편 수현은 허공을 향해 두 다리를 마구 차대며 허우적거렸다. 온몸으로 발버둥 치는 가운데 입만 금붕어처럼 얌전히 열려 있었는데, 얼굴색이 자줏빛인 게 당장이라도 질식할 것처럼 보였다. 눈꺼풀의 힘도 점점 빠지고 있었다.

주영은 얼른 달려가 뒤에서 은솔을 안았다. 그녀를 떼어내려고 힘을 줬으나 꿈쩍도 하지 않았다. 몸무게를 실어 뒤로 넘어지듯 당겨도 역부족이었다. 마침 옆에서 한아가 달려들어 합세했고, 뒤늦게 잠에서 깬 섬사람들도 하나둘 말리러 왔다.

그러나 사람이 많아지니 혼잡해져 오히려 방해만 되었다. 한아가 은솔의 목에 팔을 감고 레슬링 기술을 걸듯 힘껏 조르기 시작했다. 목이 부러지는 게 아닐까 걱정될 만큼 은솔의 고개가 심하게 꺾였지만 아무도 말리지 않았다. 은솔의 아르랑대던 소리가 점점 컥컥거리는 신음으로 바뀌었다. 짐승 같던 움직임도 점점 부드러워졌다. 그녀의 얼굴이 곧 수현만큼이나 새파랗게 질려갔으나 한아는 섣불리 힘을 풀지 않았다. 마침내 수현의 목이 은솔의 손에서 풀려났다. 수현이 이부자리 위로 풀썩 쓰러지자 주영은 얼른 곁으로 가 그녀를 끌어안고 상태를 확인했다. 의식이 혼미한 듯했으나 숨은 쉬고 있었다.

은솔은 힘이 많이 빠지기는 했어도 적개심만은 여전히 팔팔해 보였다. 한아는 긴장을 늦추지 않고 팔에 가한 힘을 유지했다. 은솔은 두 팔을 앞으로 뻗어 보이지 않는 뭔가를 잡으려는 듯 흐느적흐느적 휘젓다가, 머지않아 실이 끊긴 인형처럼 팔을 뚝 떨어뜨렸다. 기절하지는 않았다. 다만 온탕에 몸을 푹 담근 사람처럼 얼굴에 안락한 표정이 떠올랐다. 한아는 은솔을 안아 들고 수현과 멀리 떨어진 곳에 데려다 눕혔다.

사람들의 거친 숨소리가 막 진화된 화재 현장의 연기처럼 피어올랐다. 뭐가 어떻게 된 거냐고 묻는 사람은 없었다. 주영 역시 그런 건 당분간 알고 싶지도 않았다. 한아는 수현의 상태를 살펴보고는 벽에 등을 기대고 주저앉아 멍한 표정으로 주영을 올려다보았다.

주영은 곧 주위를 두리번거리며 아이를 찾았다. 그녀와 조금 떨어진 거리에서 사람들이 수건으로 아이의 머리를 닦아주는 게 보였다. 아이는 그저 사람들의 손에 몸을 내맡긴 채로 어리둥절하게 서 있기만 했다. 주영은 맥없이 한숨을 토해냈다. 긴장이 풀리자 오감이 서서히 돌아왔다. 볼이 축축해서 만져보니 모르는 사이에 눈물도 흐른 모양이었다.

잠시 후 마을회관 정문이 열리고 섬사람들 한 무리와 이장이 들어왔다. 보아하니 이 섬에 사는 사람들 모두가 모여든 듯했다. 이장은 회관 안을 죽 둘러본 다음 가장 먼저 수현에게로 와 상태를 살폈다. 수현을 건드리지는 않고 묵묵히 한참 내려다보기만 했다. 그러고는 섬사람들에게 수현의 상처를 치료하라는 지시를 내린 뒤 은솔에게로 자리를 옮겼다. 이장은 은솔의 상태도 대강 살피더니, 이어서 아이에게 다가가 촉수화를 걸었다. 대화는 신속하게 끝났고, 머지않아 섬사람들은 아이를 회관 밖으로 데리고 나갔다.

이장이 주영과 수현이 있는 곳으로 돌아오자 수현의 상처를 봐주던 사람들이 총총 물러났다.

"학생은?" 이장이 주영에게 물었다. "어디 다친 데 없어요?"

"네, 전 괜찮아요."

"어떻게 된 거예요?" 이장은 멀리 있는 은솔을 눈짓으로 가리켰다. "저 학생이 갑자기 공격했다면서."

주영은 거의 억지로 고개를 끄덕였다. 방금 눈앞에서 벌어진 일이었는데도 여전히 믿기지가 않았다.

"아까 상황 자세히 설명해줄래요?"

"……모르겠어요." 주영은 고개부터 저었다. "바람 소리가 너무 세서 잠에서 깼는데……. 모르겠어요. 어두워서 잘 안 보였는데, 둘이 싸우고 있었어요."

"왜 그랬는지 알아요? 일단 저쪽에도 물어보고 있기는 한데."

흘끗 보니 한아도 주영과 마찬가지로 섬사람들에게 질문을 받는 중이었다. 정작 싸움을 일으킨 당사자 두 명은 뻗어버려서 주영과 한아만 곤혹스러운 상태였다. 주영은 잠시 생각하다가, 끝내 고개를 저었다.

"저도 모르겠어요."

"어젯밤에 듣기로, 저 학생이 귀신을 본다던데."

은솔을 두고 하는 말이었다. 주영은 "네" 하고 대답했다.

"좀 더 설명해줄 수 있어요?"

"……뭘요?"

"저 귀신 본다는 학생에 대해서. 어떤 귀신을 언제 어떻게 봤는지 뭐, 그런 것들. 최대한 자세하게 말해줄수록 좋아요."

"그런 건 왜 물으시는데요?" 주영은 혹여 따지는 것처럼 들릴까 봐 나름 공손한 투로 되물었다.

"심각한 일일 수 있어서 그래요. 자세히 이야기하자면 너무 길어져요. 우선은 내 질문에 대답 먼저 해주면 고맙겠는데."

이장의 태도가 어제저녁보다는 그나마 친절하게 느껴졌다. 주영은 더 걸고넘어지지 않기로 했다. '심각한 일일 수 있다'는 말을 듣고 약간 겁먹은 이유도 있었다.

"가끔씩 정신이 좀 이상해질 때가 있어요, 은솔이가." 주영은 설명했다. "엠티 때 갑자기 완전 딴사람이 돼서 술자리를 다 뒤집어엎은 적 있었고, 드라이브하는데 횡단보도를 지날 때마다 똑같은 귀신이 계속 보인다면서, 조수석에서 발작 일으켜서 사고 날 뻔한 적도 있고……. 제가 알기론 정신과 다니는 중인데 지금도 다니는지는 모르겠어요. 나쁜 애는 절대 아니에요. 평소엔 엄청 착하고 친구들이랑도 다 잘 지내요. 그리고 올해 들어서는 그런 적 한 번도 없어서 이젠 괜찮아진 줄 알았는데……."

"폭력은?" 이장이 물었다. "오늘처럼 작정하고 누굴 공격한 적 있어요?"

"폭력……." 주영은 고개를 갸웃했다. "아뇨, 보통은 울거나 몸부림만 치는 정도였고, 오늘처럼 누굴 때리고 목 조르고 한 적은 없었어요. 모르겠어요. 저랑 같이 있는 자리에선 이런 적 한 번도 없었어요."

이장은 생각에 잠긴 듯 천천히 고개를 주억거리더니 이어서 물었다.

"도련님, 아니 아이도 혹시 있었어요? 친구들 싸울 때 근처에 아이 있었어요?"

"아이요? ……아." 주영은 고개를 끄덕였다. "네, 있었어요."

이장은 침묵으로 더 자세한 설명을 요구했고, 주영은 계속해서 말했다.

"가까이에 있었던 건 아니고……. 바람 소리가 너무 세서 잠에서 깼었거든요."

그러면서 주영은 현관 미닫이문을 가리켰다. 잠에서 깬 후 현관으로 나갔다가 아이를 발견했고, 뒤이어 은솔이 수현을 공격하는 장면을 목격하게 되었다는 과정을 다소 두서없이 설명해주었다. 이장은 연신 고개를 끄덕이더니 질의응답을 끝내고 섬사람들이 모인 쪽으로 돌아갔다.

그들은 주영의 일행을 내버려둔 채 저들끼리 모여 잠시 이야기를 나누었다. 목소리를 한껏 낮추었기 때문에 무슨 내용인지는 들을 수 없었다. 등을 돌리고 있는 모습이 꼭 저들끼리 무슨 작당이라도 꾸미는 것처럼 보였다. 중간중간 몇 사람이 주영과 수현을 힐끔거렸다. 섬사람들은 한참 후에야 대화를 마치고는 줄지어 회관 밖으로 나갔다.

실내가 눈 깜짝할 새에 휑해졌다. 섬사람은 대여섯 정도만 남았는데, 하나같이 이십대 중후반의 젊은 사람들뿐이었다. 그들은 다들 자기들만 여기에 남겨진 게 불만이라는 티를 얼굴에 대놓고 드러냈다.

주영은 수현의 상태를 살폈다. 그녀의 팔이며 다리 이곳저곳에는 거즈와 반창고가 나붙어 있었고, 목에는 시퍼런 멍 자국이 선명하게 드러났다. 주영이 수현의 이름을 불러보았으나 응답은 없었다. 가슴이 부드럽게 오르락내리락하는 것을 보니 심각하게 걱정할 필요는 없을 것 같았다.

주영은 은솔과 한아에게로 갔다. 은솔은 가만히 누운 채 눈을 감고 있었고, 한아는 무릎을 세우고 앉아 착잡한 표정으로 은솔의 얼굴만 들여다보고 있었다.

"은솔이는?" 주영이 물었다. "자?"

"그런 것 같아, 방금 눈 감았어. 수현이는 괜찮아?"

"상처가 많고 목에도 멍이 심하게 들었는데…… 일단 잠들었어."

"네가 수현이랑 같이 있어줘. 난 은솔이랑 있을게. 또 깨어날지도 모르니까."

"……응."

주영은 수현의 곁으로 돌아갔다. 차마 눕지는 못하고 옆에 앉아 수현의 얼굴을 가만히 내려다보고 있자니 갑자기 눈물이 날 것 같았다. 울고 싶은 기분이 아니었기 때문에 당황스러웠다. 아무래도 참기가 힘들 것 같아 그냥 자는 척 이불 뒤집어쓰고 울어버릴까 고민하는 사이, 젊은 여자가 다가와 주영에게 말을 붙였다.

"혹시 모르니까 불은 계속 켜둘게요."

"……."

"많이 놀랐을 텐데, 한숨 자세요. 우리가 지키고 있을 테니까."

주영은 이부자리에 누워 이불을 턱 밑까지 끌어 올렸다. 심장박동이 여전히 격렬해서 잠들기는 힘들 것 같았고, 별로 자고 싶지도 않았다. 그녀는 고개를 돌려 섬사람들의 면면이나 하릴없이 훑어보았다. 다들 한곳에 모여 잔뜩 경직된 얼굴로 자기들끼리 조곤조곤 대화를 나누고 있었다. 그리 볼만한 광경도 아니어서 주영은 일단 눈을 감아보았다. 그리고 오 분도 지나지 않아 잠에 빠져들었다.

7

주영은 빗물이 유리창을 때리는 소리를 들으며 천천히 잠에서 깼다. 등이 땀으로 흥건했다. 빼근한 몸을 일으킨 뒤 힘겹게 눈을 뜨니 방바닥에 앉아 스트레칭 하는 수현이 보였다.

“드디어 일어났네.”

수현은 허리를 숙이느라 끙끙대며 말했다. 주영은 벽걸이 시계를 확인했다. 막 정오를 넘긴 시각이었다. 주영은 이불을 걷으며 물었다.

“너, 괜찮아?”

“멀쩡해.”

주영은 수현의 목을 살폈다. 덕지덕지 붙은 거즈 주위로 어제보다 멍이 더 퍼렇게 번져 있었다. 주영의 시선을 의식했는지 수현은 가벼운 투로 말했다.

"조그만 게 힘 되게 세더라."

"곽은솔은?" 주영은 주위를 둘러보았다. "한아는?"

"둘 다 2층. 네가 제일 늦게 일어났어."

곧장 자리에서 일어난 주영은 먼저 이불을 정리했다. 죄책감이 들 만큼 푹 잔 덕분에 어깨가 다 뻐근했다. 창밖을 보니 날씨는 여전히 험했다. 섬사람들은 어제보다 두세 명 더 늘어 있었는데, 여전히 접근은커녕 주영 쪽과 시선을 맞추려고 하지도 않았다.

"은솔이랑은……." 주영이 조심스레 물었다. "얘기해봤어?"

"사과하더라." 수현은 스트레칭을 마무리하며 대수롭지 않게 답했다. "2층에서 밥 차려준대. 올라가자."

"……밥?" 주영은 고개를 저었다. "난 생각 없어."

수현이 어깨를 으쓱했다. "그래도 먹어야 돼. 태풍 그칠 때까진 여기 있어야 하는데, 계속 굶을 순 없잖아."

"역시 오늘은 못 나가겠지?"

수현이 창밖을 내다보았다. "절대 못 나가지."

한 치 앞이 보이지 않을 정도의 폭우가 휘몰아치고 있었다. 이런 날씨에 요트를 끌고 나갔다간 몇 초 만에 배가 뒤집힐 게 분명했다.

"집에 가고 싶다……."

주영은 한탄하듯 말했다. 고작 하루 떠나 있었을 뿐인데 집이 너무 그리웠다.

"가자." 수현이 주영의 등을 토닥이듯 밀었다. "건강한 모습으로 돌아가려면 억지로라도 먹어야 돼."

주영은 힘없이 고개를 끄덕이며 곧 수현과 함께 2층으로 올라갔다.

계단에서부터 좋은 냄새가 솔솔 풍겨왔다. 복도를 지나 식당으로 들어가 보니 한아와 은솔은 이미 식탁 앞에 앉아 있었고, 그 주변으로 아주머니 몇 명이 분주히 움직이며 찬거리를 세팅했다. 요리는 다 끝났고 이제 내놓기만 하면 되는 단계였다. 커다란 좌식 테이블에 육해공을 아우르는 갖가지 요리들이 빼곡히 들어차 있었다. 찜이며 구이, 튀김, 무침 등 종류가 다양했고 양도 푸짐해서 상다리가 부러지겠다는 말이 딱 어울렸다.

"와……."

주영과 수현이 동시에 감탄사를 내뱉었다.

"이렇게까지?"

"그러게."

둘은 은솔과 한아의 맞은편에 나란히 합석했다. 아주머니들이 말없이 밖으로 줄지어 나가자 식당에는 넷만 남겨졌다. 크리스천인 한아가 있을 때는 그녀가 식전 기도를 마칠 때까지

기다려주는 게 그들끼리의 룰이었다. 그러나 이날따라 한아는 식전 기도 없이 "먹자"라고 한 마디만 던지고는 곧바로 수저를 들었다. 이런 일이 처음이었기에 모두 약간 당황스러워했다. 생각해보니 한아는 어제 정자에서 고기를 구워 먹을 때도 기도하지 않았었다.

"식전 기도 안 해?"

주영이 물었으나 한아는 대답하지 않고 그저 먹기만 했다. 주영은 자신과 마찬가지로 의아해하는 친구들과 잠시 시선을 주고받다가 수저를 들었다.

잡곡밥은 찰졌고 반찬은 여느 식당 못지않게 맛있었다. 하지만 주영은 맛있는 음식을 먹을 때 느껴지는 즐거움을 전혀 느낄 수 없었다. 먹어야 하니까 먹고 있을 뿐이었다. 은솔 역시 마찬가지였는지 젓가락으로 밥알만 깨작거리며 먹는 둥 마는 둥 하고 있었다.

"먹자." 한아가 아무렇지도 않게 말했다. "입맛 없더라도 먹어야 힘을 내지."

은솔은 힘없이 고개를 떨어뜨리더니 이내 젓가락질을 멈추고 말했다.

"미안……."

"알았어." 수현이 말했다. "아까 사과했잖아. 밥부터 먹자."

"어제 일, 기억이 잘 안 나." 은솔이 말을 이었다. "어렴풋이는 나는데…… 다 꿈인 줄 알았어. 난 그게 수현이 너일 줄은 진짜로 몰랐어. 꿈에서는 다른 사람이었는데…….”

“누구였는데?” 주영이 물었다.

“모르겠어, 뭔가…… ‘싫은 거’였어. 그냥 싫었어.”

모두의 이목이 잠시 은솔에게로 옮겨 갔다. 은솔은 호소하는 투로 말을 계속했다.

“어떤, 무섭게 생긴 괴물 같은 게 내 귀에 대고 계속 죽여, 죽여, 하고 속삭이는데……. 너무 무서워서 하라는 대로 했어. 시키는 대로 안 하면 내가 죽겠구나 싶어서.”

“그런 얘긴 나중에 하자.” 한아가 말했다. “밥맛 떨어지잖아.”

웃음기 밴 말투였지만 알게 모르게 짜증이 서려 있었다. 은솔의 이야기를 더 듣고 싶었던 주영은 꺼림칙함을 뒤로하고 다시 밥을 먹었다.

밥그릇을 반 정도 비웠을 무렵 이장이 섬사람 두 명을 대동하고 식당으로 들어왔다. 주영이 눈치껏 일어나려 하자 이장이 손수 말렸다.

“앉아요, 앉아요. 어때, 음식 맛은 좀 괜찮고?”

“아, 네…….” 주영이 말했다. “이렇게까지 신경 써주셔서 감사합니다.”

“컨디션들은 좀 어때요?” 이장은 특히 수현에게 물었다. “몸은 좀 괜찮아요?”

"네, 멀쩡해요."

이장은 믿기 힘들다는 표정을 지었으나 고개는 끄덕였다. 그녀는 잠시 주영 일행을 둘러보더니 구석에서 방석을 하나 가져와 식탁의 대장 자리 앞에 깔고 앉았다. 일행의 시선이 이등변삼각형을 그리며 이장에게로 모이는 위치였다. 아직 밥이 꽤 많이 남았으나 주영은 수저를 내려놓았다. 이어서 수현도 밥상에서 손을 뗐다. 은솔은 이미 식사를 관둔 지 오래였다. 한아만 계속 쩝쩝거리며 밥을 먹었는데, 옆에서 은솔이 팔꿈치로 툭툭 치자 그제야 마지못해 젓가락질을 멈췄다. 이장은 한아를 향해 손바닥을 들어 올리며 말했다.

"사양 말고 먹어요. 잠깐 해줄 얘기가 있어서 들렀어요."

"아, 그럼 한 그릇만 더 먹어도 될까요?"

이장이 고개를 끄덕이자 아주머니 한 명이 밥 한 톨 없이 깨끗해진 한아의 밥그릇을 가지고 주방으로 들어갔다. 그러더니 곧 두툼하게 쌓아 올린 고봉밥을 들고 나타나 한아에게 건네주었다. 행복한 미소를 지으며 밥을 받아 든 한아는 다시 식사에 열중했다.

"진지하게 하는 얘기니까 잘 들어줘요."

이장은 진지한 얼굴로 입을 열었다.

"이 섬에는 특별히 모시는 신이 있어요. 그런데 학생들이 그 신을 화나게 만들었어."

주영은 우선 친구들의 반응을 살폈다. 그녀와 마찬가지로 다들 별 내색 없이 가만히 듣고 있었다.

"학생들이 실종 아동이라고 생각하는 그분은, 평범한 분이 아니에요. 함부로 해서는 안 되는 몸이야. 도련님은 이 섬에서 모시는 신을 받들기 위한 신체神體, 그러니까 살아 움직이는 신전 같은 존재거든요. 그래서 이게 어찌 된 일인가 하면, 학생들이 도련님을 섬 밖으로 데려가려고 해서 신께서 학생들을 벌하신 거야. 어젯밤 서로 물어뜯고 난리 났었지? 그거 다 신께서 그렇게 만든 거라고."

이장은 여기까지 말하고 한 차례 뜸을 들였다. 잠깐의 침묵 속에서 한아가 밥 먹는 소리만이 적적하게 부각되었다. 한아는 누가 뭐라고 떠들든 말든 그저 식사에 정신 팔려 있었다.

"그래도 도련님을 데리고 나가진 못했으니까……." 이장이 말을 이었다. "괜찮을 줄 알고 그냥 내버려뒀던 건데 그게 내 실수였나 봐. 학생들, 부탁이야. 지금 내가 하는 말을 믿어야 해요. 지금이라도 늦지 않았으니까 뉘우치고 사죄해야 한다고. 식사 마치고 나서 우리랑 같이 제단으로 가요. 더 큰 해를 피하려면 진심과 정성으로 사죄 기도 올려야 해."

"……."

"제단이 바깥에 있어서 우비랑 장화가 필요해요. 우리가 챙겨 올 테니까 그렇게 알고 천천히 나갈 준비들 하세요, 네 명

모두. 삼십 분 후에 다시 올 테니까."

"역시 그랬네."

가만히 있던 수현이 팔짱을 끼며 말했다. 이장은 반쯤 일어난 상태에서 주춤거리며 수현을 쳐다보았다.

"여기 사이비 소굴이었구나."

이장은 한숨을 푹 내쉬며 도로 자리에 앉았다. "그런 게 아니라……."

"원주민들도 아닌 것 같고, 놀러 온 사람들도 아닌 것 같고, 빚에 쫓겨서 숨어 지내는 사람들도 아닌 것 같고. 그럼 사이비 종교 집단밖에 없겠다 싶었는데 역시 내 생각이 딱 맞았네."

이장이 재차 한숨을 쉬었다. 곁에 있던 섬사람들의 얼굴에도 착잡한 표정이 떠올랐다.

"이런 이야기 믿기 힘들다는 거 이해해요." 이장이 말했다. "그래서 이렇게 절실하게 부탁하는 거잖아. 신께서 품으신 화를 풀지 않으면 어젯밤 같은 일이 또 생길 수도 있어요. 학생들, 태풍 때문에 내일이나 모레까지는 이 섬에 갇혀 있어야 하잖아. 아니, 애시당초 우리가 지금 우리 좋자고 그러자는 줄 알아요? 다 학생들을 걱정해서……."

"그러니까……." 수현이 이장의 말을 가로챘다. "사이비라는 건 부정 안 하시는 거죠?"

"아니라니까, 우리가 모시는 신은 원래 제주도에서……."

이장은 말하다 말고 입을 다물었다. 동시에 아차 싶은 표정이 순간 스쳤다. 옆에 있던 아주머니들까지 다소 허둥거리는 시선으로 이장을 쳐다보는 것을 보니, 아무래도 그녀가 하려했던 말이 모종의 비밀이라도 되는 모양이었다.

"제주도가 뭐 어쨌다고요?" 수현이 물었다.

"학생 어젯밤에 목 졸려 죽을 뻔했지. 무섭지도 않았어?"

이장이 대놓고 말을 돌렸으나, 수현은 순순히 대답했다.

"무섭긴요, 그냥 좀 놀랐죠. 은솔이가 힘이 그렇게 셀 줄 몰랐으니까."

"그래서?" 이장이 재촉하듯 물었다. "사죄드리러 안 가겠다고?"

"그딴 걸 왜 해요?" 수현이 말했다. "애초에 잘못한 게 없는데. 사죄는 당신들이 경찰서 가서 해야죠. 아이 납치했잖아요."

"자꾸 누가 누굴 납치했다 그래?" 이장이 발끈했다. "그건 어제 말했잖아요, 도련님 실종 아동 아니라고. 신원 증명 다 돼. 호적등본에 내 양자로 올라가 있어. 태어나서부터 지금까지 우리가 맡아 키웠다고."

"아, '맡아' 키웠어요?"

수현이 힘주어 말하자 이장의 표정에 순간 당황한 빛이 스쳤다.

"그럼 진짜 부모는 어디 있는데요?"

"그런 사적인 부분까진 학생이 알 필요 없고 여기서 말할 이유도 없어요. 어쨌든 중요한 건, 도련님은 우리가 합법적으로 안전하게, 행복하게 잘 키우고 있다는 사실이야."

"사실이 아니라 주장이죠, 아직까지는. 안전이나 행복은 일단 그렇다 치고, 합법적이라는 부분만이라도 증명할 수단 있어요? 지금 바로."

"그런 게 있으면, 믿어는 줄 거예요?"

"그럼요. 제 심증이랑 반대되는 물증이 나오면 당연히 물증을 믿어야죠."

"뭐 있어?" 이장이 뒤돌아보며 섬사람들에게 물었다. "법적으로 증명할 수 있는 거. 종이 쪼가리든 뭐든 아무거나 좋으니까."

사람들은 서로 눈치를 주고받으며 고개를 저었다. 그런 걸 왜 우리한테서 찾느냐는 얼굴들이었다. 그나저나 주영은 자꾸 한아가 신경 쓰여 대화에 영 집중하기가 힘들었다. 한아는 벌써 밥을 다섯 그릇째 비우는 중이었는데, 음식을 씹고 뜯는 일련의 동작이 배부른 사람의 식욕마저 불러일으킬 만큼 맛깔나고 리드미컬해서 눈길이 가지 않을 수 없었다. 대식가다운 모습은 종종 봐왔지만 이토록 식탐을 과하게 부린 적은 없었기에 다소 부담스러웠다.

"알았어." 이장은 항복한다는 듯 두 손을 들었다. "알았어, 학생. 설득은 안 할게. 대신 부탁을 할게. 제발 내 말 한 번만 믿어줘요. 속는 셈 치고 한 번만."

"싫어요." 수현이 대답했다. "왜 사서 속아요? 멍청이도 아니고."

이장은 주영에게로 고개를 돌렸다.

"학생은 어떻게 생각해?"

"……네?" 주영은 제 얼굴을 손가락으로 가리켰다. "저요?"

"그래. 학생, 학생도 내가 하는 말이 다 헛소리로만 들려?"

"네, 뭐……." 주영은 머뭇거리다가 고개를 저었다. "잘 모르겠어요."

"우리 이상한 사람들 아니야."

이장은 주영이 있는 쪽으로 고개를 좀 더 들이밀었다.

"나 봐봐. 내가 이 나이 먹고 늦둥이 딸뻘 되는 애들한테 허황된 소리나 늘어놓게 생겼어?"

"……."

"학생은 사죄드리러 갈 거지? 하나도 안 힘들어. 그냥 제단 앞에 무릎 꿇고 앉아서 반 시간 정도만 기도 올리고 오면 돼. 다만 진심을 담아서. 그래도 통할지 말지는 모르겠지만, 안 하는 것보다는 백번 나으니까."

"음……." 주영이 말했다. "솔직히 저희가 잘못한 게 없다고 할 순 없고, 사죄하라고 하시면 저는 하러 가긴 갈 건데요. 정확히 누구한테 하는 거예요?"

"이 섬에 계시는 신."

"그러니까……. 그 신이라는 게, 아이한테 하러 간다는 거죠? 아까 그 아이가 신이라 했으니까."

"아니, 아니. 도련님은 그 신을 받드는 신체." 이장은 꼬박꼬박 설명해주었다. "도련님은 신께서 잠시 이승으로 내려오실 때 들어가시는 몸이고. 신은 따로 계셔. 그 신이 노하셔서 어젯밤과 같은 일이 벌어졌으니까, 이제부터 그 신께 사죄하러 가는 거야."

주영은 고개를 끄덕이다 말고 갸웃했다.

"근데 그 신이 정확히 어떤 신인 거예요? 제도 종교의 일종인지, 아니면 그냥 민간신앙인지……."

이장의 얼굴에 경계의 빛이 감돌자 주영은 좀 더 부드러운 투로 말을 이었다.

"아니, 알아두는 게 좋을 것 같아서요. 아까 진심을 담아야 한다고 말씀하셨잖아요. 근데 무슨 존재인지도 제대로 모르는데 예의상 가서 다짜고짜 기도한다고 진심이 담길까 싶어서요."

말해놓고 보니 그럴싸하다는 생각이 들었다. 실은 그냥 순수한 호기심에 물어봤을 뿐이었다. 그리고 미신을 믿는 편은 아니지만 덮어놓고 사이비 취급만 하기에도 어딘가 꺼림칙한 구석이 있었다. 어젯밤에 은솔이 보여줬던 광기는 분명 보통 범주에서 한참 벗어난 모습이었다.

"숨기려고만 하시는 것처럼 보이니까……." 주영은 내친김에 솔직하게 말했다. "솔직히 사이비나 유괴범이라고 의심하게 되는 것도 어쩔 수 없는 것 같거든요."

"우린 사이비도 아니고, 유괴범도 아니에요."

"그러니까 그렇게 주장하는 근거가 뭐냐고 묻는 거잖아요." 수현이 짜증 섞인 목소리로 말했다.

"그건……." 이장은 잠시 입술을 깨문 끝에 말했다. "그건 말해줄 수 없어요."

"그럼 저희도 사이비로 간주할게요." 수현이 종지부를 찍듯 말했다. "명백하게 숨기는 게 있는데 의심이 갈 수밖에 없지. 섬에서 나가면 내가 당신들 유괴·감금죄로 싹 다 경찰에 신고할 테니까 그런 줄 아세요. 그 전에 애는 여기서 데리고 나갈 거고."

그 말에 이장과 아주머니들이 크든 작든 입을 벌렸다. 주영과 은솔도 항의하듯 수현을 노려보았다. 갑자기 강렬한 시선들을 한 몸에 받게 된 수현은 당황한 내색은커녕 '잘못 들은 거 아니야'라고 확인시키듯 모두를 향해 고개를 끄덕였다.

"지금 뭐라고……." 이장이 눈을 부릅떴다. "데리고 나가?"

"이런 곳에 아이 혼자 내버려두고 갈 순 없잖아요."

"그건 당연히 포기한 줄……."

이장은 말하다 말고 이마에 손을 얹었다. 수현의 끈기에 적

잖이 충격받은 모양이었다. 그것은 주영이나 다른 친구들 역시 마찬가지였다.

"야, 김수현." 은솔이 절망한 표정으로 말했다. "너 진짜 왜 이래?"

"잠깐, 잠깐……."

주영도 손을 들어 무슨 말을 해보려 했으나, 막상 아무런 말도 나오지 않았다. 그사이에 수현이 말을 이어나갔다.

"경찰 기다렸다간 늦을 수도 있어. 그 틈에 이 사람들이 뭔 짓을 할지 모르니까. 그래서 아이는 내가 직접 데리고 나갈 거야. 태풍 그치자마자 바로."

주영은 섬사람들의 눈치를 쓱 살폈다. 노발대발할 줄 알았는데 의외로 다들 차분한 상태로 돌아와 있었다. 그러나 더 자세히 보니 차분한 게 아니라, 어딘가 공포에 질린 듯한 얼굴이었다.

"경찰에 신고하는 건 뭐라고 안 할게." 이장이 말했다. "차라리 해. 응, 그게 제일 확실한 방법이겠네. 나중에 섬에서 나가면 경찰을 부르든 뭘 하든 마음대로 해. 안 말려. 어차피 말리지도 못하고. 대신 이 섬에 있는 동안만은, 제발 도련님 데리고 나가겠단 소리만은 하지 마. 지금 화를 가라앉혀도 모자랄 판국에 더 부추기면 어쩌자는 거야, 어? 어젯밤 같은 일 또 생길 수도 있어."

“오컬트 이야기는 이제 그만하세요. 그리고 어젠 내가 좀 방심했을 뿐이고…….”

수현이 아무렇지도 않게 호주머니에서 손바닥 길이의 잭나이프를 꺼내 보였다.

“누가 됐든 또 들어오면 이젠 나도 가만 안 있을 거예요.”

“저 친구 말릴 거지?” 이장은 주영의 눈을 간곡하게 들여다보았다. “응?”

주영은 머릿속이 텅 비었다. 대답은커녕 이 상황을 어떻게 받아들여야 할지 모르겠는데 옆에서 이장이 쉬지 않고 추궁해왔다.

“뭐야, 학생도 설마 뜻이 같아?”

“아뇨, 그런 건 아니고요.”

“그런 거 아니면 뭔데. 말릴 거지? 말려야지, 당연히!” 이장은 급기야 소리를 쳤다. “아니, 우리끼리 잘 살고 있는 곳에 갑자기 쳐들어와서 이게 뭣들 하는 짓이야, 어?”

곁에 있던 아주머니들이 얼른 이장의 팔을 잡고 쓰다듬으며 말리기 시작했다.

“네, 네.” 주영은 울며 겨자 먹기로 말했다. “제가 말려볼게요. 제 말을 들을지는 모르겠는데…….”

이장의 상태가 그리 좋아 보이지 않았다. 주변에 있던 사람들 역시 이장을 살살 달래며 그만 일어나자고 부추겼다. 이장은 한동안 씩씩거리다가 머지않아 자리에서 일어났다. 그녀가 수현에게 말했다.

"넌 나중에 다시 얘기하자. 아, 혈압이야……. 일단 가자, 가."

그 말을 끝으로 섬사람들이 식당을 나가려는데 은솔이 자리에서 일어나 말했다.

"저도 따라가게 해주세요."

"어딜?" 주영은 성량을 줄이며 물었다. "저 사람들 따라가겠다고?"

"응." 은솔이 고개를 끄덕였다. "난 이분들 하는 말 믿어. 말려도 이분들 따라갈 거야. 이제 수현이랑은 같이 더 못 있겠어. 수현이랑 있으면……. 왠지 앞으로 더 심한 일 생길 것 같아."

"여기 아예 남으려고? 집에 안 갈 거야?"

"아니." 은솔이 황당하다는 반응을 보였다. "집엔 당연히 돌아가야지. 태풍 그치고 여기서 나가기 전까지만 이분들이랑 있겠다고."

"마음대로 해라." 이장은 이어서 주영과 한아에게도 물었다. "나머지는?"

한아는 여전히 먹고만 있었고, 주영은 고개를 저었다. 그것을 끝으로 섬사람들은 은솔을 달고 식당 밖으로 나갔다. 주영은 뒤늦게 후회하고 자리에서 엉거주춤 일어났다.

"은솔이 잡아야 하는 거 아니야?"

"편한 대로 있게 놔두자." 수현이 말했다. "곁에 뒀다가 괜히 또 피곤해질 수도 있으니까."

주영은 일단 납득하고 나서 다시 자리에 앉았다. 그리고 수현에게 물었다.

"그건 그냥 겁주려고 한 말이지? 애 진짜로 데리고 나가려는 거 아니지?"

"진짜로 데리고 나갈 거야."

"어떻게?" 궁금해서 묻는 게 아니었다. "사람들이 수십 명이나 지키고 있는데 너 혼자서 뭘 어떻게 하려고? 애초에 아이가 어디 있는지도 모르잖아."

"섬 안 어딘가엔 있겠지. 좁으니까 금방 찾을 수 있어."

"지키는 사람들은 어쩔 건데?"

"이제부터 차근차근 생각해봐야지."

"그러니까 아무런 계획도 없다는 거잖아."

"계획이야 이제부터 만들어나가면 되는 거고."

수현의 말투가 줄곧 여유로워서 주영은 내심 가능성이 아예 없지도 않겠다고 생각할 뻔했다. 그나저나 한아는 도무지 먹는 행위를 그만둘 줄을 몰랐다. 드디어 입을 잠시 멈추고 물을 꿀떡꿀떡 넘기는가 싶더니, 이어서 또다시 더 먹기 시작했다. 이쯤 되니 약간 무서웠다. 반찬도 이제 거의 남지 않아 찌꺼기밖에 없다시피 한 상태인데도 그것을 용케 긁어서 생선 뼈째로 입안에 털어 넣는데, 걸신들렸다고밖에는 마땅히 표현할 길이 없었다. 아니나 다를까 수현이 인상을 구기며 질책했다.

"야, 임한아. 그만 좀 먹어."

그런데도 한아의 입은 멈추지 않았다. 그러다 턱이 움직이는 속도가 점점 느려지더니, 한 오 초쯤 지나자 완전히 멈췄다. 한아는 어딘가 엉뚱해 보이는 표정으로 수현을 지그시 쳐다보았다.

"왜 먹는 거 가지고 지랄이야."

순식간에 침묵이 내려앉았다. 수현도 당황했는지 잠깐 멈칫했다가, 나중에야 식탁 위를 턱짓하며 말했다.

"이제 먹을 것도 없잖아. 누가 보면 설거지하는 줄 알겠어."

주영은 이때다 싶어 가볍게 웃었으나 긴장감은 전혀 풀어지지 않았다. 한아는 들은 척도 않더니, 트림으로 몇 번 컥컥거리고는 자리에서 천천히 일어났다.

주영이 조심스럽게 물었다. "어디 가?"

"화장실."

그렇게 한아까지 나가자 식당에 주영과 수현 둘만 남겨졌다. 둘은 딱히 별 대화도 없이 이게 대체 무슨 일인가 싶은 몽롱한 얼굴로 창밖만 바라보다가, 담배를 피우러 밖으로 나갔다.

8

주영과 수현은 마을회관 후문에 설치된 차양 아래에서 담배를 피웠다. 마침 건물이 바람을 막아줬고, 맞은편에는 동산도 하나 버티고 있어서 그나마 비바람을 피할 수 있는 장소였다.

담배가 반 이상 타들어가는 동안 둘은 아무 말도 하지 않았다. 주영은 담배 연기에 한숨을 섞어 뱉었다. 따지고 싶은 것은 많았지만 너무 많아서 오히려 입도 벙끗하기 싫어졌다. 주영이 먼저 들어가려 담배를 막 재떨이에 비벼 끄는데, 동산 위쪽에서 부스럭거리는 소리가 들렸다. 둘은 소리가 난 곳을 동시에 올려다보았다.

수풀 사이에서 흑염소 두 마리가 튀어나왔다. 그들은 주영과 수현을 무심한 눈으로 내려다보더니, 꽤 위태로워 보이는 비탈에서 서로 물고 핥으며 놀기 시작했다. 경사가 가팔랐고 흙도 질척거려서 저러다 삐끗하지나 않을까 걱정하기가 무섭게 한 마리가 발을 헛디뎠다. 염소는 미처 자세를 추스를 틈도 없이 데굴데굴 구르기 시작했다. 주영과 수현은 직감적으로 몸을 피했다. 염소가 불어나는 눈덩이처럼 맹렬한 기세로 굴러 내려오더니, 주영과 수현이 조금 전까지 등지고 서 있던 벽을 강하게 들이받았다. 뼈가 부러지는 둔탁한 소리와 함께 빗물에 피가 섞여 사방으로 튀었다. 목이 'ㄴ'자를 그리며 꺾인 염소는 즉사했는지 그 모습 그대로 꿈쩍도 하지 않았다.

비명을 지를 틈조차 없었다. 주영과 수현은 얼이 빠진 채로 사체만 내려다보다가, 나중에야 겨우 서로를 바라보았다. 아무런 말도 나오지 않았다.

잠시 후 수현이 후문을 열었고 둘은 안으로 들어갔다. 후문이 널따란 거실과 이어져 있어서 사람들을 바로 찾을 수 있었다. 그중 한 명이 둘을 보자마자 마침 잘됐다는 듯 곁으로 다가왔다.

"아, 담배 피우러 갔었구나. 찾았는데, 지금……."

그는 둘의 표정을 살피더니 하려던 말을 삼키고 물었다.

"왜, 무슨 일 있어요?"

"염소가 한 마리 죽었어요." 수현이 말했다. "방금."

주영이 덧붙였다. "위에서 굴러떨어졌어요. 자기들끼리 놀다가…….”

사람들의 관심이 금세 둘에게로 쏠렸다.

“저희가 죽인 게 아니고요.” 주영은 괜히 한마디 더 했다. “굴러떨어져서, 벽에 박아서 죽었어요. 진짜로.”

뒤쪽에 있던 사람들 중 하나가 후문을 열고 머리만 내밀어 밖을 내다보았다. 그러더니 이내 슬리퍼를 신고 밖으로 나갔다. 나머지 사람들도 뒤따라 우르르 밖으로 나갔다. 주영과 수현도 따라가려는데 누군가가 가로막으며 일러주었다.

“우리가 알아서 할 테니까, 학생들은 친구한테 가보세요.”

“……친구 누구요?” 주영이 물었다.

“키 큰 친구. 상태 많이 안 좋아 보이던데. 지금 화장실에서 토하고 있어요.”

그 말을 듣고 둘은 곧장 화장실로 향했다. 문을 열자마자 변기 앞에 웅크려 앉아 꺽꺽거리는 한아의 등이 보였다.

“오늘은 너냐?” 수현이 한숨을 쉬며 다가갔다. “그렇게 처먹더니. 등 두드려줄까?”

한아가 고개를 끄덕이자 수현은 그녀의 곁에 쭈그려 앉아 등을 두드려주었다. 머리카락은 이미 묶어 뒤로 잘 넘긴 상태라 굳이 잡아줄 필요가 없었다. 주영도 한아의 등을 쓰다듬어주며 그녀가 진정되기만을 기다렸다.

한아는 가히 내장까지 다 끄집어낼 기세로 구역질을 해댔다. 토사물의 양이 어마어마했지만 먹은 지 얼마 지나지 않아 다행히 악취는 나지 않았다. 주영은 문득 한아의 한쪽 팔뚝에 시선이 갔다. 어제 염소한테 물렸던 부분이 빨갛게 부어올라 있었다.

토사물을 거의 한 바가지쯤 쏟아내고 나서야 구역질이 끝났다. 한아가 좀처럼 혼자 힘으로 일어나질 못해서 주영과 수현이 각각 양쪽에서 잡아 일으켜주었다. 건강미 넘치던 어제까지의 모습은 온데간데없고 산송장 하나가 흐느적거리는 꼴이었다.

"아, 씨. 무거워……." 수현이 끙끙거렸다. "다리에 힘 좀 줘봐."

주영과 수현은 이인삼각 하듯 한 발짝씩 겨우겨우 이동한 끝에 한아를 거실 소파까지 옮기는 데 성공했다. 한아는 눕혀진 자세 그대로 기절하듯 잠에 빠져들었고, 주영과 수현은 한아의 양옆에 앉아 한동안 숨을 골랐다.

거실에는 아무도 없었는데, 염소를 보러 나갔던 사람들이 아직도 들어오지 않고 있었다. 귀를 기울여보니 새된 비명과 딱딱한 것끼리 부딪는 타격음 같은 소리가 빗소리에 섞여 간간이 들려왔다. 결국 궁금증을 이기지 못한 주영이 소파에서 일어나자 수현도 자연스럽게 따라 일어났다. 둘은 한아에게 이불을 덮어주고 나서 후문으로 향했다.

문을 열고 밖으로 나가자, 삽이나 빗자루를 무기처럼 치켜든 사람들의 뒷모습이 먼저 눈에 들어왔다. 그들은 잔뜩 겁먹은 얼굴로 맞은편을 경계하고 있었다. 주영은 실눈을 뜨고 염소가 있는 쪽을 바라보았다. 그새 다른 염소 두세 마리가 내려와 있었는데, 갓 죽은 염소를 둘러싼 채 고개를 파묻고 있었다. 무엇을 하는 건지 잘 이해가 되지 않아서 몇 초간 더 들여다보았다.

염소들은 죽은 염소의 상처 난 부위를 뜯어먹고 있었다. 부러진 뼈의 뾰족한 부분이 목덜미 살갗을 뚫고 튀어나와 있었고, 그 틈으로 비어져 나온 살을 별로 날카롭지도 않은 이빨로 어떻게든 뜯고 씹으려고 기를 쓰는 중이었다.

사람들은 막대기를 허공에 대고 휘두르거나 바닥을 탁탁 때리며 염소들을 위협했다. 그러자 염소들이 조그만 뿔을 공격적으로 들이대며 즉각 반격해왔다. 사람들이 크고 작은 비명을 흘리며 사방으로 흩어짐과 동시에 주영과 수현도 뒤로 헐레벌떡 물러났다. 방해꾼이 멀어지자 염소들은 동족 포식을 스스럼없이 이어나갔다.

“왜 나왔어요?” 삽을 든 남자가 주영에게 말했다. “나오지 말고 들어가요, 얼른.”

주영이 더듬더듬 말했다. “저, 저희가 뭐 도울 거라도…….”

“아, 그냥 들어가 있으라고요, 좀!”

남자는 문고리를 거칠게 잡아 열더니 둘을 억지로 들여보내고 문을 쾅 닫았다. 상황이 상황인지라 그의 태도에 불쾌감을 느낄 여력도 없었다. 주영은 불현듯 염소들이 저렇게 되어버린 이유가 자기들 때문이 아닌가 하는 막연한 죄의식에 사로잡혔다. 둘은 곧 수건으로 물기를 대충 닦고 나서 소파로 돌아갔다.

한아는 그새 코까지 골며 잠에 푹 빠져들어 있었다. 화장실에 있을 때보다 혈색이 많이 나아져서 주영은 한시름 놓았다. 한아 역시 어젯밤에 벌어졌던 일 때문에 알게 모르게 지쳤을 터였다. 그렇게 생각하니 이렇게 기진맥진한 모습도, 토하기 전에 보여주었던 폭식도 어느 정도 납득이 갔다.

얼마 지나지 않아 밖의 소란이 잠잠해졌다. 이어서 문이 열리고 사람들이 하나둘 안으로 들어왔다. 표정들이 하나같이 어둑했고 피곤해 보였다. 그들은 각자 몸을 닦고 매무새를 추스르더니 회관을 나가거나, 거실에 남거나, 2층으로 올라가는 등 각자의 위치로 흩어졌다. 주영과 수현은 당분간 소파에 앉아 한아의 곁만 지켰다.

한 시간쯤 흐르고 염소에게 받았던 충격이 옅어지기 시작할 무렵, 수현이 자리에서 일어났다. 주영은 그런 수현을 멍하니 올려다보다가, 곧 담뱃갑을 집어 들고 따라 일어났다.

"아냐, 넌 여기 있어." 수현이 말했다. "잠깐 요트 상태 좀 확인하고 올게. 담배는 갔다 와서 같이 피우자."

"바다에 가겠다고? 지금 이 날씨에?" 마침 돌풍이 불어 유리창이 거세게 흔들렸다. "위험해."

"괜찮아. 가까이 갈 거 아니고 눈으로 확인만 하고 올 거야."

수현이 가려 하자 주영도 뒤를 따랐다. "나도 같이 갈래."

"그냥 여기 있어. 금방 올게."

"너 아이 찾으러 가려고 그러지?"

대답이 살짝 늦었다. "아니."

"거봐, 그럴 줄 알았어."

"그래서 말리게? 난 네가 나랑 뜻이 같은 줄 알았는데."

주영은 속으로 갸우뚱했다. "무슨 뜻이야?"

"어젯밤에 너, 아이 업고 도망쳤잖아."

주영은 아차 하며 잠시 어젯밤의 일을 떠올렸다. 아직 24시간도 채 지나지 않은 생생한 경험인데도 먼발치에서 구경한 것처럼 좀체 실감이 나지 않았다.

"난 솔직히 네가 애를 그냥 돌려보낼 줄 알았거든." 수현이 말했다. "근데 안 그러고 내 부탁 들어줘서 고맙기도 했고, 그래서 어쨌든 네가 나랑 뜻이 같은가 보다 했지. 아니야?"

주영은 당시의 마음이 어땠는지 그대로 느껴보려고 애를 썼다. 딱히 수현과 뜻이 같았기 때문은 아니었다. 잘 생각해보니, 수현의 입에서 나온 "네가 편한 대로 해"라는 말이 거슬려 순전히 즉흥적인 저항심으로 튀어 나갔을 뿐이다. 그게 결과적으로는 수현의 뜻에 순응한 꼴만 되어버린 모양이라 다소 창피했다. 이 수치심을 무마하기 위해 할 수 있는 대답은 하나뿐이었다.

"응." 주영은 고개를 끄덕였다. "맞아."

"다행이다." 수현도 주영과 똑같은 페이스로 고개를 끄덕거렸다. "그럼 나 도와줄 거지?"

주영은 끄덕거림을 뚝 그쳤다. "……응."

"오케이, 그럼 같이 가자."

"근데……." 주영은 버벅대며 말했다. "근데 내가 뭘 도와주면 되는데?"

"가보면 알겠지. 뭘 하든 하나보단 둘이 낫잖아."

"아니, 근데 아이 사는 곳 알아낸다고 달라질 게 있을까? 어차피 사람들이 우글우글 지키고 있을 거고, 태풍도 이렇게 심하게……."

"아까 말했잖아." 수현이 거두절미했다. "차근차근 생각하면 돼. 일단 재료부터 모아두면 거기서 답이 만들어지겠지."

주영은 결국 반쯤 끌려가는 기분으로 수현의 뒤를 따랐다. 둘이 밖으로 나가려 하자, 회관을 지키던 사람들이 즉시 다가와 말을 붙였다.

"어디 가시게요?"

수현이 대답했다. "잠깐 요트 상태도 확인하고, 담배도 하나 피우고 오려고요."

"밖은 비도 많이 오고……." 상대가 난색을 표했다. "담배는 2층에서 피워도 되니까 그냥 안에 가만히 있어주시면 안 되겠습니까?"

"요트가 엄청 비싼 거라서요……." 수현은 나름 절박한 투를 연기했다. "너무 걱정돼서 그러는데 잠깐만 보고 오면 안 될까요? 부탁드릴게요."

섬사람들은 잠시 둘과 몇 발짝 떨어져 서로 머리를 맞대고 소곤거리다가, 이내 돌아와 말했다.

"딱 요트만 확인하고 오세요, 요트만. 위험하니까 물가에 가까이 다가가진 마시고."

"고맙습니다. 금방 올게요."

주영과 수현은 사람들에게 꾸벅 인사를 건넨 뒤 일회용 우비를 얻어 들고 회관을 나섰다.

9

문을 열자마자 빗소리가 귀를 덮었다. 굵직한 장대비가 눈보라처럼 휘몰아쳐 안개라도 낀 듯 시야가 뿌옜다. 밖으로 한 걸음 내딛자마자 "미쳤다"는 말이 절로 나왔다. 세차 기계에 맨몸으로 들어가면 이렇지 않을까 싶을 만큼 빳빳한 물줄기가 사방에서 덮쳐왔다. 우비가 감싸주지 못한 부분은 일 초도 안 되어 물에 담근 듯 흠뻑 젖었고, 우비는 미역처럼 몸에 달라붙다 못해 금방이라도 찢어질 것 같았다.

몇 발짝 떼지도 못하고 다시 돌아가게 될 줄 알았으나 걷다 보니 슬슬 익숙해졌다. 처음에는 한 치 앞도 보이지 않았지만 마치 동공이 어둠에 적응하듯 주위가 서서히 잘 보이기 시작했고, 나중에는 대화도 나눌 수 있을 정도가 되었다.

주영은 우비 깃을 부여잡으며 근처를 둘러보았다. 길가에는 물론 사람이 한 명도 없었다.

"난 사람들이 따라올 줄 알았는데……."

주영이 중얼거리자 수현이 제대로 못 들었다는 표정을 지었다. 빗소리가 너무 커서 실내에 있을 때보다 성량을 많이 키워야 했다.

"사람들이 따라올 줄 알았다고!"

"못 그러지."

"왜?"

"왜긴." 수현이 가볍게 웃었다. "저 사람들 우리한테 겁먹었잖아."

"……."

"우리가 불길하다거나 뭐, 그런 식으로 생각하고 있겠지. 덕분에 방해도 안 받고 돌아다니기 편해져서 좋지, 뭐."

주영은 살면서 누군가에게 꺼림칙한 상대가 되어본 적이 처음이라 기분이 상당히 언짢아졌다. 이런 처지를 오히려 이용하기까지 하는 수현이 여러 의미로 대단해 보였다.

둘은 행여 누가 볼까 봐 민가가 모인 곳은 신속하게 지나쳤다. 거주 구역을 벗어나자 시멘트 길이 뚝 끊겼다. 흙길은 딱히 정해진 갈래가 없어 어디로든 갈 수 있었지만, 둘은 우선 섬을 전체적으로 조감하기 위해 언덕을 오르기로 했다.

선착장 부근과 마을을 제외하면 바닥이 제대로 포장된 곳이 없어 이동하기가 다소 불편했다. 특히 언덕길은 사람 손을 타지 않은 풀숲 지형이라 더욱 움직이기 버거웠다. 무릎 높이까지 자란 잡초 탓에 종아리가 자꾸 쓸렸고, 빽빽한 덤불이나 허리춤까지 자란 갈대가 폭우에 휘말려 쉴 새 없이 파도치는 바람에 흡사 바리케이드를 헤치고 나아가는 꼴이었다.

주영은 얼굴에 흐르는 빗물을 고양이 세수하듯 연신 닦아내다가 끝내 수현의 등 뒤에 대고 말했다.

"끝까지 올라가게?"

수현이 걸음을 멈추고 뒤를 돌아보았다.

"힘들면 먼저 내려가. 나 혼자 한 바퀴 돌고 올게."

"……아니야, 같이 가자."

둘은 계속해서 걸었다. 올라갈수록 발목을 잡는 장애물이 점점 줄어들어 나아가기는 수월해졌지만, 그 대신 경사가 가팔라져서 느릿느릿 걸어도 숨이 헉헉 차올랐다. 설상가상으로 얼굴을 끊임없이 때리는 비 때문에 호흡도 힘들어 고통스러울 지경이었다. 다행히 언덕이 높지 않아, 얼마 가지 않아 정상에 도착할 수 있었다.

주영은 잠시 무릎에 손을 대고 허리를 숙여 숨을 고른 후, 주변을 둘러보았다. 가장 먼저 시선을 사로잡은 것은 어제 마을 어귀에서 담배를 피우며 보았던 팽나무였다. 가까이에서 자세히 보니, 한아가 묘사했던 대로 죽은 나무임을 확연히 알 수 있었다. 팔월인데도 잎사귀 하나 없이 앙상했고, 폐건물의 철근처럼 얼기설기 뻗은 곁가지들의 모양새가 가히 그로테스크했다. 일단 땅에 심어놓긴 한 것 같은데, 뿌리줄기 몇 마디가 채 수습되지 못한 채 구운 문어 다리처럼 위로 치솟아 있었다. 잿빛 일색에 생기라고는 티끌만큼도 찾아볼 수 없었고 비에 젖어 분위기가 한층 더 을씨년스러웠다. 무엇보다 하수처리장의 배관으로나 쓰일 것 같은 크고 굵직한 플라스틱 기둥 여러 개가 몸통 여기저기를 목발처럼 떠받치고 있었다. 쓰러지지 못해 안달인 사체를 억지로 일으켜놓은 모습이 보는 이의 눈살을 절로 찌푸리게 만들었다.

이토록 처절해 보이는 구조물은 난생처음이었다. 수현 역시 감상이 비슷했는지, 주영의 속마음을 한마디로 거들었다.

"심하다."

수현은 곧 주변을 두리번거리더니, 죽은 나무의 맞은편에 마련된 길고 널따란 계단으로 가 그 위에 걸터앉았다. 울창한 나무들이 그 주변을 처마처럼 둘러싸 어느 정도나마 비를 막아주고 있었다. 주영도 그리로 걸음을 옮겼다. 가까이 가서 수현의 옆에 앉으려다가, 왠지 꺼림칙해서 잠시 살펴보았다. 잘 보니 계단이 아니라 제사 같은 것을 치를 때 사용되는 제단 같았다. 층은 총 3단이었고 둘째 단 중앙에 콘크리트로 삼면을 둘러친 홈이 있었는데, 그 안에 오래되어 보이는 고동색의 향로 같은 것이 놓여 있었다.

“여기 막 앉아도 되는 덴가?” 주영이 말했다. “뭔가 제사 지내는 곳 같은데.”

“그런가 보네. 설마 사죄인지 뭔지 그거, 여기까지 올라와서 시키려고 한 건가?”

“밥 푸짐하게 차려준 이유가 있었고만.”

어쨌든 주영은 끝내 내키지 않아 선 채로 쉬었다. 담배를 피우고 싶었으나 바람 피할 곳이 없어 포기했다.

“근데 우리 너무 늦는 거 아니야?” 주영이 말했다. “요트에만 들렀으면 벌써 돌아갔을 시간이잖아.”

“요트 안에서 좀 쉬다 왔다고 하면 되지. 고장 난 데 없나 점검도 하고.”

“요트 엄청 흔들릴 텐데 그 안에서 어떻게 쉬어? 솔직히 이런 날씨면 물 밖으로 꺼내놔야 하는 거 아니야?”

“괜찮아, 뒤집어지지만 않으면 돼.”

“뒤집어질 거 같던데…….”

“넌 입만 열면 부정적인 말이 자동으로 튀어나오지?”

“네가 너무 긍정적인 거야.”

“그게 내 장점이니까. 둘러보고 얼른 내려가자. 담배 피우고 싶어.”

둘은 짧은 휴식을 마치고 정찰을 이어나갔다. 언덕의 정상에는 팽나무와 제단을 제외하면 더 시선을 끄는 것이 없었다. 수현은 그것들을 지나 올라왔던 반대 방향으로 넘어갔다. 그러자 아직 밟지 않은 섬의 나머지 반쪽이 한눈에 들어왔다.

동쪽에 봉우리가 하나 더 있었다. 현재 주영과 수현이 있는 서쪽 봉우리보다 높이가 약간 더 높았고 둘레도 두세 배가량 컸다. 중턱은 잡초로 무성했고 테두리는 평지 없이 곧장 바다와 맞닿아 완만한 절벽을 이루는 지형이었다. 평지가 많은 서쪽에 비해 동쪽은 요철이 많고 가팔라서 그런지 민가 한 채 없이 버려져 있었다. 온갖 초목들이 오래전부터 터를 잡은 듯 봉우리 주변을 풍성하게 점령한 상태였다.

"저쪽은 굳이 둘러볼 필요 없겠네." 주영은 안심하며 말했다. "이제 요트만 확인하고 빨리 돌아가자."

"아니, 잠깐." 수현이 어딘가를 향해 고개를 죽 내밀었다. "저기 좀 봐."

주영은 한숨을 쉬며 수현의 시선을 좇았다. 봉우리 사이에 대나무 숲으로 둘러싸인 협소한 분지가 있었는데, 그 안에 오솔길이 한 줄기 뚫려 있었다. 폭우 때문에 어렴풋하게 보이는 와중에도 사람의 발길이 많이 닿은 티가 났다. 폭은 대형트럭 한 대가 겨우 지나갈 수 있을 만한 정도였고 주위를 초목, 특히 키가 작은 대나무들이 호위하듯 감싸고 있었다. 길은 섬의 남동쪽으로 돌아 들어갔는데, 현재 주영이 서 있는 곳에서는 각이 나오지 않아 그 너머까지는 보이지 않았다.

"가보자."

수현이 말했다. 어딘가 신나 보여서 주영은 짜증이 났지만, 싫다고 내색해봤자 먼저 돌아가라고 할 게 뻔했기에 잠자코 있었다. 수현이 걸음을 뗐고, 주영도 느릿느릿 뒤를 따랐다.

둘은 왔던 길로 다시 내려갔다. 오솔길이 있는 쪽으로 곧장 내려갈 수도 있었지만 길다운 길이 없어서 마을을 경유해 안전하게 빙 돌아가기로 했다. 그러나 마을로 내려가 보니 올라가기 전과는 다르게 사람들 몇 명이 길가를 배회하고 있었다.

"뭐야, 뭐야." 주영이 말했다. "우리 찾는 거 같은데?"

"그런가 보네." 수현이 걸음을 재촉했다. "조용히 지나가자."

둘은 건물과 나무를 엄폐물 삼아 최대한 눈에 띄지 않게 이동했다. 불행인지 다행인지 폭우가 인기척을 지워주어서 숨어 다니기 좋은 환경이었고, 마을 자체가 그리 크지도 않아 금방 빠져나갈 수 있었다. 먼저 요트부터 보고 갈까 하다가, 오솔길로 가려면 방파제의 반대편으로 가야 했기 때문에 돌아오면서 들르기로 했다.

둘은 곧 오솔길의 초입으로 들어섰다. 아늑한 분위기가 감도는 대나무 숲길이었다. 안쪽으로 좀 더 들어가자 폭우가 일순 약해졌다. 양쪽으로 빼곡하게 들어찬 대나무들이 비바람을 어느 정도 막아준 덕분이었다. 주영은 대나무 한 그루를 별 뜻 없이 잡아보았다. 상상했던 것보다는 얇고 키도 작았지만 그래도 제법 운치가 있었다. 날씨만 좋았어도 아마 예쁜 길이었을 거라는 생각이 들었다.

계속해서 걸으려는데, 앞서가고 있어야 할 수현의 뒷모습이 보이지 않았다. 주영은 뒤를 돌아보았다. 수현은 꼿꼿이 선 채로 어딘가를 응시하고 있었다.

"왜 그래?"

물어도 대답이 돌아오지 않았다. 자세히 보니 표정이 굳어 있었다. 어딘가 겁에 질린 듯 보였다. 주영은 고개를 일부러 천천히 돌려 수현의 시선이 향한 곳을 바라보았다. 설마 멧돼지 같은 거라도 튀어나왔나 싶어 바짝 긴장했는데 의외로 별것 아니었다. 그곳에는 그냥 조그마한 자갈들로 쌓아 올린 작은 탑이 몇 개 놓여 있었다. 관광지 같은 데 가면 심심치 않게 발견할 수 있는 아담하고 평범한 자갈탑이었다. 주영은 긴장을 풀려다가, 문득 위화감을 느꼈다. 확실히 뭔가 이상했다. 아니, 매우 이상했다. 그제야 수현이 왜 그토록 뚫어져라 쳐다보고 있었는지 깨달았다.

"저거 왜 안 쓰러져?"

대나무는 물론이고 사람도 휘청거릴 만큼 비바람이 센데 저것들만 멀쩡했다. 크고 평평한 자갈이라면 또 모를까, 물수제

비뜨기에도 역부족인 조그만 돌멩이들로 쌓아놓은 것들이라 더욱 불가사의했다. 흔들리기는커녕 미동조차 없이 고요해서, 계속 보고 있으려니 어딘가 몽환적인 기분까지 들었다. 의심할 여지 없이 비현실적인 광경이었다.

수현이 비로소 걸음을 떼며 시각적인 침묵을 깼다. 그러더니 자갈탑 앞으로 신중하게 접근해 그것을 향해 손을 천천히 뻗었다. 손끝이 그것에 막 닿으려는 찰나, 오솔길 맞은편에서 인기척이 들렸다. 퍼뜩 고개를 돌리자 사람들 서너 명이 이쪽으로 부리나케 뛰어오는 게 보였다.

"……아니!" 섬사람 하나가 고래고래 소리쳤다. "여기서 뭣들 하고 있어요?"

주영은 다시 수현을 쳐다보았다. 수현은 끝내 그것들을 건드리지 않은 채 손을 거두었고, 그렇게 둘은 사람들이 다가올 때까지 얌전히 기다렸다. 그들은 가까이 오자마자 한숨을 큼직하게 내뿜었다.

"아니, 요트만 보고 온다면서." 중년 남자가 말했다. "왜 자꾸 걱정을 하게 만들어요, 왜."

옆에 있던 중년 여자도 거들었다. "우린 학생들 빠져 죽었나 했어."

주영은 두어 번 깊이 고개를 숙였다. "죄송합니다……."

"도대체 여기까지 와서 뭘 하고 있었던 거예요?"

"아, 그게 그러니까……."

주영은 길을 잃었다고 대답하려다가 안 하느니만 못하다는 걸 깨닫고 그냥 침묵했다. 결국 바통을 넘기듯 수현을 쳐다보았다. 그러자 수현이 건성으로 답했다.

"그냥 답답해서 산책 좀 했어요."

다들 코웃음을 쳤다. "이 날씨에?"

"됐고, 됐고." 여자가 다가와 둘의 등을 돌려세웠다. "알았으니까 일단 회관으로 돌아가요. 어디 또 딴 데로 새지 말고."

"이 길로는 못 가요?"

수현이 오솔길 안쪽을 음흉한 눈으로 바라보자 사람들이 곧바로 가로막았다.

"여긴 반대 방향이에요."

태도가 단호했다. 수현은 고개를 끄덕거리더니, 의외로 간단히 포기하고 왔던 길로 돌아가기 시작했다. 주영은 사람들에게 한 번 더 고개를 숙이고 나서 수현을 뒤따라갔다. 걷다가 뒤를 슬쩍 돌아보았다. 사람들은 여전히 초입에 가만히 서서 주영과 수현 쪽만 노려보고 있었다. 그런 모습이 비에 덮여 점점 흐릿해졌다.

오솔길에서 어느 정도 멀어졌을 때, 수현이 말했다.

"저 안에 있는 거 확실하네."

"아이?" 주영이 물었다. "어떻게 아는데?"

"우리 안 따라오고 저 안으로 못 들어가게 지키잖아."

주영은 납득하며 고개를 끄덕였다.

한동안 둘은 오솔길 말고도 건너편으로 넘어갈 수 있을 만한 길을 찾아다녔다. 그러나 숲을 직접 가로지르지 않는 한 다른 방법은 없었다. 가로질러볼까 했으나, 대나무가 워낙 빽빽해서 칼로 일일이 베지 않는 한 진입 자체가 불가능했다. 한 십 분쯤 이리저리 기웃거린 끝에 수현도 결국 포기했다.

슬슬 체력이 떨어지기 시작했다. 추워서 턱이 으슬으슬 떨렸고, 무엇보다도 다리가 아팠다. 둘은 마지막으로 요트를 확인하기 위해 언덕을 내려가 방파제로 향했다.

요트는 파도가 센 탓에 많이 흔들리고는 있었지만, 겉으로 봤을 때는 부서진 데 없이 멀쩡했다. 어젯밤에 회관으로 끌려가기 전에 닻을 내리고 밧줄로도 선체를 타이트하게 고정해 놓았었다. 아무렴 태풍이 지나갈 동안 어느 정도의 파손은 감수해야겠지만, 최소한 파도에 휩쓸려갈 염려는 없어 보였다.

주영은 빨리 돌아가자며 볼멘소리를 냈다. 밖에 더 있다가는 감기에 걸릴 것 같았다. 둘은 곧 폭우 속의 산책을 마치고 회관으로 돌아갔다.

안으로 들어가기 전에, 염소 사체는 치웠는지 궁금해서 후문 쪽으로 돌아가 보았다. 염소는 그 자리에 그대로 방치되어 있었다. 주영은 표정을 팍 구기며 손으로 입을 틀어막았다. 둘이 잠시 다녀온 사이에 다른 염소들에게 더 파먹혔는지, 사람으로 치면 목덜미부터 쇄골까지의 부위가 뼈가 드러날 정도로 너덜너덜해진 상태였다.

더구나 파먹힌 상처 부위에 그새 파리 떼가 득실득실 꼬여 있었다. 하나같이 징그러울 만큼 살이 오동통 올라 있었고, 그 수가 거의 백여 마리에 육박하는 듯 보였다. 날갯짓 소리가 폭우 속에서도 들릴 정도로 우렁찼다. 주영은 거의 빨려 들듯 그 장면을 지켜보고 있다가, 문득 몸이 흔들려서 정신을 차렸다.

"심주영." 옆을 보니 수현이 어깨를 잡고 흔들고 있었다. "괜찮아?"

주영은 대답 없이 수현만 멀뚱히 쳐다보다가 갑자기 토가 나올 것 같아 얼른 있던 곳을 벗어났다. 주영과 수현은 곧 정문을 통해 회관 안으로 들어갔다.

실내로 들어가자마자 사람들의 열화와 같은 비난이 쏟아졌다. 주영은 폭우 때문에 앞이 잘 보이지 않아 길을 잃었다고 대강 둘러대고 나서, 도리어 따지듯 물었다.

"밖에 염소 그대로 있던데, 안 치우실 거예요?"

"아, 그건……." 사람들 중 하나가 말했다. "태풍 지나갈 때까진 가만두기로 했어요."

"왜요?"

"다 뜻이 있겠지 싶어서."

"그게 무슨 뜻이에요?"

한숨 섞인 대답이 돌아왔다. "괜히 건드렸다가 더 안 좋은 일만 불러올 것 같다고. 학생들도 괜히 또 보러 가거나 하지 마세요. 아니, 부탁이니까 아예 밖으로 나가지도 마세요."

"저렇게 놔두면 금방 썩어서 냄새날 텐데." 수현이 말했다.

"썩든 말든 신경 쓰지 마시라고." 말투가 매우 적대적이었다. "그냥 이 섬에 대해선 아무것도 신경 쓰지 말라고요. 잠깐 피서 왔다 생각하고 쥐 죽은 듯 조용히 있다 가라고."

"이렇게 수상한 곳에서 무슨 얼어 죽을 피서예요." 수현의 눈매가 사나워졌다. "당신들 도대체 정체가 뭐냐니까요? 사이비 맞죠?"

"우린 무당이에요."

한 젊은 여자가 불쑥 말했다. 갑작스러운 발언에 주변 사람들이 그녀를 일제히 노려보았다. 하지만 딱히 말리지는 않을 모양인 듯했고, 여자는 계속해서 말했다.

"그러니까 사이비가 아니라 신내림을 받은 사람들일 뿐이라고요. 궁금증 풀렸죠?"

"전부 다요?" 수현이 물었다. "이 섬에 있는 사람들 모두가 다 무당이라고요?"

"네."

"그럼 일단 소굴이긴 소굴인 거네."

분노를 참는 표정이 순간적으로 여자의 얼굴에 스쳤다. 여자는 무표정하게 설명을 이어나갔다.

"정확히 말하면 우린 심방이라고 하는 사람들이에요. 제주도 무당을 심방이라고 부르는데, 이것까지 굳이 설명해줄 필요는 없을 것 같고……. 하는 일은 무당이랑 크게 차이 없어요. 여기서도 마찬가지고."

"그럼 다들 제주도에서 온 거예요?"

"몇몇만 제주 출신이고, 지금은 대부분 타지 사람들이에요. 처음에는 제주 사람들뿐이었는데 세대가 바뀌면서 타지 사람들이 늘었어요. 이젠 서울, 경기 사람들이 제일 많아요. 그래도 굳이 심방이라고 부르는 이유는, 우리가 특별히……."

한 중년 남자가 손을 퍼뜩 치켜들었다. 거기까지만 말하라는 의미인 것 같았다. 여자는 눈치껏 고개를 끄덕이더니, 하던 말에 마침표를 찍듯 헛기침을 뱉었다.

"어쨌든 이제 사이비라는 의심은 풀렸죠? 그러니까 이제부터는 얌전히 있어주세요. 부탁할게요."

수현이 더 캐물으려는 듯 숨을 들이마시자 주영은 얼른 선수를 쳤다.

"말씀해주셔서 감사합니다. 이제 신경 안 쓸게요. 밖에도 안 나가고 안에서만 조용히 있을게요. 수현아, 가자. 제발."

주영은 움직이지 않으려고 몸에 힘주고 있는 수현을 억지로 잡아끌고 사람들 앞에서 물러났다.

둘은 곧 한아가 자고 있는 소파로 가 앉았다. 한아는 여전히 숙면 중이었다.

"근데 말투 은근 기분 나쁘네." 수현이 투덜거렸다.

"그냥 그러려니 해." 주영이 말했다. "솔직히 예민해질 만도 하지. 우리 오고 나서 사건 사고만 터지는데."

"어쩌냐, 앞으로 더 터질 텐데."

주영은 고개를 푹 숙였다가, 이윽고 수현을 째려보았다.

"진짜로 애 납치하게?"

"납치가 아니라 구출이라고."

"이젠 밖으로 나가지도 못하잖아."

말마따나 나갔다가 너무 늦게 돌아오는 바람에 둘을 향한 사람들의 경계심이 한층 더 삼엄해지고 말았다. 주영은 목소리를 더 낮추며 말했다.

"아까 걸으면서 계속 생각해봤는데, 안 돼. 애를 데리고 나간다는 건 아무리 생각해도 현실성이 없어. 그냥 포기하고 조용히 있다가 돌아가자."

"알았어." 수현이 담백하게 말했다. "안 도와주겠다는 거지? 그럼 빠져. 나 혼자 알아서 할게. 넌 사람들한테 고자질만 하지마. 그 정도는 해줄 수 있지?"

"모르겠어." 주영은 솔직하게 말했다. "아직도 잘 모르겠어.

뭐가 맞는 건지.”

그러자 수현이 답답하다는 듯 한숨을 쉬고 나서 나지막이 말했다.

“언제까지 그렇게 우유부단하게 굴래?”

주영이 차마 대꾸하지 못하는 사이, 수현은 소파에서 성큼 일어나 화장실로 가버렸다.

주영은 수현이 돌아오기 전까지 어떻게든 화를 삭이려고 애썼다. 섬사람들처럼 수현 역시 예민해진 상태고 자기 역시 쓸데없이 예민해 있으므로, 예민해진 애가 큰 뜻 없이 뱉은 말에 예민하게 반응할 필요 없다는 식으로 열심히 감정을 달래고 있는데, 불쑥 한아의 목소리가 들렸다.

“주영아.”

“어?” 주영은 한아의 얼굴을 내려다보았다. “깨어 있었어? 속은 좀 괜찮아?”

“궁금한 게 있는데…….” 한아는 눈을 감은 채로 말했다. “수현이랑은 어쩌다가 친해진 거야?”

주영은 갑자기 왜 이런 걸 묻는지 의아했으나, 대답은 해줘야겠다 싶어 잠시 머릿속을 뒤져보았다. 그러나 정확한 계기가 떠오르지 않았다. 수현과 친구로 지낸 지 벌써 십오 년이라는 세월이 흘렀기에 첫 만남이 가물가물했다.

“답답한 거 질색하는 수현이가…….” 한아가 말했다. “왜 하필 너랑…… 왜 내가 아니라 너 같은…….”

말투가 흐릿해서 잠꼬대하는 것처럼 들렸다. 주영은 일단 침묵하는 쪽을 택했다. 한아도 이 섬에 갇혀서 알게 모르게 신경이 예민해졌을 것이다. 주영은 애써 그렇게 이해하고자 노력했다. 또 시비를 걸어오면 그땐 확실히 대꾸해주기로 마음먹었지만, 한아는 그 이상 말을 걸어오지 않았다. 이번에는 진짜로 잠에 빠져든 것 같았다.

곧이어 수현이 볼일을 마치고 돌아왔다. 잠시 후 주영은 수현에게 “고자질 안 할게” 하고 대답해주었다.

격리된 이후로는 갑갑한 시간이 이어졌다.

주영은 “집에 가고 싶다”는 말을 무의식중의 입버릇처럼 내뱉으며 인터넷도 안 되는 스마트폰만 강박적으로 만져댔다. 수현은 연신 창밖을 바라보며 생각에 잠긴 듯했고, 한아는 가끔 뒤척이거나 코를 골았다. 그런 식으로 셋은 소파 위에 표류되다시피 방치된 채 반나절을 흘려보냈다. 그리고 하늘이 어둑해질 즈음, 은솔이 회관으로 돌아왔다.

사람들이 저녁밥을 차려주자 넷은 식탁 앞에 얌전히 앉았다. 아침때처럼 또 이장이 찾아올까 했는데 그런 일 없이 평범하게 밥만 먹었다. 수현이 워낙 말을 듣지 않았기 때문에 이번에는 대충 차려줄 줄 알았는데, 먼젓번과 마찬가지로 진수성

찬이었다. 그러나 분위기가 견디기 힘들 정도로 어색해서 밥을 입에 옮기는 것조차 버거웠다. 주영이 얼른 집에 돌아가고 싶지 않느냐는 식으로 말을 걸고 대화를 시도해봐도 아무도 호응해주지 않았다. 한아와 은솔은 철저히 침묵으로 일관했고, 수현이 가끔 대꾸해주었으나 그나마도 건성이었다. 주영은 결국 단념하고 좌초된 분위기를 무력하게 받아들였다. 밥은 세 숟갈도 채 뜨지 못한 채 남겼다.

한아가 일어나 먼저 씻겠다며 식당을 나갔다. 이어서 은솔도 뒤따라가듯 나갔다. 수현만 밥을 다 먹고 나서도 주영을 기다려주었다. 주영은 수현이 남아주어서 안심하는 한편 나가주었으면 하는 바람도 없지 않아서 심란했다. 혼자 남아 울고 싶었다. 요 이틀간 쌓인 스트레스가 적지 않았는지 괜히 그러고 싶어졌다. 그러나 수현은 나가지 않았고, 둘은 곧 자리에서 일어나 함께 식당을 나갔다.

넷은 돌아가면서 씻고 난 후 이부자리를 깔고 잘 준비를 마쳤다. 모두가 이불 속으로 들어가자 곧바로 회관의 모든 불이 소등되었다. 숨도 쉬어서는 안 될 듯한 엄격한 분위기가 감돌았다. 주영은 한 달 전에 해병대로 입대한 남동생을 문득 떠올려보다가, 피곤에 짓눌려 속절없이 잠에 빠져들었다.

10

주위가 시끄러웠다. 처음에는 그런 식의 꿈인 줄 알았는데, 곧 현실 세계에서 들려오는 소음임을 자각했다. 그래도 아직 반쯤은 꿈이라고 믿는 몽롱한 상태가 지속되던 중, 한 어절의 목소리가 귀에 또렷하게 박혔다.

누나.

주영은 잠에서 깨 눈을 떴다. 천장 방향으로 얼굴 하나가 클로즈업되어 보였다.

아이였다.

아이가 주영의 머리맡에 쭈그려 앉아 주영을 내려다보고 있었다. 아니, '내려다보는 것처럼 보이는' 자세라고 해야 옳을 터였다. 실제로도 아이의 시선은 주영의 얼굴을 똑바로 향해 있다기보다는 쇄골 쪽으로 미세하게 엇나가 있었다. 또한 머리칼이나 옷은 어젯밤과 마찬가지로 비에 쫄딱 젖어 있었다. 주영은 당최 이게 지금 무슨 상황인지 파악할 겨를도 없이 관심을 다른 곳으로 돌려야 했다. 실내가 너무 소란스러웠다. 옆으로 고개를 돌려보니 누워 있는 사람은 하나도 안 보이고 이부자리들이 다 파헤쳐 있었다. 주영은 상체를 퍼뜩 일으켜 반대편을 바라보았다.

자는 사람이 한 명도 없었다. 이미 주영을 제외한 다른 사람들은 모두 일어나 거실에 어수선하게 흩어져 있었다. 소파 근처에 특히 사람이 많았는데, 그냥 모여만 있는 게 아니라 다들 꽤 바빠 보였다. 주영은 이불을 걷고 일어나 소란의 한복판으로 다가갔다.

수현과 한아가 치고받으며 뒹굴고 있었다.

정확히는 한아가 수현을 엎어뜨려놓고 일방적으로 때리는 중이었다. 한아는 화가 많이 나 보였다. 흥분기가 최고조에 달했는지 사지의 근육이 죄다 펌핑되어 격투기 선수 같은 몸이 되어 있었다. 맨주먹 한 방 한 방이 돌도끼 같아서 수현이 두 팔로 얼굴을 막는다한들 별 소용이 없어 보였다. 코피는 이미 터져 얼굴의 대부분을 덮었고, 방어하려고 올린 팔뚝도 왠지 살짝 휜 것처럼 보였다.

몇 명이 다가가 말리는 시늉을 하긴 했으나 직접 뜯어말리는 사람은 없었다. 다들 겁에 질린 상태였다. 은솔도 언저리에서 발을 동동 구르며 울고만 있었다. 주영 역시 꽁꽁 얼어붙어 한동안 옴짝달싹도 못 하다가, 끝끝내 용기를 쥐어짜 둘 사이로 뛰어들었다.

일단은 한아를 등 뒤에서 안고 두 어깨를 감아올려 있는 힘껏 당겼다. 그녀의 상체가 약간 들리기는 했으나 주먹을 내리칠 때마다 다시 내려가기를 반복했다. 한아는 방해 따위는 안중에도 없고 오직 수현에게만 자석처럼 달라붙어 떨어지려 하지 않았다. 주영은 확신했다. 은솔 때도 그랬고, 타깃을 한번 정했으면 딱 거기에만 집중하는 게 분명했다. 그래서 한아에게 더욱 적극적으로 들러붙었다. 뭣하면 어제 한아가 은솔을 목 졸라 기절시켰던 것처럼 극단적인 방법도 마다하지 않을 작정이었다.

좀 방해가 되긴 했는지, 한아가 귀찮다는 듯 어깨를 씰룩거리며 주영을 뿌리치려 했다. 그럴수록 주영은 지지 않고 더 힘을 줬다. 아예 꿈쩍도 안 했다면 포기했을 텐데 그래도 주영이 잡아당기니 한아의 공격이 한층 둔해졌다. 그사이 수현이 정신을 차리고 몸을 추스르는 모습이 보였다. 주영은 점점 더 기가 살았다. 그리고 마침내 한쪽 팔로 한아의 목을 감자, 한아의 움직임이 갑자기 뚝 멈췄다. 몸이 마치 바닥에 뿌리라도 내린 듯 뻣뻣해졌다. 주영은 그제야 자신이 단단히 착각했음을 깨달았다.

한아가 고개를 천천히 뒤로 돌리더니, 눈알을 끝까지 굴려 주영을 째려보았다. 훤히 드러난 흰자의 혈관이 죄다 충혈되어 안구가 시뻘겋게 물들어 있었다. 주영은 감고 있던 팔을 풀고 허둥지둥 한아에게서 떨어졌다. 한아는 잡고 있던 수현의 멱살을 놓더니 일말의 예비 동작도 없이 주영의 머리채를 덥석 잡았다. 손이 너무 빨라 피할 틈은커녕 움직임이 보이지도 않았다. 한아가 머리채를 잡은 손을 더 꽉 그러쥐자 주영은 커다랗게 비명을 질렀다. 머리가 두개골째 뽑혀 나갈 것처럼 아팠다. 한아는 잡은 머리채를 그대로 휘둘러 주영을 내동댕이쳤다.

주영은 요란하게 쓰러졌다. 바닥에 머리를 한번 크게 찧는 순간 눈앞이 아찔해졌으나 가까스로 정신을 차리고 앞을 보았다. 막 뽑힌 머리카락 수십 가닥이 바닥 위로 흩날리는 광경이 눈에 들어왔다.

"살려주세요……."

아무한테나 말하자 그제야 사람들이 끼어들어 주영과 한아의 사이를 가로막았다. 주영은 사람들의 도움을 받아 후들거리는 몸을 간신히 일으켰다. 별안간 시야가 흐릿해져서 눈을 비볐더니 눈물이 물집 터지듯 흘러내렸다. 그러나 답답하게 울고 있을 때가 아니었다. 한아는 계속 주영이 있는 쪽을 노려봤다. 사람들 여럿이 둘 사이를 벽처럼 가리고 있었는데도 한아의 눈은 N극을 향하는 나침반처럼 한 치의 오차도 없이 주영만을 조준하고 있었다. 한아가 곧 주영이 있는 쪽을 향해 돌진하자 사람들 사이에서 비명 같은 소리가 터져 나왔다. 그러더니 일순 거실의 일부가 어둑해졌다. 불이 나갔나 싶어 고개를 들어 보니 주영의 머리 바로 위에 한아가 날다람쥐처럼 떠 있었다.

아주 잠깐, 시간이 멈춘 것처럼 느껴졌다. 압축된 정적이 거실 안을 총알처럼 스쳐 지나가자마자 한아의 몸이 주영을 훅 덮었다. 주영은 무게에 짓눌려 무너져 내리듯 쓰러졌다. 한아는 주영을 쿠션 삼아 착지하기가 무섭게 게걸스럽게 주먹부터 휘두르기 시작했다. 처음에는 대부분의 공격이 허공이나 바닥으로 비껴갔으나 갈수록 자세가 안정되면서 유효타가 늘기 시작했다. 주영은 생전 처음으로 구타를 당하며 서서히 현실감을 잃어갔다. 한 대씩 맞을 때마다 눈앞이 카메라 플래시 터지듯 번쩍거렸다. 악몽이라 믿고 싶어도 오감은 그 어느 때보다 또렷했다. 너무 아팠고, 너무 시끄러웠다. 한아는 때리는 와중에 자꾸 뭐라고 외쳐댔는데 발음이 심하게 새서 한마디만 겨우 알아들을 수 있었다.

"내 거야."

이어서 턱을 한 방 더 맞았고, 주영은 순간 의식을 잃었다.

정신을 차리고 보니 한아의 공격이 멈춰 있었다. 한아가 다른 곳을 쳐다보고 있기에 그쪽으로 시선을 돌렸더니 수현이 보였다.

“그만해.” 수현이 말했다. “진짜 찌를 거야.”

수현의 손에 날을 펼친 잭나이프가 들려 있었다. 예리한 날이 조명을 받아 번뜩이며 주영의 눈을 부시게 했다. 어쨌거나 팔만 뻗으면 바로 찌를 수 있는 거리였다. 한아는 그것을 멀거니 바라보다가, 손을 뻗어 칼을 날쌔로 쥐었다. 수현이 빼앗기지 않으려고 칼을 잡아당기자 한아의 손에서 피가 배어 나오기 시작했다. 칼은 꿈쩍도 하지 않았다. 피가 흥건하다 못해 철철 흐르는데도 한아는 꽉 잡은 칼날을 놓지 않았고, 기어코 빼앗았다.

한아의 손에 칼까지 들리자, 주영의 목에서 저절로 “엄마……” 하는 신음이 흘렀다. 눈을 감아버리고 싶어도 아무것도 보이지 않으면 더 무서울 것 같아 눈을 부릅떴다. 한아는 길가에 쓰레기 버리듯 칼을 휙 던지더니, 빨갛게 물든 제 손을 지그시 내려다보았다. 그러고는 오물이라도 묻은 것처럼 손을 두어 번 탈탈 털었다. 근처에 깔린 하얀색 이불에 피가 점점이 튀었다.

주영은 강렬한 안도감과 함께 전신의 감각이 꼬물꼬물 되살아나는 것을 느낄 수 있었으나, 곧바로 숨이 턱 막혔다. 목이 강제로 꺾여서 원하는 방향이 보이지 않았는데, 아마 한아가 목을 조르기 시작한 모양이었다. 주영은 본의 아니게 몇몇 사람들과 눈을 마주쳤다. 그중에는 아이도 있었다. 눈이 스르르 감기기 전에 수현이 달려드는 것이 보였고, 뒤이어 다른 사람들도 가세하는 모습이 속속 시야에 들어왔다. 다 같이 뜯어말려도 한아의 팔은 흔들림이 없었다. 사람 손이 아니라 철근을 고정시켜놓은 것 같은 묵직함이 목을 타고 느껴졌다.

시각과 청각이 점점 흐릿해졌다. 주영은 마지막 힘을 짜내어 한아를 올려다보았다. 어찌 된 일인지 한아는 주영을 내려다보며 활짝 웃고 있었다. 입을 어찌나 크게 벌렸는지 급기야 찢어진 입술에서 피가 흘러 주영의 얼굴 위로 뚝뚝 떨어지기 시작했다. 그리고 어디선가 파리 한 마리가 날아와 난데없이 주영의 콧잔등에 앉았다. 주영은 눈알만 굴려 기름색으로 번들거리는 파리의 눈을 얼마간 마주 보다가, 그대로 기절했다.

주영은 울음소리를 들으며 눈을 떴다.

모로 누운 상태여서 천장 대신 머리맡이 시야에 들어왔다. 이어서 은솔이 두 손으로 얼굴을 가린 채 흐느끼는 모습이 잡혔다. 그녀 말고는 달리 아무도 없었다. 깼다고 알려주고 싶었는데 목소리가 나오지 않았다. 온몸이 지끈거렸다.

부스럭거리는 소리를 들었는지, 은솔이 얼굴에서 퍼뜩 손을 뗐다.

"일어났어?" 은솔이 황급히 물었다. "괜찮아?"

은솔은 주영의 손을 꽉 부여잡더니 이내 눈물을 흘리기 시작했다. 대체 얼마나 울었는지 이미 눈이 퉁퉁 불어 있었다.

"그러니까 내가 이 섬에 들어오지 말자고 했잖아."

주영은 은솔의 말을 흘려들으며 고개를 돌렸다. 목만 살짝 움직였을 뿐인데 격한 통증이 가슴팍부터 머리끝까지 넓게 퍼졌다. 너무 아파 인상도 찌푸리기 힘들었다.

"일으켜줄까?" 은솔이 물었다.

고개를 저을 수가 없어서 손을 흔들어 거절 의사를 표시했다. 그런 다음 손가락으로 손목을 톡톡 쳤다. 은솔이 곧 대답해주었다.

"아침 아홉시."

주영은 한동안 가만히 누워 쉬었다. 목의 통증은 잠에서 막 깼을 때만 심했고, 시간이 지날수록 점점 견딜 만해졌다. 눈을 감으면 다시 잠들 것 같아 은솔 너머의 창밖만 멀뚱멀뚱 바라보았다. 섬에 머문 지 오늘로 사흘째, 하늘은 여전히 거칠었다.

십 분 정도를 쉬고 나서, 주영은 슬슬 입을 열었다.

"왜 아무도 없어?"

이제까지와는 다르게 거실에 사람이 없었다. 아예 없는 건 아니었지만 십수 명이 지키고 있던 때에 비하면 텅 빈 수준이었다.

"다 수현이 찾으러 나갔어." 은솔이 말했다. "걔 아침부터 없어져서 난리 났어."

"……왜?"

"왜 없어졌냐고? 그건 나도 모르지."

"한아는?"

주영은 무심코 물었다가 돌연 간담이 서늘해졌다. 어젯밤 일을 떠올리자 심장이 빠르게 뛰었다.

"한아 지금 2층에 있어." 은솔이 대답했다. "자고 있을 거야, 아마."

"어젯밤에 어떻게 됐어? 나 기절하고 나서."

"아, 그다음에 한아도 바로 의식 잃었어. 근데 손이 안 잘 풀려서……."

은솔은 말끝을 흐리더니 그대로 입을 다물었다. 그 이상은 굳이 언급할 필요 없겠다고 판단한 모양이었다. 주영은 납득하고 나서, 자리에서 일어나기 위해 상반신부터 천천히 일으켜보았다. 삭신이 쑤셨으나 움직이지 못할 정도는 아니었다. 주영이 완전히 일어나자 은솔이 대신 이부자리를 정리해주었다. 둘은 곧 한아를 보기 위해 2층으로 올라갔다.

둘은 2층에 마련되어 있는 손님방으로 들어갔다. 방은 평범한 원룸 정도의 크기였고, 한아는 싱글 사이즈 침대에 누워 있었다. 주영은 떨리는 가슴을 추스르며 한아 곁으로 좀 더 가까이 다가갔다.

"열이 펄펄 끓어." 은솔이 한아의 이마에 손등을 가져다 대며 말했다. "감기 심하게 걸린 것 같아서 일단 약 먹였어."

말마따나 한아는 잔다기보다도 몸져누운 것에 가까워 보였다. 이마에 땀이 송골송골 맺혀 있었고 호흡은 거칠고 불규칙적이었다. 태풍이 지나가고 있다지만 그래도 한여름인데 두꺼운 이불을 턱 밑까지 뒤집어쓰고 있어 더워 보였다. 몸도 바들바들 떨었는데, 몸살 같아 보이기도 했고 어딘가 공포에 질린 듯해 보이기도 했다. 이렇게 병약해 보이는 한아는 알고 지낸 이래 처음이었다.

문득 이불 밖으로 튀어나온 한아의 손이 보였다. 붕대로 손바닥을 꽁꽁 동여맨 상태였다. 주영은 저도 모르게 목을 쓰다듬었다. 피로 축축한 손바닥이 꽉 조여오던 때의 감촉이 강제적으로 떠오르자 속이 울렁거렸다. 어쨌거나 왜 그랬느냐고 묻고 싶어도 그럴 수 없는 상황이었다. 그 마음을 읽기라도 했는지, 은솔이 넌지시 입을 열었다.

"한아도 그러고 싶어서 그런 건 절대 아닐 거야. 변호하는 것처럼 들릴 수도 있는데……. 일단 나도 그렇게 됐었고, 그게 어떤 상탠지 아니까. 내가 봤을 땐 한아도 '뭔가'에 휩쓸렸어. 겪어봐야 알아. 그건 진짜 정말……."

은솔은 고개를 푹 숙이더니 다시 눈물을 흘리기 시작했다. 그러나 주영은 아무래도 위로해줄 의욕이 생기질 않아 그저 창밖만 내다보았다. 어디선가 썩은 내가 희미하게 풍겨왔다. 주영은 냄새의 근원이 어디일지 생각하다가 은솔에게 물었다.

"수현이, 어디 간다는 말도 없었어?"

"응."

"찾으러 가봐야겠다."

주영은 뒤돌아 손님방을 나섰다. 은솔이 문을 닫고 따라오며 말했다.

"몸도 아프잖아. 무리하지 말고 쉬어."

"개가 자꾸 무리를 하게 만드네."

둘은 곧 1층으로 내려갔다. 섬사람 두 명이 문 앞을 지키고 있었고, 주영은 그들에게 다가가 말을 걸었다.

"수현이 아직도 못 찾았어요?"

"없어진 애?" 젊은 남자가 말했다. "못 찾았어요."

"저도 찾아볼게요."

"안 나가는 게 좋을 것 같은데……."

태도가 건성인 것을 보니 좀 더 밀어붙이면 허락을 얻어낼 수 있을 듯했다.

"너무 걱정돼서요." 주영은 나름 절실하게 말했다. "제발 찾으러 가게 해주세요."

"어디 있는 줄 알고요? 밖은 위험한데, 그냥 안에 계시죠."

"요트에 있을 것 같아요, 제 생각엔."

"요트 쪽도 다 찾아봤는데 없었대요."

"안까지 들어가봤대요?"

"……."

"제가 가서 데려올게요."

남자는 끝내 귀찮다는 듯 일회용 우비를 건네주었다.

"조심하세요. 빠져 죽지 마시고."

언뜻 빠져 죽으라는 소리처럼 들렸으나 주영은 개의치 않고 우비를 받아들었다. 그러고는 서둘러 입으며 은솔에게 말했다.

"넌 여기 있어. 한아 봐줄 사람 있어야 하니까."

"너무 위험해." 은솔이 말했다. "요트 안에 없을 수도 있잖아."

"아니." 주영은 잘라 말했다. "걔 거기 있어, 분명."

은솔의 얼굴에 걱정이 가득 담겼다. "진짜 괜찮겠어?"

주영은 애써 미소를 보이고는 우비를 마저 입고 밖으로 나갔다.

폭우는 여전했으나 어제 빗속을 실컷 돌아다닌 덕인지 이제는 별로 부담스럽게 느껴지지 않았다. 처음에는 걷다가 점점 속도를 높여 달렸다. 조바심이 걷잡을 수 없이 부풀어 올라 느릿느릿 움직일 수가 없었다.

주영은 찰박찰박 반복되는 발소리를 들으며 일종의 향수 같은 것을 느꼈다. 이 섬에 대해 알게 된 지 사흘밖에 안 되었는데 왜 이렇게 익숙한가 싶었다. 그러다 문득 장소의 문제가 아니라는 것을 깨달았다. 수현을 좇는 행위 자체에서 느껴지는 아련함이었다.

수현의 뒤꽁무니만을 필사적으로 좇아다녔던 시절이 있었다. 그 탓인지 얼떨결에 유치원부터 대학교까지 모두 같은 곳을 다니게 되었다. 어쩌다 그렇게 되었을까를 생각하며 달리다 보니 금세 요트 앞에 도착했다. 주영은 잠시 양 무릎에 손을 짚은 채 숨을 고른 다음 얼굴에 흐르는 빗물을 닦고 요트를 올려다보았다. 선체가 파도에 치여 놀이기구처럼 흔들거리고 있었다. 도저히 배에 오를 수 있을 것 같지 않아 보였으나 수현이라면 충분히 가능했겠다는 생각이 들었다.

주영은 끝내 마음을 굳게 먹고 물가로 다가갔다. 파도가 잠시 약해진 틈을 타 밧줄을 잡고 요트 위로 올랐다. 중간에 손이 한번 미끄러져서 그대로 바다에 빠질 뻔했으나 다행히 갑판까지 무사히 올라가는 데 성공했다.

라운지로 들어가 문을 걸어 잠그자마자 다리의 힘이 싹 풀려 주저앉았다. 십년감수했다고 안도하는 순간 불현듯 수현이 물에 빠져 죽은 건 아닌지 걱정되었다. 둘러보니 라운지에는 아무도 없었다. 주영은 벌떡 일어나 아래층으로 내려갔다.

수현은 침실에 있었다.

한쪽 다리는 바닥에 내리고 다른 한쪽은 양반다리를 하듯 구부린 채로 침대 위에 앉아 있었다. 수현의 양손에는 산탄총이 들려 있었다. 이럴 거라 예상은 했지만 막상 현실로 마주하니 머릿속이 하얘졌다. 수현은 얇은 막대기 같은 것을 총구 안에 넣고 쑤셔대다가 주영에게 흘끔 눈길을 주었다.

"잘 잤어?" 수현이 심드렁하게 말했다. "목 많이 아파 보인다. 그러게 끼어들지 말지 그랬어."

"내가 안 끼어들었으면 너 한아 찔렀을 거잖아."

"뭔 소리야? 칼은 너 구하려고 꺼낸 건데. 그 전까진 꺼낼 생각 없었어."

"……."

"어쨌든 앞으론 칼만 가지곤 안 될 것 같아서."

수현은 총의 손잡이와 몸통 부분을 분리했다. 그리고 총알을 넣는 곳으로 추정되는 구멍 안을 부드러운 천으로 꼼꼼히 닦기 시작했다. 총기를 다루는 동작 하나하나가 숙달되어 보였다.

"수현아." 주영이 말했다. "제발 너까지 미치진 말아주라."

"내가 하고 싶은 말인데?" 수현이 말했다. "순서대로라면 오늘 밤은 네 차례잖아."

"그래서 그걸로 나 쏘려고?"

"너 하는 거 봐서."

주영은 저도 모르게 웃음을 흘렸다. 수현도 따라서 싱겁게 웃다가 퍼뜩 얼굴을 찡그렸다. 눈두덩의 찢어진 상처가 벌어져 아픈 모양이었다. 그 밖에도 얼굴 곳곳에 생채기가 많았고 멍들거나 부어오른 부분도 보였다. 주영은 그런 그녀가 안쓰러워 한숨을 쉬다가, 문득 자기도 남 말할 처지는 못 된다는 사실을 깨달았다. 아직 거울은 보지 않았지만 본인 역시 수현만큼이나 처참한 상태일 터였다. 불행인지 다행인지 당장은 별로 신경 쓰이지 않았다.

주영은 수현이 "오늘 밤은 네 차례"라고 했던 말을 진지하게 되새겨보았다. 정신 건강이 그 누구보다 튼튼한 한아도 그렇게 되어버렸는데 자신이라고 멀쩡히 피해 갈 수 있을까 싶었다. 생각해보니 은솔도 한아도 미치기 전부터 미리 이상행동을 보였었다. '그렇다면 나는 지금 제정신이라고 말할 수 있는 컨디션일까?' 온갖 근심이 꼬리에 꼬리를 무는 와중에, 수현의 목소리가 날아와 주영의 귓가에 박혔다.

"무슨 생각 해?"

주영은 흐릿했던 초점을 되찾고 수현을 바라보았다. 그녀의 얼굴을 보자 왠지 졸음이 확 깬 듯한 기분이 들었다.

"네 말대로……." 주영은 말했다. "나도 슬슬 미치는 거 아닐까 걱정하고 있었어."

"걱정 마." 수현이 말했다. "자기가 제정신인지 아닌지 의심할 수 있는 사람은 아직 제정신인 거래."

"그래?" 주영은 고개를 끄덕이다가 물었다. "그럼 넌 어떤데?"

"난 의심의 여지없이 제정신이지."

그렇게 말하며 천연덕스럽게 윙크를 날리자 주영은 싫은데도 웃을 수밖에 없었다. 그 순간 마음속에 수북이 쌓여 있던 오만가지 불안이 한꺼번에 녹아내렸다. 그제야 깨달았다. 주영은 수현을 걱정했던 게 아니었다. 수현 없이 홀로 방치된 자신을 걱정하고 있을 뿐이었다.

"언제까지 나한테 집착할래?"

느닷없이 들려왔다. 잠깐 딴 데를 보고 있었던 주영은 다시 수현에게로 시선을 돌렸다. 당황하기에 앞서 헷갈렸다. 수현의 입에서 나온 말이 맞는지 확신할 수 없었다. 수현은 고개를 푹 숙인 채 여전히 총을 닦는 데에만 집중하고 있었다. 방금 그런 말을 한 사람이라고는 전혀 느껴지지 않았다. 하지만 수현이 말한 게 아니라면 이 안에서 말할 사람이 없었다. 혹시 누가 숨어 있나 싶어 주위를 두리번거렸으나 인기척은 느껴지지 않았다. 게다가 목소리는 분명 코앞에서 들렸다. 정확히 말해 수현이 있는 자리쯤에서 들렸고, 수현의 목소리였다.

"아까, 뭐라고?"

주영이 묻자, 수현이 고개를 올려 멀뚱히 시선을 던졌다.

"뭐가?"

"아까 뭐라고 말했잖아."

"언제?" 수현은 가볍게 털듯이 고개를 저었다. "아무 말 안 했는데?"

"진짜?" 주영은 거듭 물었다. "진짜로 아무 말 안 했어?"

"안 했다니까."

표정을 보니 정말로 결백한 것 같았다. 혼란스러워 현기증이 날 지경이었다.

"심주영." 수현이 분주히 움직이던 손을 멈추고 말했다. "괜찮은 거 맞지?"

주영은 애써 아무렇지 않은 척, 그러나 한 박자 늦게 고개를 끄덕였다. 수현은 잠시 주영의 얼굴을 가만히 들여다보다가, 한숨을 쉬며 말을 이었다.

"아깐 네 차례라는 둥 장난처럼 말하긴 했는데……. 나도 너한테 부탁할게. 미치지 마라, 제발. 여기서 믿을 수 있는 사람 이제 너밖에 없으니까."

말을 마치자마자 요트가 크게 출렁였다. 주영은 균형을 잃고 넘어져 바닥을 약간 굴렀고, 곧 수현이 잡아 일으켜 세워주었다. 둘은 출렁임이 약해질 때까지 잠시 기다렸으나 소용없었다. 요트는 급기야 바이킹 수준으로 오르락내리락하기 시작하더니 이윽고 침대의 기둥을 잡고 버티는 데만도 온 정신을 쏟아야 할 정도로 상황이 악화되었다.

"이러다 가라앉는 거 아니야?" 주영이 외치듯이 말했다.

"가라앉진 않고 뒤집힐 것 같네. 멀미 난다, 나가자."

수현이 먼저 자리에서 일어나 앞으로 나아가기 시작했다. 기울어진 벽을 손으로 짚어가며 한 발짝씩 겨우겨우 이동하느라 속도가 더뎠다. 그렇게 라운지로 올라오기까지 한참이 걸렸다. 둘은 머리가 어지러워 잠깐 바닥에 누워 쉬었다가, 요트의 흔들림이 약간 약해진 틈을 타서 다시 움직였다.

주영이 앞장서서 라운지 문을 열자, 빗줄기와 바닷물이 기다렸다는 듯 한꺼번에 몰아쳐 들어왔다. 주영은 무심코 수현을 쳐다봤다가 그녀의 손에 여전히 총이 들려 있는 것을 보고 정색했다.

"야." 주영이 말했다. "그거 놓고 가야지."

"아." 수현은 능청스레 총을 내려다보았다. "계속 들고 있었구나."

그렇게 말하면서도 손에서 놓으려 하지는 않았다. 수현은 잠시 총을 요리조리 돌리며 점검하는 듯하더니, 주영이 계속 째려보자 결국 소파 위로 던져놓았다. 둘은 곧 나란히 바깥으로 나갔고, 누구 하나 물에 빠지지 않고 무사히 땅을 밟았다.

12

둘은 곧 회관에 도착했다. 안으로 들어가 소리 나게 문을 닫자마자 거실에 있는 모두의 시선이 일제히 모였다.

주영이 나갔을 때와는 다르게 지금은 거실에 사람이 많이 들어차 있었다. 주영은 반사적으로 눈을 깔고 저자세를 취했다. 비난 세례가 날아들 줄 알았는데 의외로 반응은 얌전했다. 힘없는 한숨 소리가 드문드문 새어 나왔을 뿐 큰소리는 나오지 않았다. 화가 난 기색 역시 찾아보기 힘들었고 그저 다행이라는 듯 혹은 체념했다는 듯한 표정이 둘의 곁을 하나둘씩 스쳐 지나갔다. 주영과 수현은 밖으로 나가려는 사람들에게 길을 터주다가 밀려나듯 거실로 들어왔다.

나가지 않고 안에 남은 사람 중 하나가 다가와 말을 걸었다.

"밥은요?"

주영과 수현은 고개를 저었다.

"2층 올라가서 식사하세요. 차려놨으니까."

그는 그렇게만 말해두고 거실에 딸린 방으로 홀연히 들어가 버렸다. 둘은 곧 2층으로 올라갔다.

식당으로 들어가기 전에 먼저 한아가 누워 있는 손님방으로 들어갔다. 은솔이 한아의 곁을 지키며 스마트폰을 만지고 있었고, 한아는 여전히 자는 중이었다. 은솔은 주영이 언제 돌아올지 몰라 먼저 먹었다고 했기 때문에 주영과 수현 둘이서만 식당으로 갔다.

식탁에는 2인분의 정갈한 한식이 차려져 있었다. 아주머니 두 명이 주방에서 나와 김이 모락모락 피어오르는 된장국을 식탁 위에 조용히 올려놓고 물러났다. 둘을 지나치던 한 아주머니는 주영과 시선이 슬쩍 닿자 고개를 돌려버렸다.

주영은 도망치듯 식당을 나가는 아주머니들의 움츠러든 등을 보며 생각했다. 만약 수현이 그런 일만 벌이지 않았더라면, 여기 있는 동안 저 사람들과 나름 화기애애하게 지내지 않았을까. 이 섬에서 보낸 시간이 그저 소소한 추억거리로 남지 않았을까.

주영은 수현과 마주 앉아 늦은 아침을 먹었다. 가시방석이 따가웠고, 밥은 흡사 모래를 씹는 느낌이었지만 굶주림이라는 생리현상은 해결해야 했으므로 꾸역꾸역 삼켰다. 그 와중에 수현은 벌써 한 그릇을 해치우고 밥솥을 열어 두 번째 공기를 묵묵히 퍼 담고 있었다. 마치 이제부터 전장에 나설 전사처럼 든든하게 배를 채워두려는 듯 보였다.

겨우 세 숟갈째를 뜰 무렵, 섬사람 하나가 식당으로 훅 들어왔다. 어제 자신들의 정체를 무당이라고 알려줬던 젊은 여자였다. 여태껏 바깥에 있었는지 머리칼이 젖어 있었다. 그녀는 선 채로 주영과 수현을 번갈아 내려다보며 단도직입적으로 말했다.

"식사 다 하고 나면 저랑 어디 좀 같이 가주실래요?"

"어딜요?" 수현은 경계심을 내비쳤다. "사죄 같은 건 안 할 거예요."

"아, 그런 거 아니에요." 여자가 부드럽게 대꾸했다. "도련님이 '누나들' 다시 보고 싶다고 하셔서요. 초대하고 싶다네요, 도련님 집에."

"……."

"도련님 사는 집에 데려다드릴게요. 가보고 싶었죠? 어제 한참 찾아다니는 것 같던데."

주영과 수현은 누가 먼저랄 것 없이 서로를 마주 보았다. 그리고 가위바위보라도 하듯 각자 고개를 젓거나 끄덕였다. 끄덕인 쪽은 수현이었고, 이긴 쪽도 물론 수현이었다.

"그럼 거실에서 기다리고 있을 테니까 천천히 먹고 나오세요."

여자는 주영의 의사는 안중에도 없는지 수현을 향해서만 말하고 이내 식당 밖으로 나갔다.

"가기 싫으면 안 가도 돼." 수현이 말했다. "진심이야. 은솔이랑 같이 한아 옆에 있어. 나 혼자 갔다 올게."

한아의 이름을 듣자 주영은 회관에 남고 싶은 마음이 사라졌다. 차라리 수현과 함께 알 수 없는 위험 속으로 뛰어드는 쪽이 더 마음 편할 것 같았다. 주영은 재차 고개를 저었다.

"아니, 나도 따라갈게."

주영과 수현은 식사를 마친 후, 앞서 둘을 초대했던 여자와 함께 셋이서 회관을 나섰다. 어찌 된 일인지 태풍은 이틀 전보다도 더 거세진 것 같았다. 주영은 잠수복을 입는 기분으로 우비를 걸친 다음 마지못해 발걸음을 뗐다.

여자는 꽤 거리를 두고 앞서 걸었다. 그녀는 둘이 잘 따라오고 있는지 가끔 뒤를 흘끔거릴 뿐, 딱히 말을 섞을 생각은 없어 보였다.

가는 도중에 남자 몇 명이 흑염소의 사체를 옮기는 모습이 눈에 잡혔다. 마주 오는 방향이어서 그들과의 거리가 점점 좁혀졌다. 주영은 스쳐 지나가며 그것을 좀 더 가까이서 볼 수 있었다. 어제 목이 부러져 죽었던 염소와는 또 다른 녀석이었는데, 아랫배가 터져서 내장이 반쯤 튀어나와 있었다. 게다가 아직 숨이 붙어 있었다. 염소의 꺼져가는 눈빛이 일순 주영의 시선과 부딪혔다. 주영은 고개를 되돌려 앞만 보고 걸었다. 그냥 아무것도 알고 싶지 않았다. 다행히 수현도 안내인도 방금 본 것에 대해 딱히 언급하지 않았고, 그래서 주영은 마치 아무런 일도 없었던 것처럼 계속해서 나아갈 수 있었다.

오 분쯤 걸었을까, 눈에 익은 오솔길이 나왔다. 어제 들렀던 대나무 숲길이었다.

"이렇게도 올 수 있구나." 수현이 말했다. "어제는 먼 길로 돌아갔던 거네."

"그러게." 주영은 영혼 없이 대답했다. "이 길로 오니까 금방이네."

주영은 오솔길로 완전히 들어서기 전에 잠시 초입의 근처를 둘러보았다. 어제 봤던 그 쓰러지지 않는 기이한 자갈탑을 다시 보고 싶어서였다. 그러나 그것이 있어야 할 자리에는 아무것도 없었다. 결국에는 역시 날씨를 이기지 못하고 흔적도 없이 쓰러져버린 모양이었다. 주영은 은근히 안심하며, 길 안내를 받아 오솔길 안쪽으로 진입했다.

여자는 여전히 거리를 둔 채로 등만 보여주었지만, 걷는 속도는 늦춰주었다. 지면이 고르지 못했고 크고 작은 돌덩이나 부러진 대나무 따위의 장애물이 많아 빨리 걸을 수가 없었다.

길이 깊어질수록 양옆을 둘러싼 대나무들도 점점 더 길고 굵어졌다. 나중부터는 대나무가 꼭대기끼리 닿아 마치 터널처럼 머리 위를 감쌌다. 빗소리가 차츰 약해지더니 사각거리는 발소리가 귀에 익었다. 땅만 보며 걷던 주영은 조심스레 고개를 들고 주위를 살폈다. 태풍 때문에 섬 전체가 먹빛으로 뒤덮인 와중에, 섬 안의 모든 초록빛이 온통 이 오솔길 속으로 피난이라도 온 듯해 보였다.

얼마 안 가 오솔길은 단칼에 끊겼다. 대나무 터널을 벗어나자마자 폭우가 다시 가차 없이 얼굴을 뒤덮었다. 주영은 우비의 후드를 앞으로 바짝 당기며 주변을 둘러보았다. 그들이 도착한 곳은 학교 운동장보다 약간 작은 넓이의 분지였다.

"여기예요."

여자가 어딘가를 손으로 가리켰는데, 그러지 않아도 주영 역시 그곳을 바라보고 있었다.

2층짜리 저택 하나가 산을 등지고 반듯하게 서 있었다. 집 자체는 특이하지 않았는데, 이런 숲속과는 다소 어울리지 않아 혼자만 붕 뜬 모델하우스처럼 보였다. 주변 지형 역시 콕 집어 말할 수는 없었지만 어딘가 작위적인 감이 있었다. 마침 이런 곳을 발견해서 이곳에 집을 지은 게 아니라, 이 집을 지으려고 동산의 일부를 억지로 깎아 평지로 만들어버린 듯한 인상이었다. 저택은 삼면이 거의 동산에 둘러싸이다시피 감싸 안겨 있었다.

"꼭꼭 숨겨놨네." 수현이 말했다. "이래서 어제 올라갔을 때 안 보였구나."

여자가 저택으로 걸음을 옮기자 둘도 뒤를 따랐다. 분지 전체에 자잘한 돌멩이들이 고르게 깔려 있어 바닥을 밟을 때마다 으드득거리는 소리가 났다. 저택은 수수한 외관에 비해 규모가 컸고, 딱 봐도 부잣집 별장 같은 이미지였다. 이런 외딴섬에 이런 집을 지으려면 얼마나 들까 싶어 괜히 머리를 굴려보다가, 곧 여자의 안내를 받아 실내로 발을 들였다.

13

현관문이 닫힘과 동시에 빗소리가 뚝 그쳤다가 다시 희미하게 이어졌다. 안내인을 따라 주영과 수현은 우비와 신발을 벗고 안으로 들어갔다.

실내의 공기는 알맞게 건조해서 왠지 포근했고 온도 역시 따뜻했다. 거실로 이어지는 복도를 걷던 도중에 사람들 몇 명이 수건을 가지고 와 건네주었다. 주영은 잘 마른 수건에 얼굴을 푹 덮었다. 기분 좋은 냄새가 났고, 동시에 졸음기가 머릿속을 살살 건드리기 시작했다. 주영은 문득 섬에 갇혀 있는 나머지 시간만큼은 이 저택에서 지냈으면 하고 바랐다. 회관에서는 느낄 수 없었던 안락함이 이곳에는 있었다.

주영과 수현은 복도를 지나 거실로 들어섰다. 높은 천장과 널따란 공간을 사이에 두고 아일랜드 키친과 시원하게 뚫린 전면 유리창이 마주 보는 부엌 일체형 구조였는데, 왠지 드라마에 나오는 재벌집 세트장을 연상케 하는 풍경이었다.

더 구경할 틈도 없이 계속해서 2층으로 올라갔다. 간이 부엌이 설치된 복도를 지나 말없이 쭉쭉 나아갔다. 응접실과 서재를 포함해 2층에만 방이 네다섯 개는 되는 듯했다. 주영과 수현은 그중 가장 끝에 있는 방으로 들여보내졌다.

아이는 두 무릎을 세우고 바닥에 앉아 슬라임을 조몰락거리고 있었다. 그 옆으로 이장이 자리했고, 뒤편에도 아주머니 두 명이 앉아 있었다. 막 들어온 셋까지 합해 한 방에 일곱 명이나 들어찼는데도 방이 넓어 답답하지 않았다. 값비싸 보이는 공기청정기가 세 대나 돌아갔고, 어디선가 아이방 특유의 달콤한 향기가 났다.

"편하게 앉아요, 바닥이지만."

이장이 말하자 둘을 안내해줬던 여자가 방석을 깔아주었다. 주영은 양반다리를 하고 앉으며 내부를 좀 둘러보았다. 가구나 소품들은 대부분 알록달록하거나 생기발랄한 색깔을 띠었는데 주영의 눈에는 다소 정신 사나워 보였다. 무심코 아이방답다고 생각하던 찰나, 눈이 보이지 않을 텐데 소유물이 왜 이렇게 오색찬란한 것인지 의문이 들었다. 주영은 이장을 비롯한 아주머니들의 면면을 슬쩍 훑어보았다. 어쨌든 어른들이 사들였을 테니, 모르긴 몰라도 그들의 의사가 반영된 결과일 것이었다.

이장은 아이의 어깨를 툭툭 치더니 이어서 촉수화를 나눴다. 누나들이 왔다고 알려주는 모양이었다. 아이는 촉수화를 마치고 주영과 수현이 앉은 쪽으로 얼추 고개를 돌려 꾸벅 숙였다. 그러고는 다시 슬라임을 만지기 시작했다. 아이의 작은 손가락 사이사이로 크림색 점액질과 블루베리처럼 생긴 알갱이가 조물조물 삐져나왔다. 둘을 초대한 사람치고는 딱히 방문객을 반기는 것 같지는 않았다. 오히려 '왜 왔지?' 하고 궁금해하는 태도에 가까워 보였다.

"몸은 좀 어때요?" 이장이 주영에게 물었다. "많이 아파 보이네."

걱정이라기보다는 '내 그럴 줄 알았다'라는 질책으로 들렸다. 주영은 얼굴의 아픈 부위를 살짝 건드리며 대답했다.

"괜찮아요."

실은 멍 든 부위가 꽤 아팠지만, 아픈 티를 내면 더 아파질 것 같아서 그냥 참았다.

"왜 부르셨어요?" 수현이 말했다. "아줌마가 불렀죠?"

이장은 순순히 고개를 끄덕였다. "이대로 가다간 진짜 누구 하나 죽을 수도 있겠다 싶어서. 학생은 아직도 뜻 안 굽혔고?"

"네."

수현이 짧게 대답하자, 이장은 재차 고개를 끄덕거렸다.

“그래서 불렀다고. 학생이 여러 가지로 오해하는 게 많은데, 그걸 확실하게 풀어줘야 할 것 같아서. 도련님이 실제로 여기서 ‘얼마나 잘 먹고 잘 살고 있는지’를 두 눈 똑똑히 보여주려고 불렀어. 원래 이 집은 지어진 이래 외부인을 단 한 명도 들여본 적 없고, 사실 그래서도 안 되는 곳인데…….”

주영은 수현을 흘끔 쳐다보았다. 수현은 팔짱을 끼더니, 깐깐한 표정으로 방 안을 찬찬히 훑어보기 시작했다.

“둘러봐요.” 이장이 말했다. “돌아다니면서 만져도 보고, 열어도 보고. 나가서 다른 방들도 샅샅이 다 둘러봐도 돼요. 해가 될 만한 게 있는지, 뭔가 수상한 점이라거나 어린이한테 위험해 보이는 게 눈곱만큼이라도 있는지 한번 잘 찾아본 다음에, 다시 이야기 나누자고.”

“갑자기 둘러보라고 하셔도…….” 수현이 말했다. “우리 오기 전에 걸리적거리는 건 다 치워놨겠죠.”

“건드린 거 하나도 없어.” 이장이 대답했다. “그 점에 대해서는 믿어달라고 하는 수밖에 없겠네. 아침에 청소기 한 번 돌린 거 빼면, 지금이 이 집 평소 상태 그대로야.”

주영은 이장의 말을 믿었으나, 수현은 여전히 못 미덥다는 눈치였다.

“일단 집보다는…….” 수현이 아이를 응시하며 말했다. “아이랑 손바닥 필담으로 대화하게 해주세요."

"그건 절대 안 돼." 이장이 말했다. "도련님한테 또 무슨 바람을 넣으려고? 접때도 밖에서 만나자고 몰래 약속 잡아서 그 사달이 난 거잖아."

"이번엔 안 그럴게요. 그냥 궁금한 거 물어보기만 할게요. 옆에서 내가 뭐라고 쓰는지 한자 한자 감시하시면 되잖아요."

"안 돼요." 이장은 단호하게 고개를 저었다. "그리고 어차피 우리가 다 물어봤어. 도련님도 이젠 밖으로 나가기 싫다고 하셨어요."

"아이가 말을 바꿨다고요?"

"그래요."

"그 말을 어떻게 믿어요? 제가 직접 물어볼게요."

"안 된다고."

"왜요? 나가고 싶은지 아닌지, 딱 그것만 물어볼게요. 애가 나가기 싫다고 하면 저도 포기할게요. 그럼 되죠?"

"……안 돼요."

"뭐야, 그럼 거짓말이네."

"누가 거짓말이래?" 이장이 눈가에 살짝 핏대를 세웠다. "도련님이 밖에 나가보고 싶어 하는 건 맞아. 근데 아예 나가고 싶어 하시진 않는다고. 도련님이 그건 싫다고 확실히 말씀을 하셨어. 여기까지 말했으면 이제 좀 알아들어줘야지. 도련님한테 괜한 바람 불어넣으려고 하지 말라는 말이야."

수현은 한숨을 한번 뱉어내더니, 의외로 아무런 반박 없이 입을 다물었다.

잠시 후 아이가 슬라임을 내려놓고 자리에서 일어났다. 자기 방이라 그런지 앞이 보이는 것처럼 움직임에 거침이 없었다. 아이는 방 한쪽 벽에 매립식으로 설치된 팬트리 앞으로 가 냉장고를 열듯 양 문을 열어젖혔다. 주영은 가벼운 호기심이 생겨 목을 쭉 빼고 팬트리 안을 들여다보았다.

내부는 가구의 몸통이 아니라 드레스룸처럼 작은 방 같은 구조였다. 한쪽 벽에 온갖 간식거리가 편의점의 진열대를 방불케 할 만큼 꽉 들어차 있었고, 그 맞은편 선반장에는 갖가지 슬라임과 점토류 장난감들이 대부분 미개봉된 상태로 보기 좋게 보관되어 있었다.

아이는 과자 코너 앞에 서서 손으로 봉지를 하나하나 건드리더니, 끝에는 감자칩을 골라 집었다. 그리고 제자리로 돌아와 앉아 포장을 개봉하고 안에 든 것을 꺼내 먹기 시작했다. 이장이 아이의 손을 잠시 붙잡아 멈추고 촉수화를 건넸다. 그러면서 과자 봉지를 가져가려고 하자, 아이는 과자를 자기 품으로 끌어당기며 내놓기를 거부했다. 이장이 힘을 써서 빼앗으려 하자 둘 사이에 작은 다툼이 벌어졌다. 급기야 아이가 새된 소리까지 내어가며 완강하게 저항했고, 이장은 결국 과자에서 손을 뗐다. 그래도 아이의 흥분은 좀체 가라앉지 않았다. 옆에 있던 아주머니 두 명이 얼른 다가와 아이의 등이며 어깨를 어루만져주기 시작했다. 아이는 서서히 안정을 되찾더니, 다시 과자를 한 조각씩 얌전히 집어 먹기 시작했다.

"과자를 워낙 좋아하셔서……." 이장이 혀를 차며 혼잣말했다. "밥 먹기 전에 군것질하지 말라고 그렇게 가르쳐도."

주영은 문득 스마트폰으로 시간을 확인해 보았다. 막 오전 열한시를 넘긴 직후였다.

수현은 어떨지 몰라도, 주영은 슬슬 가닥을 잡았다. 그녀가 봤을 때 이곳 사람들은 아이를 잘 보살피는 듯했다. 뒤늦게 눈치챘는데, 책상이나 서랍 등의 가구 모서리에 각이 진 부분이 한 군데도 없었다. 처음부터 뭉툭하게 마감돼서 나온 가구들이 대부분이었고 그렇지 않은 부분에는 부딪힘 방지 패드 같은 것이 빈틈없이 꼼꼼하게 붙어 있었다. 당연하다면 당연한 조치겠지만, 왠지 주영에게는 이런 사소한 배려의 흔적이 이곳 사람들의 무해함을 증명하는 결정적인 증거처럼 보였다.

"어제 회관에서……." 이장이 말했다. "우리에 관한 얘기를 조금 들었다면서요?"

"아, 네." 주영이 대답했다.

"어디까지 들었어요?"

알면서 묻는 것 같았지만 어쨌든 대답했다.

"자기들은 무당이고, 제주도에서 왔다? ……뭐, 이 정도가 다예요. 별로 들은 거 없어요."

"정확히는 서귀포예요."

이장은 잠시 뜸을 들이더니, 이내 결심을 굳힌 얼굴로 말을 이었다.

"사실 우린 모두 고용돼서 이 섬에 온 사람들이에요."

그 말에 곁에 있던 아주머니들이 놀란 눈으로 이장을 쳐다보았다. 이장은 개의치 않고 계속했다.

"우리가 모시는 신은, 어느 대기업 가문의 재물신이에요. 우린 그 재물신을 모시고 제사를 치르기 위해 고용된 무당들이고, 이 섬은 신을 모실 터로 쓰려고 그 기업에서 통째로 사들인 사유지야. 원래 이 섬에 살던 사람들은 기업에서 돈 쥐여주면서 옛날에 다 내보냈고, 지금은 우리밖에 없어요."

아주머니 한 명이 아무리 그래도 너무 깊게 들어가는 것 아니냐며 우려를 표하자, 이장이 대꾸했다.

"사람이 죽을 뻔했어. 더 큰 화가 생기기 전에 오해를 풀어야 하지 않겠냐고. ……괜찮아, 어느 기업인지는 말 안 할 거니까."

아주머니들은 끝내 단념했고, 이장은 계속 말했다.

"우리가 모시는 신은 비밀리에 모셔야 하는 신이에요. 존재가 외부에 까발려지면 재앙이 닥친다고 알려져 있거든. 학생들한테 속 시원히 설명 못 했던 이유가 그래서였어."

"잠깐, 그러면……." 주영이 말했다. "이런 것조차도 말하면 안 되는 거 아니에요? 신이 있다는 정보 자체를 말하면 안 된다는 거죠?"

"평소라면 그렇지." 이장이 말했다. "하지만 지금은 평소랑 다르니까. 학생들은 지금 대놓고 화를 사버렸어. 큰일이야. 이 정도면 깊게 엮인 거니까 비밀이고 뭐고 늦었다고."

"……."

"그러니까 학생들, 지금 우리가 하는 말은 여기서만 듣고 잊어버려야 해. 지금 들은 말, 섬 밖으로 나가서 떠들고 다니면 절대로 안 돼요."

주영은 고개를 끄덕였고, 수현은 시큰둥했다.

"이곳 재물신은……." 이장은 설명했다. "원래는 서귀포에 있는 본향당 중 한 곳에 좌정해 계셨던 도깨비신이에요."

"……도깨비?" 수현이 지적했다. "도깨비는 신이 아니라 요괴 아니에요?"

"보통은 요괴 취급하지. 다른 데서는 그런데, 제주도는 예외야. 제주도는 우리나라에서 유일하게 도깨비를 신으로 모시는 지역이야."

수현은 그 이상 태클을 걸지 않았고, 이장은 말을 이었다.

"도깨비는 가문의 부를 불려주는 재물신이라, 모시는 집안은 대개 사업을 크게 하는 경우가 많아. 또 수틀리면 다 때려

부수는 재앙신이기도 해서 화를 사지 않게 비밀리에 극진히 모시지. 존재가 외부에 알려져서 시끄러워지거나 제사를 소홀히 지내거나 하면 곧바로 패가망신하는 수가 있어. 또 도깨비는 음기가 강해서 밤을 좋아하고 습한 날을 좋아해. 그래서 지금처럼 태풍 치는 시기에 기운이 가장 세고."

"그럼……." 주영이 물었다. "지금 그 도깨비신이, 우리한테 화가 났다는 거죠?"

말하면서도 대화 주제가 다소 황당하다는 생각이 들었지만, 이장의 태도가 워낙 진지했기 때문에 덩달아 진지해지는 감이 있었다.

"재물신이라 물욕이 강해." 이장이 말했다. "소유욕도 강해서 가진 거 절대 안 놓으려 해. 도련님은 도깨비신이 이승에 있을 때 잠깐 머물다 가는 분신이야. 저쪽과 이쪽을 이어주는, 신께서 가장 귀하게 아끼시는 소유물이라고. 너희는 그걸 훔치려고 했어. 그러니 화가 머리끝까지 나, 안 나?"

주영은 별수 없이 고개를 끄덕이다가, 문득 위화감을 느꼈다. 아까부터 수현이 어색하리만치 조용했다. 혹시나 하며 옆을 보니, 과연 꾸벅꾸벅 졸고 있었다. 주영은 팔꿈치로 수현을 가볍게 쳤다. 수현은 입으로 쓰읍, 하는 소리를 내며 고개를 들었다. 순간 너무나 지쳐 보이는 표정이 떠올랐다가 가라앉았다. 주영은 괜히 깨웠나 싶어 미안한 마음이 들었다.

"괜찮아?" 주영이 말했다. "잠 못 잤어?"

"아……." 수현은 눈 주변을 지압하듯 눌렀다. "응."

"얼마나?"

"한숨도 못 잤어. 요트에서 십 분 정도 잤다가 흔들려서 깼고."

"밤에 안 자고 뭐 했는데?"

주영은 수현이 간밤에 허튼짓이라도 하고 다녔나 싶어 따지듯 물었다. 그러자 수현은 눈치 없이 그런 걸 묻느냐는 듯한 투로 시큰둥하게 대답했다.

"네 옆에 있었지."

"……."

"엄청 편하게 자더라. 죽기 직전이었던 애가."

주영은 민망한 나머지 얼굴이 살짝 달아올랐다. 뭐라고 대꾸해야 좋을지 고심하는 사이, 수현이 이장에게 불쑥 말했다.

"아까 집 둘러봐도 된다고 하셨죠? 그럼 지금 좀 둘러보고 올게요. 잠도 깰 겸."

"내가 한 말은 들었어요? 조느라 중간부터 놓친 것 같은데."

"졸면서 다 들었어요. 도깨비가 나한테 화났다고. 그럼 둘러보고 와도 되죠?"

"아……." 이장은 좋고 싫음이 공존하는 얼굴로 끄덕였다. "그래요, 그렇게 해요."

"넌?" 수현이 주영에게 물었다. "피곤하면 여기 남아 있어도 되고."

제안이 아니라 강요로 들렸으나, 그랬기에 주영은 더욱 고개를 저었다.

"같이 가자."

둘은 곧 자리에서 일어나 아이방을 나갔다.

둘을 감시할 겸 가이드도 해주기 위해 아주머니 한 명이 동행했다. 일행은 곧 저택의 곳곳을 둘러보기 시작했다. 주영은 굳이 이럴 필요까지 있을까 싶었지만, 그냥 집이나 구경하자는 기분으로 수현의 뒤를 따라다녔다. 수현도 딱히 까탈스럽게 들쑤실 생각은 없는지 눈으로만 대충 훑고 다녔다. 2층에서는 복도와 서재 그리고 서재에서 밖으로 통하는 테라스만 기웃거리고 나서 곧 1층으로 내려갔다.

사람들이 아일랜드 키친 앞에 서서 한창 식재료를 손질하고 있었다. 네다섯 명이 동시에 움직이는데도 답답해 보이지 않을 만큼 조리 공간이 널찍했다. 주영이 부엌을 구경하는 사이, 수현은 키큰장과 냉장고가 설치된 벽의 맨 구석에 딸린 문으로 다가갔다.

"여긴 보조 주방이에요?"

수현이 손잡이를 돌려 문을 열자 요리하던 사람들의 시선이 잠시 쏠렸다가, 이내 하던 일로 다시 흩어졌다. 이미 이장에게 지시받은 모양인지 수현이 뭘 하든 말릴 생각이 없어 보였다.

수현은 문을 열어둔 채 안으로 들어갔고 주영도 곧 따라서 들어갔다.

방은 간이 부엌과 세탁기, 보일러실이 딸린 다용도 공간이었다. 외부로 통하는 문 하나가 굳게 닫혀 있었는데 바람 때문에 약간 시끄럽게 흔들렸다. 부엌 가구 맞은편 벽에는 세로보다 가로 폭이 더 긴 커다란 창이 하나 나 있어 시야가 외부로 잘 트여 있었다.

창문은 바깥으로 차양이 넓게 설치돼 있어 빗물에 젖지 않고 깨끗했는데, 마치 바깥 풍경을 실시간으로 담는 액자처럼 보이기도 했다. 수현은 창문과 바람에 요란하게 흔들리는 문을 번갈아 바라보며 고개를 살짝 갸웃하더니, 머지않아 거실 밖으로 나갔다.

이후 수현과 주영은 1층에 있는 방들을 슬렁슬렁 둘러본 다음, 2층으로 올라가서도 그 일을 반복했다. 말 그대로 저택이었기에 건성으로 훑는 데만도 시간이 꽤 걸렸다.

"근데 방이 왜 이렇게 많아요?" 주영이 제 뒤를 따라다니는 아주머니에게 물었다. "다 안 쓰는 방 같던데."

"다 손님방이에요. 제사 지낼 때 일가분들이 한꺼번에 몰려오거든요. 그때만 쓰는 방이에요."

"그럼 평소엔 사람이 별로 없겠네요?" 수현이 말했다. "집이 이렇게 넓은데 아이가 쓸쓸하겠어요."

"아니에요. 도련님 밥도 해줘야 하고, 놀아주거나 공부도 가르쳐주고 하니까 항상 둘 이상은 머물러 있어요. 요 며칠은 뒤숭숭해서 좀 더 많았는데……."

문득 말이 많았다고 생각했는지, 아주머니는 여기까지만 말하고 입을 다물어버렸다.

그렇게 둘은 그다지 의미가 없었던 어정쩡한 시찰을 마치고, 다시 아이방으로 되돌아갔다.

"어땠어요?" 둘이 자리에 앉자마자 이장이 물어왔다. "집 좋죠?"

"음……." 수현은 선심이라도 쓰듯 말했다. "일단 의식주가 열악한 것 같진 않네요. 위험한 것도 없어 보이고."

"그럼요." 이장은 자신 있게 대꾸했다. "도련님 피부에 닿거나 입으로 들어가는 모든 건 항상 최고로만 엄선해서 들여오니까. 이래 봬도 신뢰로 먹고사는 대기업에서 관리하는 곳인데. 위험한 일 같은 건 꾸미려야 꾸밀 수가 없지."

나름 설득력 있게 들렸는지 수현도 고개를 끄덕였다. 그러자 이장은 수현을 향해 몸을 기울이듯 자세를 고쳐 앉더니, 진솔함이 배어나는 얼굴로 말했다.

"도련님이 이 섬에 갇혀 사는 것처럼 보인다는 말도 어느 정도는 이해해요. 여기가 워낙에 외딴섬이다 보니 그렇게 보일 수 있겠다 싶어. 하지만 이젠 학생들도 잘 알다시피, 도련님은 다른 아이들이랑 상황이 많이 다르셔. 내 말 무슨 뜻인지 알잖아요."

이장은 수현을 바라보다가, 반응이 없자 이내 주영에게로 시선을 옮겼다. 주영 역시 별다른 반응을 내비치지 않았는데도 이장은 계속해서 주영을 향해 호소했다.

"우린 여기가 도련님한테 딱 맞는 보금자리라고 자부해. 도련님은 여태 여기서 아무런 위기 없이 누릴 거 누리면서 배부르고 편하게 사셨어. 그리고 주인 가문이 망하지만 않는다면 앞으로도 계속 그럴 거고. 그런데 여기에 대고 괜한 바람 불어넣어서 좋을 게 대체 뭐가 있겠어요? 정의감만 가지고 속단하지 말고, 본인이 도련님 같은 처지라면 어떨지 생각해봐요. 미국이나 스웨덴 같은 나라처럼 헬렌켈러법*이 있다면 또 모르겠지만, 우리나라엔 아직 없단 말이야. 밖으로 나가는 게, 바깥세상에 휩쓸리는 게 정말로 도련님한테 좋은 영향을 줄 거라고 생각해? 진심으로?"

이장은 여기까지 말하고 나서 둘의 반응을 기다렸다. 주영은 회피할 목적으로 수현을 쳐다보았다. 수현은 팔짱 낀 채 눈을 감고 있었다.

* 시청각장애인 지원법. 시각장애, 청각장애와 달리 복지의 사각지대에 놓인 '시청각장애'를 별도의 장애 유형으로 인정하고 지원하자는 내용을 골자로 한다.

"결국 다 도련님을 위한 일이에요." 이장은 계속해서 말했다. "이 안에서 보호받으면서 살아가시는 게 도련님한테는 최선이라고 우리는 믿어 의심치 않아. 그러니 이제 오해는 그만 풀고, 반감도 내려놓고, 우리의 이런 삶을 학생들이 부디 공감해줬으면 해."

주영은 어느 정도 공감하는 바가 있으나 겉으로는 드러내지 않았다. 보나 마나 수현이 곧장 반박할 거라 예상했기 때문이었다. 그러나 수현은 여전히 눈을 감은 채 한동안 조용히 생각에 잠겨 있더니, 마침내 고개를 들었다.

"그럴 수도 있겠네요." 수현이 말했다. "틀린 말은 아닌 것 같아요."

이어서 고개를 슬금슬금 끄덕이기까지 하자, 이내 사람들의 얼굴에 화색이 돌았다. 수현은 계속해서 말했다.

"전 솔직히 아줌마네가 위험한 사람들인 줄 알았거든요. 아니면 살짝 미쳤거나. 근데 요 며칠 같이 지내보니까 다들 정상이시네요. 오히려 미친 건 내 친구들이었지 뭐야."

수현이 잠시 말을 쉬었으나 다들 경청하느라 끼어들지 않고 기다렸다.

"어쨌든 중요한 건 아이가 어떻게 살고 있냐는 거잖아요. 오늘 보니까 잘 살고 있네요. 온실 속 화초처럼 보호받으면서. 제 스타일은 아닌데 어쨌든 안 굶고 편하게 살고 있으니까 됐죠,

뭐. 혈육은 아니지만 양육권도 합법적으로 가지고 있다고 하셨고. 제가 생각했던 실종 아동은 아니었나 보네요. 괜히 시끄럽게 해서 죄송합니다. 도깨비한테도 미안하다고 대신 좀 전해주세요."

중간중간 비아냥이 섞여 있긴 했으나, 어쨌든 수현이 처음으로 사과의 뜻을 내비친 순간이었다.

"그럼, 이해해준 거지?" 이장이 긴장 섞인 미소를 지었다. "도깨비한테 거스를 뜻은 완전히 접은 거지?"

"네." 수현이 시원스레 대답했다. "적어도 이 섬 안에 있을 때만큼은, 얌전히 있을게요."

이장이 고개를 떨구며 "아이고……" 하는 탄성을 작게 내뱉었다. 수현에게 이 말을 듣기까지 얼마나 마음고생이 심했는지를 시사하는 한마디였다.

"학생 말 믿을게요."

이장이 말했고, 수현은 맡겨만 주라는 듯 고개를 알차게 끄덕였다.

대화가 끝났음을 알아차리기라도 했는지, 아이가 때마침 자리에서 일어났다. 자연스레 모두의 이목이 아이에게 집중되었다. 아이는 둘을 향해 걸어오더니 이윽고 주영의 앞에 멈춰 섰다. 주영을 노렸다기보다는 그냥 어쩌다 보니 주영 앞에 서게 된 모양새였다. 아이가 자신의 손을 팔랑팔랑 흔들며 '손을 내밀어달라'는 의사를 전달했다. 주영은 한쪽 손을 내밀었다. 아이는 주영의 손을 잡더니 손바닥이 위로 향하게 뒤집었다. 그리고 그 위에 과자를 올려주기 시작했다.

"아……."

주영은 고맙다고 말하려다 삼켰다. 달리 아이에게 고마움을 표현할 방법을 생각해보다가, 남는 한 손으로 아이의 머리를 살살 쓰다듬어주었다.

"처음 만났을 때 과자 줬었다며." 이장이 말했다. "보답하시려나 보네."

아이는 부서지지 않고 크기가 온전한 것들만 촉감으로 일일이 골라내 손바닥에 올려주었다. 감자칩은 점점 양이 많아지더니 이윽고 두 손으로 받쳐야 할 정도로 수북이 쌓였다. 슬슬 그만 줘도 될 것 같다고 말하고 싶어지려는 타이밍에 아이 역시 손을 멈췄다. 주영은 수현에게 감자칩을 반쯤 나눠 준 후, 무심코 아이의 얼굴을 쳐다보았다. 아이는 미소를 연하게 머금고 있었다. 베풀 수 있음에 순수하게 뿌듯해하는 것 같았다.

용건만 마치고 바로 내보내기도 뭣했는지, 이장은 오늘 점심으로 내준 식단에 대한 이야기로 가벼운 잡담을 일으켰다. 둘은 아이가 준 감자칩을 먹으며 나름 호의적으로 장단을 맞춰주다가, 머지않아 저택을 나왔다.

올 때와는 달리 갈 때는 길 안내를 받지 않고 둘이서만 돌아갔다. 얼마간 말없이 걷다가, 대나무 오솔길을 반쯤 지났을 무렵 주영이 먼저 입을 열었다.

"아까 말했던 거 진심이지? 이제 아이 포기하는 거지?"

"아니." 수현은 답했다. "안심시키려고 말만 그렇게 한 거고. 사는 집도 둘러봤으니까, 오늘 밤에 기회 봐서 데리러 가야지."

어렴풋이 예상했기 때문에 크게 당황하지는 않았다. 그저 굉장히 피곤할 뿐이었다.

"뭘 어떻게 데리러 가겠다는 건데? 몰래 침입이라도 하게?"

"응."

"뭐가 아직도 그렇게 못마땅한데?" 주영은 즉시 따졌다. "아이 잘 사는 거 봤으면 된 거 아니야? 굳이 데리고 나갈 필요 없잖아. 난 아까 그 아줌마 말이 일리 있다고 생각해. 아이 입장에선 밖에 안 나가고 이 섬에 있는 게 더 나아."

둘은 걸음을 점점 늦추다가, 끝내는 멈춰 섰다. 앞서 있던 수현이 뒤돌아 주영을 쳐다보았다.

"온실 속 화초처럼 사는 게 낫다고?" 수현은 왔던 길을 가리키며 말했다. "재 봐. 그냥 산 채로 물건처럼 보관돼 있잖아. 저래서는 그냥 제사 때 쓰이는 병풍일 뿐이야."

"온실 속 화초가 뭐가 나쁜데?" 주영이 반박했다. "모든 사람이 다 잡초처럼 질기진 않아. 아이도 그런 타입일 수 있잖아. 거기다 장애도 있으니까 더더욱 그럴 수밖에 없고. 내가 봤을 땐 충분히 좋은 조건에서 편하게 잘 살고 있는데."

"그래, 지금은 편할 수 있지." 수현이 고개를 두어 번 끄덕였다. "가만히 있어도 밥 나오고, 간식 나오고, 장난감 나오고. 아직 어리니까 그래도 된다 쳐. 근데 다 커서까지 저렇게 살면 얼마나 비참하겠냐? 쟤가 우리 나이가 돼서도 계속 여기 남아 있길 원할까? 너라면 어떨 것 같아?"

주영은 잠시 멈칫했다. "……설마 그때까지 계속 여기 두진 않겠지."

"아까 못 들었어? 도깨비가 제일 아끼는 소유물이 저 아이라잖아. 도깨비를 모신다는 기업이 망하지 않는 이상, 쟤는 평생을 여기서 살아야 할 수도 있어. 아무리 불확실성이 높은 시대라도 대기업이라는 게 그렇게 쉽게 망하겠냐?"

주영은 결국 말문이 막혀버렸다. 반박할 말을 억지로 짜낼 수는 있었으나 그게 과연 무슨 의미가 있을까 싶었다.

"편한지 아닌지가 중요한 게 아니야. 자유로운지 아닌지가 중요한 거지. 쟤는 이 안에 있으면 절대 자유롭게 못 살아."

일리가 있다고, 주영은 생각했다. 저쪽 의견도 일리가 있고 이쪽 의견도 일리가 있다면, 남은 문제는 옳고 그름이 아니라 어느 쪽 의견이 마음에 드느냐였다. 곰곰이 저울질해보고 있는데, 어제 한아에게 얻어맞았던 상처 부위 전부가 느닷없이 동시다발적으로 욱신거리기 시작했다. 주영은 물결치듯 퍼지는 통증을 꼼짝없이 견뎌내다가, 마침내는 몸이 하는 말을 듣기로 정했다.

"그냥 포기하자." 주영은 말했다. "우리 죽을 뻔했어. 그것도 친한 친구들한테 맞아서. 은솔이나 한아가 아무 이유 없이 갑자기 저럴 애들이 아니잖아. 이쯤 되면 이 섬에 뭔가 있다고 생각하는 게 맞지 않아?"

"넌 포기해." 수현이 말했다. "난 포기 안 해. 저번에도 말했지만 나 혼자 알아서 할 테니까, 넌……."

"고자질할 거야." 주영이 가로채듯 끼어들었다. "고자질할 거라고, 이젠."

"맘대로 해."

수현은 이 말만 툭 떨어뜨려놓고 나서, 다시 뒤돌아 앞서 걷기 시작했다. 걸음은 빠르지는 않았으나 가차 없이 느껴지기에는 충분한 속도였다.

주영은 문득 정신을 차리고 뒤따라 걸음을 옮겼다. 다만 너무 붙지 않게 거리를 두었다. 갈수록 심해지는 현기증 때문에 눈앞에 보이는 수현의 등이 커졌다 작아졌다 했다.

대화는 단절되었고, 둘은 싸늘해질 대로 싸늘한 분위기를 유지한 채 회관에 도착했다. 마치 따로 온 듯 틈을 두고 한 명씩 각자 들어갔다. 주영은 화장실로 들어가 문을 걸어 잠근 후, 숨을 크게 쉬고 뱉기를 반복했다. 앞서 걷기 전에 수현이 스치듯 보여주었던 표정이 아지랑이처럼 아른거려 어떻게든 걷어내고 싶었다. 그것은 여태껏 주영에게 대놓고 보여준 적은 없었던, 명백하게 경멸을 뜻하는 표정이었다.

14

용변을 마치고 밖으로 나가보니, 수현이 소파에 앉아 은솔과 이야기를 나누는 모습이 보였다. 가까이 다가가자 은솔이 한 사람 더 앉을 수 있게끔 자리를 비켜주었다. 주영은 수현을 슥 흘겨보며 은솔 옆에 앉았다. 은솔을 가운데 두고 주영과 수현이 떨어져 앉은 형국이었다.

"내가 오해했나 봐."

수현이 말했다. 저택에서 들은 웬만한 정보는 은솔에게 얼추 다 말해줬고, 이제 결론을 이야기하는 단계인 모양이었다.

"생각보다 그렇게 위험한 사람들도 아닌 것 같고, 아이도 그냥 편하게 잘 살고 있는 것 같더라."

"그러면……." 은솔의 표정에 기대감이 차올랐다. "이제 아이 데려가려는 건 포기한 거지?"

그 말에 주변을 어슬렁거리던 몇몇 시선이 소파 쪽으로 모였다. 수현은 짐짓 귀찮다는 듯한 얼굴로 말했다.

"어."

주영은 고개를 저으려다 일단 참았다. 수현의 대답으로 인해 회관 내에 안도감이 퍼지며 분위기가 일순 부드러워졌기 때문이었다. 여기에 갑자기 찬물을 끼얹고 싶지 않았다.

"잘 생각했어." 은솔은 거듭 말했다. "진짜 잘 생각했어."

주영은 깊은 고민에 잠겼다. 고자질하겠다고 호언장담은 했으나 막상 언제 해야 할지 감이 잡히지 않았다. 어쨌거나 지금은 아닌 것 같았다. 그럼 대체 언제가 알맞을지를 두고 혼자 씨름하고 있는데 수현이 소파에서 일어났다.

"화장실."

수현은 그렇게 말하고 곁에서 멀어졌다. 수현이 화장실 안으로 들어가 문을 닫자마자 은솔이 물었다.

"둘이 혹시 싸웠어?"

주영은 침묵으로 긍정했다. 티를 내지 않은 줄 알았기 때문에 다소 허를 찔린 기분이었다.

"왜?" 은솔이 이어서 물었다. "무슨 일 있었어?"

주영은 고민했다. 어쩔 수 없이 은솔한테만이라도 솔직하게 말해야 하나 싶었다. 그러나 그녀의 얼굴이 또 처량하게 구겨질 것을 상상하니 차마 그러기도 싫었다. 생각에 잠긴 모습이 마치 대답하기 싫은 것처럼 보였는지, 은솔도 그 이상은 물어오지 않았다. 대신 그녀는 대뜸 화제를 바꾸었다.

"여기 대기업이 관리하는 데라며?"

"응."

"그래서 문득 든 생각인데……. 좀 이상하지 않아?"

"뭐가?"

"그 대기업, 혹시 수현이 할아버지네 기업일 수도 있지 않을까 싶어서."

"……."

"생각해봐. 도깨비신은 비밀리에 모셔야 하는 거라며. 외부인한테 알려지면 안 된다며. 근데 우리 외부인이잖아. 우리한테 왜 쉽게 다 말해줬을까? 왜냐하면 우리 중에 수현이는 외부인이 아니니까."

"음." 주영은 저도 모르게 턱을 괴었다. "그래도 나머지 셋은 여전히 외부인이잖아."

"그건, 그래도 우린 수현이랑 친한 친구니까. 외부인까진 아니라고 볼 수 있지 않을까?"

"흠……. 잘 모르겠네. 그리고 제주도에서 건너온 신이라는데 수현이네는 서울 토박이잖아."

"그건 모르는 일이지. 우리가 개네 집안의 역사까지 속속들이 꿰고 있는 건 아니니까."

주영은 약하게나마 고개를 끄덕였다. 하는 말들이 아예 일리가 없다고 볼 수는 없었다. 은솔은 계속해서 말했다.

"그리고 김수현 걔, 여기 도착했을 때부터 수상했어. 처음부터 다 작정하고 온 거 같아 보이지 않았어? 그 남자애 보자마자 억지 부리면서 데리고 나가겠다고 하질 않나……. 그래서 내 생각엔, 혼자 오면 수상해 보이니까 자연스러워 보이려고 우리랑 놀러 온 것처럼 꾸민 거 아닐까?"

"무슨 말인지는 알겠는데……." 주영은 고개를 갸웃했다. "왜 굳이?"

"아이 데리고 나가려고." 은솔은 주변을 잠시 두리번거린 후에 말을 이었다. "너도 알지? 수현이 요즘 할아버지한테 수업받기 싫어하는 거."

주영은 천천히 고개를 끄덕였다. 수현은 최근 들어 회장인 할아버지에게 경영 수업을 받기 시작했는데, 단적으로 그녀는 가업을 물려받기 싫어했다.

"아……." 주영은 뒤늦게 깨닫고는 저도 모르게 목소리를 높였다. "그래서 아예 집안 망하게 하려고?"

은솔은 깜짝 놀라더니 서둘러 손가락으로 입을 막는 시늉을 했다. 주위를 살펴보니 엿듣는 사람은 없었다.

"설마 거기까지 바라진 않겠지." 은솔은 말했다. "그냥 자기가 얼마나 '그럴 뜻'이 없는지를 보여주려고 이러는 게 아닐까 싶어, 내 생각엔. 할아버지한테 반항하는 거지."

"그러니까 네가 하는 말은, 이 섬이 수현이네 할아버지 소유라는 전제가 깔린 거네."

"뭐, 응."

"내 생각엔 거기서부터 틀린 것 같은데. 애초에 이 섬에 온 이유가, 너 속 안 좋아져서 우연히 들른 거였잖아."

"……그렇긴 해." 은솔은 순순히 고개를 끄덕였다. "그리고 내 말이 맞다고 해봤자 이제 와서 뭐가 달라질 것도 없고. 그냥 생각난 김에 해본 말이니까 너무 신경 쓰지 마."

주영도 싱겁게 고개를 끄덕였다.

"그나저나 태풍 너무 안 그친다." 은솔이 투덜댔다. "점점 심해지기만 하는 것 같지 않아? 집에 빨리 가고 싶은데……."

"나도." 주영은 간절하게 말했다. "일 초라도 빨리 나가고 싶어."

긴장이 다소 풀렸는지 졸음이 솔솔 몰려왔다. 이대로 낮잠이라도 한숨 잘까 했는데, 위층에서 한아가 내려오는 모습이 보였다.

주영은 잠이 확 달아났다. 온몸이 놀라 저도 모르게 벌떡 일어날 뻔했다. 이윽고 숨까지 가빠지자 옆에 있던 은솔은 물론 소파 쪽으로 다가오던 한아 역시 주영의 상태를 눈치채고 더 이상 다가오려 하지 않았다.

지금의 한아는 안전하다고 스스로를 어르고 달랬으나 몸은 동의하지 않는 모양이었다. 한아와 눈을 마주치는 것만으로도 어젯밤의 공포가 또렷하게 되살아났다. 한아가 물러나든지 아니면 주영이 자리에서 떠나든지 둘 중 하나여야만 했다. 더 기다릴 것 없이 주영이 먼저 소파에서 일어나려는데, 수현이 막 화장실에서 나와 문을 쾅 소리 나게 닫았다.

모두의 시선이 자연히 수현에게로 쏠렸다. 본인도 당황해하는 것을 보니 일부러 그런 게 아닌 모양이었다.

"아, 바람 때문에……."

수현이 한마디 하자, 다들 이해했다는 듯 그녀에게서 관심을 거두었다. 수현은 물 묻은 손을 탈탈 털면서 소파 쪽으로 걸어가다가 중간에 선 한아의 등을 가볍게 쳤다.

"서서 뭐 해? 가서 앉아."

수현은 그렇게 말하고 소파로 돌아와 제자리에 등을 파묻었다. 한아는 쭈뼛거릴 뿐 여전히 다가오려 하지 않았지만, 어쨌든 수현의 등장만으로도 팽팽했던 분위기가 많이 이완되었다.

주영은 어디까지나 태연하기만 한 수현의 모습을 보며 거의 구원에 가까운 안도감을 느꼈다. 삐친 지 얼마 되지도 않아 벌써 풀어지려는 자신의 모습이 못마땅하면서도, 수현에게서 느껴지는 든든함은 야속하게도 더해져만 갔다.

그런 와중에, 한아가 소파 앞으로 다가와 덜컥 무릎을 꿇었다. 갑작스럽기도 했고 기세 역시 좋아서 선뜻 말리기 곤란한 감이 있었다.

수현이 말했다. "그렇게 앉으라는 말이 아니었는데."

"미안." 한아는 목뼈가 드러날 정도로 고개를 숙였다. "진짜 미안."

"기억이 나긴 나?"

"응, 근데 꿈속이어서……."

한아는 더 말을 잇지 못했고, 이어서 수현이 말했다.

"너도 '꿈속'에서 그랬구나. 도깨비에 씌면 다들 겪는 공통점인가?"

비아냥이 아니라 그저 궁금해서 묻는 투로 들렸다.

"핑계 대려는 건 아니야." 한아가 말했다. "내가 그랬다는 사실은 변함없으니까. 근데 절대, 절대 진심이 아니었어. 믿어주란 말은 못 하겠는데, 그때 난 진짜 그게 완전히 꿈속인 줄 알았어. 나 가끔씩 자각몽 꾸는데, 이번에도 그런 건 줄 알았어. 다른 때보다 훨씬 생생하긴 했는데……."

당시가 떠올랐는지, 겨우 조금 올라왔던 고개가 다시 푹 숙여졌다. 한아는 벌벌 떠는 소리로 말을 이었다.

"자각몽 꿀 때마다 대부분 다 악몽이거든. 꼭 내 몸에 악마가 들어온 것처럼 내 의지랑은 다르게 행동하는데……. 주로 누굴 공격하거나 죽이거나 하는 꿈. 그래서 이번에도 그런 건 줄 알았는데……."

목소리가 기어들어가더니 이내 한아의 눈에서 큼지막한 눈물이 뚝뚝 떨어졌다. 그 모습을 멍하니 지켜보고 있는데, 문득 옆에서 시선이 느껴졌다. 고개를 돌려보니 수현이 이쪽을 쳐다보고 있었다. 주영이 체념하는 표정을 지어 보이자, 수현이 소파에서 일어나 한아 곁으로 다가갔다.

"잘 알았으니까, 일단 일어나."

수현이 한아의 팔을 잡고 그녀를 일으켜 세웠다.

"나 까딱하면 너희를……. 진짜 미안, 진짜로 미안……."

한아는 부축을 받아 겨우 일어나며 미안하다는 말을 반복하고 또 반복했다. 감히 표정을 일그러뜨릴 수 없다는 듯 안면 근육이 파들파들 떨리는 와중에, 분비되어 나오는 생리현상은 어찌할 수 없었는지 얼굴은 눈물과 콧물로 금세 범벅이 되었다. 누가 봐도 강력한 죄책감에 사로잡힌 사람의 몰골을 하고 있었다.

그렇다면 주영은 묻고 싶었다. 어제 아침에 보여줬던 광기에 가까운 폭식은 뭐였는지 밤이 되기 전부터 이미 은근하게 화가 나 보였던 이유는 뭐였는지 그리고 나를 때릴 때 악몽은 커녕 즐거운 꿈이라도 꾸듯 얼굴 가득 지었던 함박 웃음은 다 뭐였는지. 하지만 덕분에 한아에 대한 공포심이 꽤 줄어들었기 때문에, 주영은 끝내 의혹을 마음속에 고이 담아두기로 했다. 문득 담아두기만 하는 것이 너무 많아진 건 아닌지 우려되었으나, 감당할 수 있는 수준이었다.

수현은 한아를 자신의 왼쪽 옆, 즉 주영과 가장 멀리 떨어진 자리에 앉혀놓고 자기도 곧 소파에 앉았다.

"밥은 먹었어?" 수현이 물었다.

"아……." 한아가 쑥스러워하며 대답했다. "여기 분들이 죽 끓여줘서, 그거 조금."

"다행이네. 근데 여기 사람들 되게 친절하다. 뭐가 어찌 됐든 밥만큼은 꼭 챙겨주잖아. 속으론 열받아서 죽여버리고 싶을 텐데."

"야, 넌 말을 해도 꼭……." 은솔의 목소리가 불안에 젖었다. "그렇게 자극적으로 해야겠어?"

"사실이 그러니까. 내가 오늘 포기하겠다고 말 안 했으면 진짜로 죽였을지 아닐지 어떻게 알아? 어차피 섬 밖에서는 지금 우리 실종 처리돼 있을 거고. 연락 두절된 채로 이틀 넘게 지났으니까 가족들은 벌써 우리 죽었다고 생각하고 있을걸?"

친구들의 표정이 싸하게 굳자, 수현은 재미가 붙었는지 무서운 이야기라도 들려주듯 목소리를 낮추었다.

"이대로 우리 싹 다 죽여서 시체는 숲속에 묻고, 요트는 구멍 내서 바다에 가라앉히는 식으로 증거 인멸하면 완전범죄도

가능해. 요트에 GPS 있어서 우리 위치를 알 수 있긴 한데, 거짓말이 아니라 진짜로 하필 그게 지금 고장 나 있거든. 지금 우리 여기 있는 거, 우리랑 여기 섬사람들 말곤 아무도 몰라."

말이 끝나자마자 때마침 번개가 쳤는데, 그것이 제법 그럴싸한 분위기를 연출하는 바람에 도리어 우스꽝스럽게 느껴졌다. 주영은 창밖을 내다보았다. 적응돼서 그런지는 모르겠으나 빗발이 점점 약해지는 것 같았다. 그래도 먹구름은 여전히 짙었고 태풍이 완전히 물러가려면 아직도 한참 남은 듯 보였다.

"역시 가족들이 걱정 많이 하고 있겠지?" 은솔의 얼굴에 수심이 드리웠다. "이번 태풍 왜 이렇게 긴 걸까? 보통은 길어도 하루 이틀이면 슬슬 약해지지 않아?"

"이번에 두세 개 연달아 온다고 했었잖아." 수현이 말했다. "꼬리 물듯이 바로바로 이어진 거 아닐까?"

"아무리 그래도……." 은솔이 고개를 갸웃했다. "그런 경우가 있을 수 있나?"

"글쎄." 수현은 어깨를 으쓱하더니 한마디 덧붙였다. "아니면 도깨비가 신통력이라도 썼나 보지."

농담조였으나 피식거린 사람은 아무도 없었다. '도깨비'라는 단어가 나오자 소파 위의 분위기가 순식간에 경직되었다.

"농담이고." 수현도 결국 웃음기를 거두었다. "오기 전에 일기예보 봤었는데, 남해 쪽은 오늘 밤이나 내일 아침쯤이면 다

지나간대. 태풍이 지금까지 이어지는 것도 다 기상청이 예보한 대로라고. 그러니까 걱정 안 해도 돼."

그러나 한번 굳어버린 분위기는 좀처럼 풀어지지 않았다. 수현은 답답하다는 듯 머리칼을 뒤로 쓸어 넘기더니, 이내 담뱃갑을 들고 소파에서 일어났다. 주영은 움찔했으나 따라나서지는 않았다. 수현은 2층으로 올라가는 계단을 얼마간 오르다 말고 다시 내려와 주영에게 말했다.

"담배 안 피워?"

주영이 말했다. "2층에서 피우게?"

"응."

"안에서 피워도 된대?"

"어제 그러랬잖아."

수현은 이어서 근처에 있던 한 아저씨에게 "되죠?" 하고 물었다. 아저씨가 고개를 끄덕이자, 수현은 그것을 받아 패스하듯 주영을 돌아보았다. 주영은 잠시 수현을 뚱하게 바라보다가, 끝내 담뱃갑을 챙겨 수현의 뒤를 따랐다.

둘은 2층으로 올라갔다. 주방에서 재떨이로 쓸 종이컵 하나를 챙긴 후, 한아가 누워 있었던 손님방으로 들어가 문을 닫았다. 수현이 창가로 가 창문을 살짝 열자 방문이 덜컹덜컹 흔들리기 시작했다. 주영은 문고리를 부질없이 잡아보았다가 단념하고 창가 앞으로 갔다.

둘은 한동안 말없이 담배만 피웠다. 주영은 실내에서 이렇게 노골적으로 흡연해본 적이 없어 얕게나마 죄책감을 느꼈다. 얼른 피우고 나가려고 필터를 더 깊이 빨고 있는데, 수현이 먼저 말을 걸어왔다.

"왜 말 안 해?"

주영은 연기를 뱉어내고 나서, 굳이 되물었다. "뭘?"

"고자질한다며, 왜 안 하냐고."

"해주길 바라?"

수현은 대답하지 않았다. 알량한 도발 따위에는 응하지 않을 모양인지, 침묵으로 질문에 대한 대답만 요구하고 있었다.

주영은 잠시 생각을 가다듬었다. 나중에 할 거라는 식으로 없어 보이는 변명은 하고 싶지 않았다. 변명은커녕, 실은 고자질하고 싶지가 않았다. 하지만 솔직하게 말하기에는 또 왠지 자존심이 상했다. 주영이 뇌부림을 치는 동안 수현은 끈기 있게 기다려주었다. 담배가 반 이상 타들어 갈 즈음, 주영은 드디어 입을 열었다.

"어젯밤에, 아이가 '말'을 하는 걸 들은 것 같아."

"말?" 수현이 주영을 쳐다보았다. "입으로 말했다고?"

주영은 고개를 끄덕였다가 "아니"라고 말하며 다시 고개를 내저었다.

"몰라, 모르겠어. 꿈결에 들은 것 같기도 하고."

수현의 얼굴에 막 서렸던 호기심이 급격히 식어가는 것이 보였다.

"분명히 '누나'라고 하는 말은 들었는데, 어린애 목소리가 아니었던 것 같기도 하고, 꿈에 동생이 나왔는데, 걔가 말한 것 같기도 하고……."

수현은 시선을 거두고 창밖을 바라보기 시작했다. 주영은 미아가 된 듯한 심정으로 말을 이었다.

"어쨌든 내가 봤을 땐 아이가 뭔가 숨기는 게 있긴 한 것 같아. 아니, 그냥 다 떠나서 네 말이 맞는 것 같아. 네가 중요한 건 편안함이 아니라 자유라고 했잖아. 도깨비 어쩌고 하면서 말도 안 되는 이유로 애를 가둬놓는 건, 역시 아닌 것 같아."

수현은 연기를 길게 뱉어내며 여전히 창밖만 바라보았다. 이제는 냉정함마저 느껴졌다.

"난 그냥……." 주영은 고백하듯 말했다. "알고 싶어. 걔가 진짜로 안 들리고 안 보이는 게 맞는지, 아니면 그런 척만 하는 건지."

거짓말이었다. 주영은 저택에서 돌아오는 길에 수현이 보여주었던 그 경멸의 표정을 이제 두 번 다시는 보고 싶지 않았다. 이것이 고자질하지 않은 진짜 이유였다.

수현은 먼 산을 바라보듯 줄곧 창밖만 내다보았다. 주영은 그런 수현의 옆얼굴을 가만히 바라보다가, 문득 그녀가 자기 말을 무시한 게 아니라 아예 듣고 있지도 않았음을 깨달았다. 혼자만의 생각에 잠길 때 종종 드러내곤 하는 얼굴이었다.

"무슨 생각을 그렇게 해?"

주영이 묻자, 수현이 재를 툭툭 털어내며 말했다.

"작전 다시 짜는 중. 네가 고자질 안 한다고 했으니까 빙 돌아갈 필요 없어져서."

"뭐, 이젠 말릴 생각은 없는데……." 주영도 재를 툭툭 털었다. "아무리 생각해도 네가 성공할 수 있을 것 같진 않아."

"해보면 알겠지. 일단 내가 오늘 포기하겠다고 말해놨으니까, 어느 정도 경계는 풀렸을 거야."

"설마 전적으로 믿진 않겠지. 경계 정도는 하지 않을까?"

"어쨌든 제일 좋은 시나리오는……."

수현은 닫힌 채 시끄럽게 흔들거리는 방문을 잠시 바라보다가, 곧 설명을 이어나갔다.

"아이가 먼저 찾아오는 거."

주영은 눈을 동그랗게 떴다. "너도 알고 있었어? 애가 밤마다 찾아왔던 거."

"응, 은솔이 땐 못 봤고 한아 땐 와 있는 거 봤어."

"어떻게 온 걸까? 계속 궁금했는데……. 뭔가 멍한 게 상태도 안 좋아 보였고."

"그냥 몽유병이겠지."

"시청각장애인이 몽유병으로 그 먼 길을 뚫고 온다고? 말도 안 돼."

"눈이 보이면 가능해."

주영은 혀를 내둘렀다. "너 아직도 개가 보인다고 믿어?"

"그럴 가능성도 있다고 보는 거지. 어쨌든 밤마다 개가 먼저 우리 있는 곳으로 왔잖아. 이번에도 또 그래주면 고맙지. 바로 데리고 나가면 되니까. 근데 이틀 연속으로 그랬으니까, 설마 사람들이 세 번째까지 그렇게 하게 내버려둘 것 같진 않고……. 어쨌든 개가 찾아온 시간대가 둘 다 새벽 한시쯤이었으니까, 일단 새벽 두시 정도까지 기다려보고 안 오면 내가 먼저 움직일 거야."

"밤늦게 밖에 나가겠다고?" 주영이 물었다. "당연히 못 나가게 할 텐데."

"화장실 창문으로 몰래 나가면 돼."

주영은 잠시 떠올려본 후에 말했다. "그 좁은 쪽창으로?"

"조금 낄 것 같긴 한데, 그 정도면 빠져나갈 순 있어."

"안 될 것 같은데……. 알았어, 일단 그래서 나갔다고 쳐. 그 다음엔?"

"아이 사는 집으로 가서, 몰래 침입해야지."

"문 잠겨 있는데 어떻게 들어가려고?"

"부엌 옆에 다용도실 있었던 거 기억나? 거기 뒷문 안 잠가

놨더라. 거기로 들어가려고."

"잠겨 있으면?"

"그럼 뭐……."

수현은 아직 타들어가지도 않은 담뱃재를 공연히 툭툭 털어냈다.

"거기서부터 다른 방법 생각해봐야지."

"쉽게 말해서 계획이 없다는 말이네."

"응." 수현은 선뜻 고개를 끄덕였다. "굳이 따지면 임기응변이 내 계획이야. 일단 시작부터 하고 보는 거지."

주영은 고개를 저었다. 무모한 사고방식이라는 생각밖에는 들지 않았다.

"알았어." 주영은 이어서 물었다. "기적이 일어나서 애를 빼내는 데까진 성공했다고 쳐. 그 후엔 또 어떻게 할 건데? 애를 데리고 나오기만 했다고 끝나는 게 아니잖아. 어차피 섬에 묶여 있긴 마찬가진데."

"이제 태풍 슬슬 그칠 때 됐어." 수현이 노크하듯 창문을 똑똑 쳤다. "일기예보가 맞으면, 늦어도 내일 아침 전까지는 잠잠해지겠지? 날씨 봐서 괜찮겠다 싶을 때 애 업고 요트로 가서 바로 출발하면 돼."

"타이밍이 그렇게 딱딱 맞을까? 날씨가 계속 나쁠 수도 있잖아."

"그럼 그동안 아이 못 데려가게 지켜야지. 요트 안에 숨겨 놓든가 해서. 누가 안으로 들어오려고 하면 총 쏴서 겁주면 되고."

주영은 말하지 않을 수 없었다. "너무 무모해."

수현이 씩 웃으며 대답했다. "나 무모한 거 좋아하잖아."

주영은 자기 손에 들린 담배로 시선을 떨구었다. 처음 한 모금만 빨았을 뿐 나머지는 고스란히 재로 변한 채 목이 떨어지기 일보 직전이었다. 주영은 그것을 신중한 손길로 재떨이까지 옮겨버린 후, 수현에게 강요하듯 말했다.

"나도 같이 갈래."

"이랬다가 저랬다가……." 질린다는 투였다. "부탁이니까 넌 그냥 가만히만 있어주면 돼."

"싫어, 네가 총이라도 쏠까 봐 걱정돼."

"그건 그냥 해본 소리고."

"언제는 하나보다 둘이 낫다며?"

"……."

"같이 안 가게 해주면, 이번엔 진짜로 고자질한다?"

"마음대로 해."

"……뭘?"

"따라오든지 말든지 마음대로 하라고."

수현이 재떨이에 털어버린 담뱃불이 치익 소리를 내면서 꺼졌다.

"대신 밤에 깨워주지도 않을 거고 기다리지도 않을 거야. 너 혼자 눈치껏 따라오든지 말든지."

"응." 주영은 고개를 여러 번 끄덕였다. "알았어."

그리 넓지 않은 방 안이 어느덧 담배 연기로 자욱해졌다. 둘은 근처에 있던 물티슈를 몇 장 뽑아 바닥과 창틀에 떨어진 담뱃재를 닦아낸 후, 이윽고 손님방을 나갔다.

15

해가 지기 전까지의 오후는 습한 우울감과 함께 흘려보냈다.

잠을 거의 자지 못한 수현은 소파 옆에 자리를 펴 조금이나마 잠을 보충했고, 주영을 비롯한 나머지 셋은 소파에만 찰싹 달라붙어 있었다. 화장실 갈 때를 제외하고는 다들 구명정에 올라탄 난민들처럼 소파 위를 결코 떠나려 하지 않았다. 세상이 멈춰버린 게 아닐까 싶을 만큼 시간은 더디게 흘렀고, 주영은 고립감을 넘어 약간의 폐소공포증까지 느꼈다. 입 밖으로 꺼내지는 않았지만, 솔직히 아이고 뭐고 다 필요 없으니 당장이라도 섬에서 나가고 싶은 마음만 굴뚝같았다.

저녁이 되자 사람들은 이번에도 어김없이 푸짐하게 상을 차려주었다. 주방에서 요리하는 소리가 들리는 동안 다들 아무래도 가만히 있을 수가 없어 뒤치다꺼리라도 하겠다고 나섰으나, 사람들이 한사코 거절하는 바람에 이번에도 마냥 식탁 앞에 앉아만 있었다. 그러나 주영은 도저히 입맛이 돌지 않아 뭘 먹을 수가 없었다. 은솔과 한아도 먹지 않았다. 오직 수현만 묵묵하게 수저를 놀렸다. 부추겨도 아무도 먹지 않을 걸 알았는지 혼자서만 묵묵히 식사를 해결할 뿐이었다.

수현이 다 먹고 수저를 내려놓자마자 기다렸다는 듯 이장이 모습을 비추었다. 그녀의 요구는 간단했다.

"학생은 오늘 따로 자."

주영에게 하는 말이었다.

"회관 말고 편하게 잠잘 곳 따로 마련해줄 테니까."

주영은 나머지 친구들을 쓱 둘러본 끝에 말했다. "저만요?"

"다 거쳐 가고 이제 학생만 남았으니까. 아, 그렇다고 오늘 밤에 학생이 반드시 그렇게 될 거라는 말은 아니고……." 이장은 수현을 한번 쳐다보았다. "저 학생도 이제 포기하겠다고 했고, 웬만하면 어제나 그저께 같은 일은 안 생기겠지. 그래도 혹시 모르는 일이니까 학생만이라도 따로 자는 게 어떨까 싶은데, 괜찮겠죠?"

딱히 거절할 명분이 없는 제안이었기에, 주영은 곤경에 빠진 기분이 들었다. 따로 떨어져버리면 이따가 수현을 따라나

설 수 없어지기 때문이었다. 그런 걸 떠나 어쨌든 그냥 수현과는 한시도 떨어져 있고 싶지 않았다.

아무리 그래도 나만 격리시키는 건 부당하다고 따져볼까 싶어도 엄두가 나지 않았다. 섬사람들은 물론이고 수현을 포함해 친구들까지, 회관에 있는 모두가 이장의 제안에 수긍하는 분위기였다. 그래서 끝내 무력하게 고개를 끄덕였다.

"네……."

저녁상이 치워지자마자 주영은 회관에서 그리 멀리 떨어지지 않은 한 민가로 안내를 받았다. 콘크리트 마당이 있는 1층짜리 기와집이었는데, 이를테면 시골의 소박하고 고즈넉한 할머니 댁 같은 정취가 있었다. 거기서 주영은 구조상 안방에 해당하는 가장 큰 방을 단독으로 배정받았다. 함께 머물 사람들은 남녀 모두 합해 열 명가량 되었는데, 다 거실 아니면 다른 방에서 잘 예정이라고 했다.

그리 큰 집도 아닌데 열 명씩이나 들어차 있으니 실내가 어수선했다. 수현의 포기 선언 이후 사람들의 긴장은 어느 정도 풀린 듯해 보였다. 물론 그렇다고 주영에게 기꺼이 다가오는 사람은 아무도 없었다. 갈아입을 옷을 빌려주거나 잘 곳에 이부자리를 마련해줄 때처럼 꼭 필요한 상황을 빼고는 아무도 주영에게 닿으려 하지 않았다.

모든 준비를 마치고 주영이 방으로 들어가자, 밖에 있던 누군가가 말도 없이 먼저 문을 닫아버렸다. 제 딴엔 친절하게 닫아준 모양인데, 주영 입장에서는 가둬졌다는 기분밖에 들지 않아 몹시 불쾌했다.

으스스함을 느낀 주영은 무릎을 세워 끌어안았다가, 그대로 그 사이에 고개를 푹 박았다. 밖에서 저들끼리 낮은 소리로 이야기를 주고받는 소리가 간간이 흘러들었다. 그것을 가만히 듣고 있으려니, 돌연 마음이 콩처럼 쪼그라드는 듯한 고독감에 사로잡혔다. 동시에 그 콩의 핵에서 어떤 역한 감정이 스멀스멀 움트기 시작했다.

따지고 보면 넷 중에 문제를 그나마 가장 적게 일으킨 사람은 주영이라 봐도 무방했다. 이 모든 사태를 일으킨 수현이나, 친구를 때려잡으려 했던 은솔과 한아에 비하면 주영은 지극히 무탈했다. 그런데 왜 자신만 졸지에 이런 천덕꾸러기 취급을 받아야 하는지 생각하면 할수록 용납하기 힘들었다.

상처 입은 부위가 다시금 욱신거렸고, 예민함이 이성을 야금야금 갉아먹기 시작했다. 주영은 문득 생각했다. '이런 식으로 혼란이 차츰차츰 커지다가 결국에는 나도 도깨비에 씌어 미쳐 날뛰게 되는 걸까.' 그런 그림을 머릿속으로 그려보고 있으려니, 별안간 체한 가슴이 뚫리듯 화가 싹 가라앉았다. 그것은 결코 주영이 원하는 미래가 아니었다.

주영은 한결 냉철해진 마음으로 자리에서 일어났다. 그리고 사람들이 마련해준 이부자리를 곱게 펴고 전등을 껐다. 이불 속으로 들어가 습관적으로 스마트폰을 집어 들었다가, 시간만 확인한 후 바로 머리맡에 내려놓았다. 아직 자기엔 이른 시간이었지만 잠에 빠져드는 것 말고는 주어진 선택지가 아무것도 없었다.

충분히 지친 상태였기에 쉽게 잠들 수 있을 줄 알았다. 그러나 잊을 만하면 덮쳐오는 통증 때문에 정신이 자꾸 말똥말똥해졌다. 결국 주영은 거의 두 시간가량을 뒤척인 끝에 반쯤 깬 듯 얕게나마 의식을 잃을 수 있었다.

16

전쟁이라도 터졌나 싶을 만큼 커다란 천둥소리가 섬을 뒤흔들었다.

주영은 놀란 가슴을 달래려 눈꺼풀을 반쯤 열었다. 슬슬 제대로 된 잠에 빠져들 수 있을 것만 같은 느낌이었는데 그 기회가 깨끗이 날아가버렸다. 주영은 좀 더 버텨보다가, 끝내 잠들기를 포기하고 상반신을 일으켰다.

큰 녀석에 이어 작은 천둥소리가 여러 차례 으르렁거리며 뒤따랐다. 잠잠해질 거라던 수현의 말과 달리 날씨는 여전히 거칠기만 했다. 화장실에 가고 싶어진 주영은 이부자리에서 일어나 방문을 열었다.

거실 식탁에 젊은 남녀 한 쌍이 작은 스탠드를 켜놓고 책을 읽고 있었다. 그들은 주영이 밖으로 나오자 어디서 쥐라도 튀어나온 것처럼 화들짝 놀랐다. 주영은 밖으로 나가지 않고 우선 항복하듯 두 손을 들어 보였다. 둘은 머지않아 긴장을 늦추고 말을 걸어왔다.

"화장실?"

"네."

주영이 고개를 끄덕이자, 여자가 굳이 손으로 화장실 쪽을 가리켰다. 주영은 예의상 고개를 한번 숙여주고 곧 화장실로 들어갔다.

용변을 마친 후 손을 씻고 거울을 들여다보았다. 상처 부위가 그래도 어제보다는 제법 아물어 있었고, 잠을 설친 것치고는 컨디션도 그리 나쁘지 않았다. 담배가 피우고 싶어진 주영은 밖으로 나가 불침번들에게 물었다.

"방에서 담배 피워도 돼요?"

"안 돼요."

"그럼 화장실에서 좀 피워도 될까요?"

"그냥 밖에서 피우고 오세요." 남자가 말했다.

"밖은 바람이 너무 세서……."

주영이 거부 의사를 밝히자, 여자가 읽던 책을 테이블 위에 덮어놓고 혀를 찼다.

"참……." 어지간히도 흡연자를 혐오한다는 표정이었다. "어쨌든 안에서는 안 돼요."

"밖에서도 피울 만해요." 남자가 말했다. "저도 아까 하나 피우고 왔는데, 바람 많이 약해졌어요."

주영은 고민 끝에 우비를 입고 담배를 챙겨 밖으로 나갔다.

남자의 말이 무색하게 비바람은 거셌다. 주영은 지긋지긋함을 느끼며 차양 밑으로 자리를 옮겼다. 따라 나오는 사람은 없었고, 그렇게 혼자서 담배를 피우기 시작했다.

불을 붙이는 데만도 한참 걸렸는데 피우는 일은 더 고역이었다. 필터를 입에 무는 족족 바람에 재가 흩날렸고 그게 자꾸 얼굴에 묻는 바람에 번거롭게 닦아내야 했다. 문득 이러고 있는 스스로가 굉장히 안쓰럽게 느껴졌다. 이렇게까지 해서 욕구를 충족시켜야 하나, 그냥 끊어버릴까 하고 진지하게 고민하던 중에 불현듯 수현이 떠올랐다.

주영은 스마트폰을 꺼내 시간을 확인했다. 짓궂게도 두시 정각이었다. 만일 아이가 회관에 나타나지 않았다면, 슬슬 수현이 움직일 시간이었다.

주영은 담배를 내려다보았다. 불을 붙인 지 얼마 되지도 않았는데 벌써 끝까지 다 타들어간 상태였다. 주영은 두리번거리며 재떨이를 찾아보다가 없어서 그냥 꽁초를 바닥에 떨어뜨렸다. 꽁초는 땅에 채 닿기도 전에 바람을 타고 현관문 밖으로 잽싸게 날아갔다. 주영은 그것을 쫓아가듯 충동적으로 마당을 뛰쳐나갔다. 그리고 그대로 회관을 향해 내달리기 시작했다.

뛰면서 생각해보았다. 새벽 두시쯤이라고만 했지, 지금 간다고 해서 수현이 나와 있을 거라는 보장은 없었다. 게다가 나왔다 해도 주영을 기다려줄 거라는 보장은 더더욱 없었다. 수현의 무모함이 전염이라도 된 것처럼, 주사위를 던지는 기분으로 무작정 가보는 거였다. 일단 화장실 쪽문 근처에서 기다렸다가 소식이 없으면 저택까지도 쳐들어갈 작정이었다.

머지않아 회관의 뒤편인 화장실 쪽창 밑에 도착했다. 주영은 쪽창이 굳게 닫혀 있는 것을 보고 절망했다. 역시 너무 무모했다는 후회가 치밀었다. 지금이라도 늦지 않았으니 얼른 돌아가자고 마음먹자마자, 한차례의 천둥소리에 맞춰 쪽창에서 쾅 소리가 났다. 주영은 잘못 들었나 싶어 쪽창을 다시 올려다보았다. 천둥이 한 번 더 쳤고, 그와 동시에 쪽창이 부서지면서 크고 작은 플라스틱과 유리 파편이 요란하게 쏟아졌다. 그것을 피하려고 뒤로 몇 걸음 물러서는 순간, 주영이 방금까지 서 있던 흙바닥에 묵직한 무언가가 떨어져 묘비처럼 푹 박혔다. 잘 보니 변기의 물탱크를 덮는 뚜껑이었다. 주영은 등줄기가 쭈뼛 서는 것을 느끼며 다시 위를 올려다보았다. 창이 부서져 더 넓어진 창틀 너머로 수현이 막 고개를 내밀었다.

수현은 주영을 보고는 흠칫하더니, 이내 계속해서 몸을 비집고 밖으로 나왔다. 주영은 수현이 떨어질 때 위험할까 봐 밑에 있던 파편들을 치우고 흙을 고르게 폈다. 그러나 굳이 그럴 필요 없이, 수현은 곧 쪽창에서 원활하게 빠져나와 두 발로 안전하게 착지했다.

"어떻게 나왔어?" 수현이 물었다.

"담배 피운다고 하고."

"나온 지 얼마나 됐는데?"

"한 오 분 됐나? 얼마 안 됐어."

"그럼 지금쯤 너 없어진 거 다 알았겠네."

"그러게." 주영은 끄덕거렸다. "더 빨리 움직여야겠네."

"……."

"어차피 너 없어진 것도 금방 들킬 텐데, 뭐."

"그건 그래."

수현은 고개를 끄덕이다가, 후문 근처에 설비돼있는 LPG 가스통 곁으로 다가갔다. 뭘 하려나 하고 가만히 지켜보니, 수현이 가스통 사이에 손을 넣고 뭔가를 꺼냈다. 수현의 스니커즈와 청테이프였다. 그녀는 곧 신고 있던 화장실 슬리퍼를 벗고 자신의 신발을 신으며 주영에게 물었다.

"혹시 오면서 아이 봤어?"

"아니, 못 봤어. 회관에도 안 온 거지?"

"응." 수현은 신발을 다 신고 지면에서 두어 번 통통 튀어 올랐다. "가자."

"근데 테이프는 뭐야? 어디서 났어?"

"아, 이거? 안에서 주웠는데, 왠지 필요할 것 같아서."

수현이 달리기 시작했고, 주영도 바로 뒤를 따랐다.

불빛은커녕 달빛조차 없는 외딴섬의 심야는 칠흑 같았다. 어둠에 젖어 동공이 커질 만큼 커졌을 텐데도 앞을 식별하기 힘들었다. 스마트폰 플래시는 일부러 켜지 않았으므로 사실상 눈을 감고 달리는 짓이나 다름없었다. 비바람까지 코와 입을 뒤덮는 탓에 비닐봉지를 뒤집어쓴 것처럼 숨이 턱턱 막혔다.

그런데도 수현은 전속력으로 달렸다. 주영은 수현을 따라잡는 데만도 벅차 죽을 지경이었다. 보이는 거라곤 등뿐이라 놓치는 순간 끝장이었다. 당장 입에서 토사물이 튀어나오지 않는 게 기적일 정도로 힘에 부쳤으나 이상하게도 멈추고 싶지 않았다. 첫째 날에 아이를 업고 요트를 향해 달렸을 때와 비슷한 감각이 근육에 힘을 실어주었다. 그렇게 대나무숲길 초입에 다다르고 나서야 수현은 뜀박질을 멈췄다.

주영은 멈춰 서자마자 넘어지듯이 무릎을 꿇고 두 손을 바닥에 짚었다. 토가 나올 줄 알고 자세를 취한 것이었으나 막상 뭐가 나오지는 않았다. 그냥 고통스러운 신음만 줄기차게 쏟아졌다. 수현은 선 채로 가볍게 숨을 고를 뿐 별로 힘들어하지 않았다.

"엄청 어둡다."

수현이 오솔길을 바라보며 말했다. 주영도 동감했다.

여태 달려온 길도 물론 어두웠으나 이곳부터는 차원이 달랐다. 그저 캄캄하기만 한 게 아니라 마치 주변을 빨아들이는 듯한, 원초적인 공포심을 불러일으키는 어둠이 끝도 없이 이어지고 있었다.

주영은 자리에서 일어나며 말했다. "플래시 켜자."

"응."

둘은 동시에 스마트폰을 꺼내 들고 플래시를 켰다. 주변이 어느 정도 보이기 시작하자 이번에는 주변에 누가 있지 않을까 하는 두려움이 파생되었다. 주영은 괜스레 제자리를 돌며 주변을 한 바퀴 죽 비추어 보다가, 순간 눈에 익은 뭔가를 본 것 같아 멈칫했다. 그리고 막 지나쳤던 부분을 향해 불빛을 천천히 가져갔다.

자갈탑이 다시 생겨나 있었다.

어제 이 길을 지나쳤을 때는 분명 사라지고 없었는데, 지금은 있던 자리에 도로 멀쩡하게 서 있었다. 일시 정지된 화면처럼 비바람에도 끄떡없는 모습 역시 그대로였다. 다만 낮이 아니라 밤에 보니 그 괴이함이 훨씬 심했다.

봐서는 안 될 것이라도 본 듯 심장이 쿵쿵 뛰었다. 주영은 불빛을 치우려다가, 혹시 다시 비췄을 때 난데없이 모습을 감춰 버리는 건 아닐까 괜히 겁이 나서 계속 비추었다. 주영은 얼른 수현에게도 알려주려 했으나 그럴 필요 없었다. 수현도 이미 그쪽을 보고 있었다.

뜻밖에도 수현 역시 겁에 질린 얼굴이었다. 그런 표정이 분명하게 떠올랐으나, 주영의 시선을 의식했는지 금세 무표정에 녹아 사라졌다.

수현은 갑자기 앞으로 성큼성큼 걸어 나가더니, 자갈탑들을 발로 걷어차기 시작했다. 탑을 이루던 크고 작은 자갈들이 수현의 발차기를 맞고 날아가 주변의 대나무에 딱딱거리며 부딪혔다. 탑은 대여섯 개 정도밖에 없어 다 쓰러뜨리는 데 얼마 걸리지 않았다. 하지만 수현은 그 후에도 근처에 돌 부스러기 하나 없이 깨끗해질 때까지 발길질을 멈추지 않았다.

"그냥, 돌이잖아……."

수현이 헐떡대며 말했다. 전력 질주를 하고 나서도 크게 흐트러지지 않았던 수현의 호흡이 지금은 상당히 불안정했다. 수현은 주영을 쳐다보며 "그냥 돌이라고" 하고 또 한마디 덧붙였고, 주영은 그저 고개만 끄덕여주었다. 둘은 한동안 바닥만 내려다보며 가쁜 숨을 마저 고르고 나란히 오솔길로 들어섰다.

땅이 험했기에 이곳부터는 달리지 않고, 대신 경보하듯 빠르게 걸었다. 실낱같은 플래시 하나에만 의존해 고래의 배 속

같은 어둠을 헤치고 나아간다는 것은 굉장한 담력을 요구하는 일이었다. 바람 때문에 대나무끼리 딱딱 부딪는 소리가 어둠 속에서 쉼 없이 들려왔다. 걸으면 걸을수록 익숙해지기는커녕 공포심만 누적되었고, 급기야 입에 구멍이라도 뚫린 듯 미세한 신음이 끊임없이 새어 나왔다.

주영은 앞을 보기가 무서워 줄곧 발만 내려다보면서 걷다가, 정작 앞을 신경 쓰지 못하고 돌부리에 걸려 한바탕 거하게 넘어졌다. 철퍼덕거리는 소리와 함께 얕은 웅덩이에 고여 있던 흙탕물이 한 바가지쯤 튀어 올라 주영의 얼굴을 덮쳤다. 짜증부터 강렬하게 치밀어 올랐다. 덕분에 바닥에 찧은 무릎과 팔꿈치의 통증은 잘 느껴지지도 않았다. 주영은 손으로는 눈가를 닦고 입으로는 푸푸 뱉어내다가, 끝내는 픽 웃어버렸다.

"괜찮아?"

수현이 다가와 손을 내밀었다. 주영은 무심코 고개 먼저 들었다가, 수현의 입가에 미소가 살짝 걸려 있는 것을 보고 손을 잡을 마음을 싹 거두었다.

"……웃겨?"

주영이 물었으나, 대답은 없었다. 목소리가 작아서 못 들었는지 아니면 못 들은 척일뿐인지, 수현은 그냥 주영의 손을 잡고 일으켜 세워주기만 했다. 입꼬리는 여전히 올라가 있었다.

"내가 앞에서 걸을게." 수현이 걸음을 떼며 말했다. "너 너무 느려."

주영은 멀어져가는 수현의 뒷모습을 말없이 바라보다가 뒤를 따랐다.

둘은 추격자와 맞닥뜨리는 일 없이 무사히 오솔길을 빠져나왔다.

아이가 사는 저택은 밤에 보니 한층 더 스산했다. 건물의 실루엣이며 커튼이 쳐진 창문 너머에서 희미하게 새어 나오는 불빛, 야산에 둘러싸여 혼자만 덩그러니 고립된 환경 전체가 어우러져 위압적인 우울감을 자아내고 있었다.

둘은 저택을 향해 걸음을 옮겼다. 이어서 건물을 한 바퀴 빙 돌아본 끝에 다용도실로 이어지는 뒷문을 찾을 수 있었다. 수현이 문 앞에 서서 문고리를 조심스럽게 잡고 돌렸다. 문은 잠겨 있었다.

"이제 어쩌지?" 주영이 물었다.

수현은 마치 처음부터 예상했다는 듯, 손에 들고 있던 청테이프를 주영에게 보란 듯이 흔들었다.

"나 목말 좀 태워줘." 수현이 말했다.

"뭐 하려고?"

"창문 깨고 들어가게."

수현이 지면에서 2미터 정도 위에 나 있는 직사각형의 창문을 가리켰다. 손잡이 없이 벽처럼 고정된 형식이었다. 청테이프의 용도를 깨달은 주영은 별수 없이 무릎을 꿇고 목말 태울 자세를 취했다. 수현이 곧 주영의 위에 천천히 올라탄 다음, 넘어지지 않게끔 두 손으로 벽을 짚었다. 그렇게 둘은 천천히 호흡을 맞추며 무리 없이 일어났다.

차양이 비를 막아준 덕분에 창문은 젖지 않은 상태였다. 수현이 테이프를 벅벅 뜯어 창문의 한쪽 모서리에 다닥다닥 붙이기 시작했다. 어디서 포장 아르바이트라도 했나 싶을 만큼 손놀림이 빨라 감탄스러웠다. 주영은 흥미로운 동영상이라도 시청하는 기분으로 수현을 가만히 구경하다가, 슬슬 다리에 힘이 풀리는 것을 느꼈다.

"야, 슬슬……."

"다 끝났어."

수현은 대답하기가 무섭게 겹겹이 붙인 테이프 위를 팔꿈치로 퍽 때렸다. 테이프의 점성 덕분에 파편이 흩날리는 일 없이 유리창에 거미줄이 퍼지듯 금만 갔다. 한 번 더 때리자, 모서리 부분이 뜯어져 유리창과 문틀 사이에 틈이 벌어졌다. 수현은 청 테이프에 들러붙은 채 너덜너덜해진 유리창을 밀어 그 틈을 활짝 벌렸다. 사람 한 명은 거뜬히 들어갈 만한 공간이 생기자, 수현이 다리를 높이 올려 창틀 위로 한쪽 발을 올렸다. 이어서 암벽 등반하듯 창틀에 손을 걸고 몸을 들어 올린 후 나머지 발까지 안정적으로 디디는 데 성공했다.

어깨가 가벼워지자 주영은 해방감을 만끽하다가, 이어서 불안감을 느꼈다. 퍼뜩 창문을 올려다보니 수현은 이미 안으로 들어가고 없었다. 설마 수현이 자기를 버리고 혼자만 들어가려는 건 아닌지 걱정되었으나, 뒷문이 철컥 소리를 내며 활짝 열렸다. 그곳에서 수현이 고개만 빼꼼 내밀었다.

"들어와, 빨리."

주영은 곧 안으로 들어가 문을 닫았다.

17

주영은 우비를 벗고 내부를 둘러보았다. 종잇장처럼 말려 들어간 창문 틈으로 비가 들이치고 있다는 점만 빼면, 낮에 왔을 때와 별 차이는 없었다.

우비 없이 움직인 수현은 물에 들어갔다 나온 수준으로 푹 젖어 있었다. 그녀는 곧 드럼세탁기 문을 열더니, 거기서 수건 하나를 대충 꺼내 머리의 물기를 털기 시작했다. 주영은 반사적으로 인상을 찌푸렸다.

"그거 안 빤 것 같은데……."

"상관없어."

수현은 머리를 대강 닦아낸 후 수건을 도로 세탁기 안에 던져 넣었다. 그러고는 입고 있던 반팔 티셔츠를 벗더니 걸레 다루듯 물기를 짜냈다. 마찬가지로 반바지 역시 벗어서 물기를 짜낸 후 다시 입었다. 수현은 이어서 신발을 벗으며 말했다.

"신발은 들고 들어가자."

주영도 곧 신발을 벗고 빗물을 빼낸 다음 한 손에 들었다. 그렇게 들어갈 준비를 마친 둘은 마지막으로 스마트폰 플래시를 껐다. 수현이 거실로 통하는 문고리를 조심스럽게 쥐었다. 둘은 눈을 짧게 맞춘 후, 문을 열고 안으로 조용히 들어갔다.

거실의 공기는 낮에 왔을 때와 마찬가지로 차분했다. 천장의 모퉁이마다 매립형 할로겐등이 조그맣게 밝혀져 있어 플래시 없이도 주변이 잘 보였다. 한시름 놓은 주영은 소리 없이 입만 크게 벌려 하품을 했다. 이곳까지 오는 내내 쌓인 긴장이 눈물로 농축되어 한 방울 찔끔 흘렀다. 주영은 가볍게 한숨을 내뱉으며 주위를 둘러보다가, 온몸의 털이 찌릿 곤두서는 것을 느꼈다.

거실에 사람이 있었다.

여자 둘이 거실 바닥에 요를 깔고 누워 있었는데, 둘 다 잠든 상태였다. 주영이 수현을 쳐다보자 그녀는 검지를 입술에 천천히 갖다 댔다. 둘은 그대로 십여 초간을 석상처럼 굳은 채로 기다렸다. 잠시 후 수현이 검지를 내렸고, 둘은 까치발을 들고 부엌을 통과했다. 이어서 그대로 계단을 타고 2층으로 살금살금 올라갔다.

2층 복도에는 일단 아무도 없었으나 닫힌 방들이 많았다. 간이 콩알만 해진 주영과 달리 수현은 방들을 휙휙 지나치며 아이가 있는 맨 끝 방까지 단숨에 도착했다. 주영이 헐레벌떡 뒤따라오자마자 수현이 방문을 열었다. 둘은 문을 반 정도 열어둔 채 안으로 들어갔다.

아이는 이불에 아무렇게나 뒤엉킨 자세로 곤히 자고 있었다. 그러나 문이 열리면서 발생한 기압차를 느꼈는지, 곧 깨어나 상반신을 일으켰다. 그리고 둘을 향해 천천히 고개를 돌렸다. 소리를 지르거나 하지는 않았다. 아마 이모들이라도 들어왔다고 생각하는 모양이었다.

수현이 가까이 다가가 아이의 어깨에 손을 올렸다. 주영은 괜히 보고 있기가 겁이 나 눈을 반쯤 감았다. 아이는 아무런 반응도 보이지 않았다. 그냥 잠이 덜 깨서 움직이기 귀찮아하는 듯해 보였다. 수현은 이어서 아이의 손을 잡았다가 도로 놓으면서 말했다.

"여기서 나가자, 알았지?"

수현은 다리가 바닥에 내려오게 아이를 앉혀놓은 다음 그 앞에 등지고 쪼그려 앉았다. 그대로 아이를 업을 줄 알았더니, 그러지 않고 다시 일어났다. 수현은 주영에게 말했다.

"네가 업는 게 낫겠다."

"왜?"

"나 등 젖었잖아."

"아까 물기 짜서 괜찮지 않아? 나도 땀나서 등 다 젖었는데."

"왠지 그냥, 네가 업어야 더 안전할 것 같아."

무슨 뜻인지 알게 모르게 직감한 주영은 더 군말하지 않고 아이를 업었다. 의외로 아이는 일말의 저항도 없이 순순히 업혔다. 여전히 이모들 가운데 한 명이라고 생각하는 듯했다. 아니면 졸린 나머지 뭐가 됐든 애초에 아무런 관심이 없는 것인지도 몰랐다.

주영은 몸을 일으켰다. 첫째 날 업었을 때와 달리 다소 무겁게 느껴졌으나 버틸 만했다. 수현이 호위하듯 앞장서서 방을 나갔고, 뒤이어 주영도 따라나섰다.

둘은 복도를 빠르게 가로지른 후 천천히 계단을 내려갔다. 그렇게 1층으로 무사히 내려온 다음 다용도실로 돌아가려고 모퉁이를 꺾으려는데, 수현이 갑자기 걸음을 멈췄다. 그녀의 시선이 거실을 향해 있기에 주영도 따라서 그쪽을 보았다. 자고 있던 여자 둘이 보이지 않았다. 그 순간 뭔가가 와장창 깨지는 소리와 함께 수현이 쓰러졌다.

주영은 비명을 질렀다. 여자 하나가 코너의 사각지대에서 갑자기 튀어나와 장식품 항아리로 수현의 머리통을 후려친 것이었다. 다행히 수현이 들고 있던 신발로 순발력 있게 막은 덕에 크게 다친 것 같지는 않았다. 하지만 충격이 있었는지 무릎을 꿇은 채로 잠시 일어나지 못했다.

주영이 얼른 곁으로 다가가려 하자 수현은 한 손을 들어 단호하게 막았다. 그리고 들고 있던 신발을 바닥에 내려놓고 주섬주섬 신기 시작했다. 한편 여자는 먼저 공격해놓고 오히려 본인이 더 당황했는지, 우물쭈물하기만 할 뿐 그 이상의 조치는 취하지 못하고 있었다. 그동안 수현은 신발을 다 신고 자리에서 주섬주섬 일어나더니, 여자의 안면에 박치기를 날렸다. 여자의 코에서 코피가 터져 나왔다. 수현은 여자의 멱살을 잡고 쓰러지지 못하게 지탱한 다음 박치기를 한 방 더 날렸다. 곧 여자의 고개가 수현의 손에 붙들린 채로 축 처졌다.

수현은 정신을 잃은 여자를 벽에다 기대어 앉혀놓고 나서, 깨진 항아리 조각을 하나 집어 들었다. 두께가 꽤 두꺼웠다. 그녀는 한동안 그것을 신기한 광물이라도 대하듯 요리조리 들여다보더니, 감탄스럽다는 얼굴로 주영을 올려다보았다.

"제대로 맞았으면 나 죽을 뻔했어."

말이 끝나기가 무섭게 부엌 쪽에서 의자가 드르륵 끌리는 소리가 났다. 둘은 동시에 그쪽을 쳐다보았다. 나머지 여자 하나가 아일랜드 싱크대 밑에 숨어 있다가 막 일어나 모습을 드러냈다. 그녀는 어깨를 바들바들 떨고 있었는데, 손에 식칼이 들려 있었다. 주영은 뒤로 몇 걸음 물러났다. 칼은 무언가를 찌를 만큼 끝이 뾰족하지 않았고 숭덩숭덩 썰기 좋게 만들어진 직사각형 모양이었다. 수현은 처음에는 놀란 듯하더니, 머지않아 납득했다는 듯 고개를 끄덕였다.

수현은 곧 어디론가 걸어가더니, 텔레비전 옆에 놓인 유리 장식장을 열었다. 그리고 그 안에 든 도자기를 하나 꺼내 든 다음 곧장 아일랜드 싱크대를 향해 내던졌다. 도자기가 모서리에 부닥쳐 폭탄 터지듯 깨지며 파편이 사방으로 튀었다. 주영은 아이를 업은 채 현관으로 통하는 복도 쪽으로 얼른 몸을 피했다.

수현은 계속해서 장식장에서 돌고래 모양의 유리 세공품, 커다란 관상용 접시, 찻잔 세트, 액자 등 비싸 보이는 장식품들을 꺼내 식칼 든 여자를 향해 연달아 투척하기 시작했다. 여자가 다시 부엌 가구 밑으로 숨었으나, 수현이 그쪽에도 파편이 튈 수 있게끔 키큰장이나 천장에다가도 물건을 맞혔기 때문에 사면초가였다.

금세 크고 작은 파편들이 부엌 바닥 전체에 쫙 깔렸다. 여자는 맨발인지 그 안에서 오도 가도 못 하며 전의를 상실한 듯 보였으나 수현은 멈추지 않았다. 집어 던질 장식품이 다 떨어지자 수현은 장식장의 층을 나누는 유리 선반을 한 장 꺼내 그것도 내던졌다. 선반이 천장에 매달린 후드에 부딪혀 화려하게 깨지며 여자가 숨은 곳으로 우박처럼 쏟아져 내렸다. 여자가 울음을 크게 터뜨리는 소리가 싱크대 너머로 들려왔다. 수현은 계속해서 남은 유리 선반을 꺼내 부엌을 향해 던졌고 그것마저 다 떨어지자 근처에 있던 선풍기나 협탁, 리모컨까지 집어 던졌다. 이쯤 되니 그냥 화풀이하는 것으로밖에 보이지 않았다. 그렇게 수현은 근처에 던질 만한 물체가 하나도 없어질 때가 되어서야 비로소 돌팔매질을 멈췄다.

주위가 잠시 조용해지자, 여자가 천천히 자리에서 일어났다. 그녀의 어깨와 머리 위에 자잘한 유리 조각들이 소복이 쌓여 있었다. 직접적으로 맞지는 않았기에 크게 상처 입은 곳은 없어 보였다.

"자, 잘못했어요. 제발……."

여자는 울먹이다가, 자기 손에 아직도 식칼이 들려 있음을 깨닫고 그것을 황급히 싱크대 위로 버렸다. 그러나 힘이 너무 들어갔는지 식칼이 상판 위를 그대로 미끄러져 밖으로 벗어났고, 이내 대리석 마룻바닥으로 떨어져 쨍그랑 부딪혔다.

갑자기 수현이 따귀라도 맞은 듯 고개를 옆으로 확 돌렸다. 부러진 날붙이 파편이 공교롭게도 수현의 얼굴까지 튄 모양이었다. 수현이 할로겐등 바로 아래에 서 있었기 때문에 그녀의 얼굴이 주영이 있는 곳에서도 잘 보였다. 눈 밑 광대 부근에 손톱자국만 한 상처가 조그맣게 벌어졌고, 그곳에서 피가 희미하게 배어 나왔다. 수현은 가운뎃손가락으로 맛만 보듯 상처 부위를 톡 건드린 다음 눈앞으로 가져갔다. 곧이어 더없는 무표정이 그녀의 얼굴을 차분하게 쓸어내렸다.

수현은 바닥에 널린 유리 조각들을 까득까득 밟으며 여자에게로 걸어갔다. 둘의 거리가 좁혀질수록 여자의 입에서 짜여 나오는 울음소리가 점점 불규칙해졌다. 여자의 코앞에 도착한 수현은 두 손으로 그녀의 뒷덜미를 부여잡고, 그대로 잡아당겨 부엌 밖으로 끌어냈다.

여자는 질질 끌려 나오며 탭댄스를 추듯 한 다리씩 번갈아 껑충껑충 뛰었다. 맨발에 유리 조각이 밟힐 때마다 날카로운 비명이 거실을 쩌렁쩌렁 울렸다. 주영은 눈을 질끈 감으며 고개를 숙였으나 소리까지 막을 수는 없었다. 수현은 일부러 유리 조각이 있는 쪽으로만 빙글빙글 맴도는 것 같았다. 슬슬 여자의 목에서 사람이 아니라 짐승이 낼 법한 소리가 나기 시작했다. 이쯤 되니 이 섬의 진정한 악인은 바로 수현이 아닌가 하는 생각이 들기 시작했다.

"그만……." 주영이 악을 질렀다. "그만해, 제발!"

그 즉시 수현이 움직임을 뚝 멈췄다. 주영은 순간 겁에 질렸다. 혹시 이번에는 수현이 도깨비에게 씐 게 아닐까 하는 생각이 퍼뜩 스쳤기 때문이었다. 주영은 아이를 똑바로 고쳐 업으면서, 수현이 자기를 쳐다보기만 해도 냉큼 뒤돌아 도망치리라 결심했다. 하지만 수현은 숨을 크게 들이쉬고 느리게 내뱉으며 호흡을 가다듬더니, 이윽고 여자를 유리 조각이 없는 바닥으로 데려가 패대기쳤다.

주영은 온몸에 힘이 빠져 스르르 주저앉았다. 업고 있던 팔을 풀어주자, 아이가 자리에서 일어났다. 주영은 혹시라도 아이가 유리 조각이 있는 데로 갈까 봐 붙잡으려 했으나 팔이 올라가지 않았다. 방전이라도 된 듯 몸에 힘을 넣기가 아예 불가능했다.

다행히 아이는 얌전히 제자리에만 서 있었다. 깨고 나서 내내 업혀 있느라 여전히 반쯤 졸린 듯 보였다.

"괜찮아?" 수현이 주영에게 말했다. "일어날 수 있겠어?"

대답을 대신하기라도 하듯 여자의 울부짖는 소리가 거실을 울렸다. 주영은 바닥 곳곳에 찍힌 핏자국을 멍한 눈으로 내려다보다가, 천천히 몸을 일으켰다.

"팔에 힘 빠졌지?" 수현이 아이 곁으로 다가갔다. "이제 내가 업을게."

아이가 허공을 향해 손을 내밀었다. 누구든 좋으니 촉수화나 손바닥 필담 하기를 원하는 모양이었다. 수현이 무시하고 업으려 하자 아이는 곧장 거부반응을 일으켰다. 아이가 수현의 등 위에서 격렬하게 몸부림치기 시작했다. 수현은 짧게 버텨보다가 결국 아이를 도로 내려놓았다.

아이는 풀려나자마자 물에 빠진 사람처럼 두 손을 마구 휘저었다. 누군가를 필사적으로 찾는 듯해 보여서 주영이 일단 그 손을 잡아주었다. 그러자 아이는 주영의 품으로 망설임 없이 파고들더니, 두 팔과 두 다리를 다 써서 새끼원숭이처럼 주영에게 꼬옥 매달렸다.

갑자기 실린 무게 때문에 한 번 휘청했으나, 주영은 곧 균형을 잡고 똑바로 섰다. 아이가 안긴 폼이 안정적이었기 때문에 굳이 팔을 쓰지 않아도 자세를 유지할 수 있었다. 그렇게 아이는 주영의 품에서 서서히 흥분을 가라앉히기 시작했다.

"이제 어떻게……."

주영의 말이 채 끝나기도 전에 삑삑거리는 전자음이 들려왔다. 현관에서 도어록의 비밀번호를 누르는 소리였다. 주영은 급히 다용도실로 들어가려다 멈칫했다. 수현이 가만히 서 있기만 했기 때문이다.

"뭐 해?" 주영이 말했다. "안 나가?"

"늦었어." 수현이 주영에게로 다가왔다. "괜찮아. 이렇게 될 거라 대충 예상했어. 요트까지 도망쳤으면 더 좋긴 했을 텐데."

"그럼 어쩌자고? 이대로 잡혀서 맞아 죽자고?"

"오버하지 말고." 수현이 이리 오라는 듯 주영에게 손짓했다. "애 나한테 넘겨."

"왜?"

"일단 넘겨. 시간 없으니까 빨리."

말마따나 도어록이 막 해제되어 문이 벌컥 열리는 소리가 들렸다. 주영은 무릎을 꿇고 자신의 목을 감싸안은 아이의 팔을 잡았다. 그대로 부드럽게 힘을 주자, 아이가 눈치껏 팔을 천천히 풀기 시작했다. 그대로 다리까지 풀어내자 아이는 바닥에 발을 딛고 섰다.

곧이어 현관을 잇는 복도를 통해 사람들이 우르르 쏟아져 들어왔다. 비명을 지르거나, 숨을 삼키거나, 입을 틀어막는 등의 반응이 들어오는 족족 릴레이처럼 이어졌다. 그런데 뭔가 이상했다. 경악에 찬 것까지는 알겠는데, 모두의 시선이 초토화된 거실이나 쓰러져 울부짖는 여자가 아니라 주영 쪽을 향해 있었다. 더 정확하게는 다들 수현을 보고 있었다. 그래서 주영도 고개를 돌려 수현을 쳐다보았다.

수현이 식칼을 쥐고, 그것을 아이의 목덜미에 바싹 들이대고 있었다.

"오지 마세요."

그녀는 이어서 한쪽 팔로 아이의 목을 끌어안았다.

"누구든지 한 발짝이라도 움직이면 어떻게 될지 몰라요, 진짜로."

주영은 입을 벌렸다가, 차마 말이 안 나와 그대로 굳어버렸다. 아까와 다르게 아이가 수현에게 안겨도 얌전하다는 점이 그나마 다행이었다. 어쩌면 목에 닿은 딱딱하고 싸늘한 감촉 때문에 겁을 집어먹은 것일 수도 있었다.

"일단……."

수현이 눈짓으로 바닥에 쓰러져 있는 여자와 기절해 벽에 기대어 있는 여자를 연달아 가리켰다.

"이 사람들 데리고 올라가서 응급처치라도 해주세요."

그 말을 듣고도 아무도 나서려 하지 않자, 수현이 부엌 쪽으로 뒷걸음질 쳐 거리를 벌렸다. 그러자 몇 사람이 슬금슬금 걸어 나와 다친 사람들을 안아 들고 2층으로 올라갔다. 울부짖는 소리가 멀어지자, 이내 거실이 조용해졌다.

잠시 후 이장이 앞으로 나섰다. 착잡하다기보다는 어딘가 초연해 보이는 표정이 얼굴에 떠올라 있었다. 그녀는 바닥에 나뒹구는 도자기 파편 하나를 신발 끝으로 툭 차더니, 나지막이 말했다.

"우리가 그간 소홀했나 봐……. 그러니 이런 망조가 들지."

별다른 대꾸는 없었다. 이장은 이어서 수현에게 말했다.

"이러는 건 도리에 어긋나. 조용히 지나가기로 우리 분명 약속했잖아. 난 학생 믿었어."

"전 아줌마 믿은 적 없어요."

"이건 강도 살인범들이나 하는 짓이야. 위험하니까 그것부터 내려놔. 해코지 안 할 테니까 그것부터 치우고 얘기해."

수현은 대답은커녕 고개를 젓지도 않았다. 고려할 가치도 없다는 듯 그저 무표정으로 일관했다.

“제발 내려놔.” 이장의 목소리가 파르르 떨렸다. “그러다 도련님 몸에 상처라도 나면……. 그건 학생도 원하는 거 아니잖아.”

“아니요.” 수현이 말했다. “내가 원하는 건 아이의 자유지, 아이의 안전이 아니에요.”

이장은 한숨을 울음소리처럼 내뱉더니, 마냥 힘에 겨운 얼굴로 말을 이어나갔다.

“그럼 이제부터 어쩌게. 계속 그런 식으로 버티려고?”

“네.” 수현은 고개를 끄덕였다. “이대로 밤새고 날씨 풀리자마자 데리고 나갈 거예요.”

“도깨비가 그냥 나가게 놔둘 것 같아?”

“아…….” 수현이 질색했다. “그 얘긴 그만 좀 하세요. 더 대들고 싶어지니까.”

이장이 미처 대꾸할 엄두를 못 내는 사이, 뒤에 있던 누군가가 그녀의 어깨를 건드리며 말을 걸었다. 이장은 곧 뒤돌아 그와 몇 마디를 나누었다. 목소리가 작아서 주영이 있는 데까지는 들리지 않았다. 대화에 끼어드는 사람이 하나둘씩 늘었고 나중에는 대여섯 명 정도로 불어났다. 그들은 그렇게 대치 상황을 방치해둔 채로 저들끼리 한참을 속닥거렸다.

오 분쯤 지났을 무렵, 결론이 났는지 다들 등졌던 몸을 일제히 되돌려 주영과 수현을 마주 보았다. 주영은 전과 달리 힘이 실린 그들의 눈빛을 보며 침을 꿀꺽 삼켰다.

“그럼 이렇게 하는 건 어때?” 이장이 말했다. “그러니까 학생은 끝끝내 도깨비 같은 건 없고, 도련님이 말도 안 되는 이유로 여기 갇혀 있다고만 생각하는 거잖아. 맞지?”

“네.”

“그러면.” 이장은 강조점을 찍듯, 뜸을 들인 후 말했다. “만약 학생이 직접 도깨비에 씌면, 그땐 믿어줄래?”

“…….”

“생각해봤는데, 우리 상황을 정리하려면 이 방법밖엔 없을 것 같아. 지금 확실히 매듭지어야 나중에 학생도 뒤끝이 없겠지 싶어. 도깨비가 학생 몸에 직접 들어가면, 그땐 우리가 하는 말 믿어줄 수 있지?”

한 박자 늦기는 했으나, 수현은 당연하다는 듯 고개를 끄덕였다.

“그럼요.”

“그렇게만 되면, 학생도 완전히 포기하는 거지?”

“포기고 뭐고……. 빙의되면 몸의 통제권을 아예 뺏기는 거잖아요. 그럼 그냥 끝난 거죠.”

“그래.”

이장은 끄덕거리더니, 이내 주위에 있는 모두에게 말했다.

“다 ‘일’할 준비들 해. 이런 상황에 제대로 될지는 모르겠지만.”

수현이 물었다. “무슨 일이요?”

"굿." 이장이 대답했다. "굿이 뭔지 모르진 않을 거고."

"아는데……." 수현이 싱겁게 코웃음 쳤다. "갑자기? 여기서요?"

"아니, 밖에서 할 거다. 날씨도 슬슬 풀리는 것 같으니까. 따라줄 거지?"

"싫어요." 노골적으로 어이없어하는 태도였다. "뭘 그런 것까지 해요, 귀찮게. 지금 바로 들어오라 하세요. 은솔이랑 한아땐 아무 준비 없이 잘만 들어갔으면서 나한테는 못 하겠대요?"

"그 둘이 비정상이었던 거고. 아무런 의식도 치르지 않았는데 그렇게 갑자기 들어가시는 경우는 드물어."

수현이 피식 웃었다. "그러니까 저보고 도깨비 사정 좀 봐달라 이거예요?"

"싫으니?" 이장도 웃음으로 맞받아쳤다. "왜, 굿하자니까 그건 또 겁나?"

"……."

수현의 입이 잠깐 멈춘 사이, 이장이 이어서 말했다.

"크게 시킬 건 없어. 학생은 그냥 도련님이랑 같이 가만히만 있으면 돼. 나머지는 우리가 다 알아서 할 거야. 날씨 때문에 조금 춥겠지만 너무 오래 걸리진 않아. 어떻게 할래?"

"좋아요." 수현이 기세 좋게 대답했다. "대신 날씨 풀리기 전까지만이에요. 날씨 풀리면 난 바로 요트로 갈 거예요."

"그래, 태풍 걷히고 나서부턴 좋을 대로 해."

"야……." 주영이 수현의 앞을 가로막으며 말했다. "왜 이래? 굳이 그럴 필요 없잖아. 그냥 날씨 풀릴 때까지 안전하게 안에 있자."

"안보다 밖이 더 안전해." 수현이 작게 속삭였다. "틀어박혀 있으면 시간 지날수록 점점 불리해져. 분위기도 점점 저쪽으로 기울 거고, 슬슬 잠도 오고. 애 인질로 잡은 것도 그냥 허세야. 저쪽이 수도 훨씬 많고, 누구 하나라도 맘먹고 달려들면 솔직히 답 없어."

"……."

"안 그래도 아무 구실이나 만들어서 나가려고 했는데, 저쪽에서 먼저 내보내주겠다잖아. 그냥 도발에 넘어간 척하는 거니까 너무 걱정하지 마."

주영은 결국 천천히 고개를 끄덕거리며 수현의 앞에서 비켜났다.

"그럼 일단 안에서 기다려." 이장이 말했다. "준비 끝나면 부를 테니까."

그렇게 이장은 길게 끌 것 없이 감시할 인원 몇 명만 남겨놓고, 무리와 함께 줄지어 저택을 나갔다.

잠시 후 남은 사람들이 거실을 청소했다. 아이는 수현의 품에 불편한 자세로 안긴 채 잠에 빠져들었다. 수현은 아이를 지키며 스마트폰에 오프라인으로 저장해놓은 동영상을 시청했다. 주영이 알아들을 수 없는 용어나 기업 이름이 잔뜩 언급되는 경제 관련 프로그램이었다. 주영은 화면 속 패널들이 조곤조곤 설명하는 소리를 들으며 가벼운 두통을 느꼈다. 이런 순간에도 시간 낭비 없이 공부에 전념할 수 있는 그녀의 정신력이 그저 징그럽게 느껴질 뿐이었다.

새벽 세시경이 되자 이장이 저택으로 돌아와 준비가 다 되었음을 알렸다. 수현이 우비를 입힌 아이를 안고 이장을 따랐고, 주영도 뒤따라 저택 밖으로 나갔다.

18

주영은 나가자마자 무심코 우비의 후드를 꽉 쥐었다가, 이내 손을 풀었다. 저택에 침입하기 전과 비교했을 때 비바람이 꽤 약해져 있었다. 수현이 말한 대로 날씨가 점점 풀려가는 듯했으나 아직 우산을 펼칠 수 있을 정도는 아니었다.

줄지어 오솔길을 걸었다. 손전등을 가진 사람들이 앞장섰고, 그 뒤로 이장, 수현 그리고 주영이 따라붙었다. 수현은 아이를 안고 아이 뒷덜미에 칼을 들이댄 채로 걸었는데 자세가 상당히 불편하면서도 또 위험해 보였다. 끙끙대며 연신 고쳐 안기 바빴고, 슬슬 팔심도 빠지는 모양이었다.

“잠깐.”

이장이 갑자기 발걸음을 뚝 멈추더니, 수현에게 말했다.

"그냥 편하게 등 뒤로 업어. 도련님도 불편해하시잖아."

"……."

"뒤통수치는 짓은 안 할 테니까, 그 칼도 슬슬 치우고."

그래도 수현이 말을 듣지 않자, 이장이 수현을 향해 정면으로 마주 서며 말을 이었다.

"우린 도련님만 되찾고 싶은 게 아니야. 학생이 품은 의심까지 완전히 지워주고 싶은 거야. 그래야 뒤탈 없이 문제가 해결되니까. 이런 날씨에 상 차리느라 우리가 얼마나 애먹었는지 알아? 그러니 걱정 말고 그냥 편하게 업어. 학생 위해서가 아니라 도련님 위해서 하는 부탁이야."

수현은 곧 아이를 내려놓았다. 그대로 얼마간 쉬다가, 시키는 대로 아이를 등 뒤로 업었다. 그동안 섬사람들은 불빛을 비춰주며 가만히 지켜보기만 했고, 이장의 말대로 덮칠 낌새는 추호도 없어 보였다. 그럼에도 수현은 꽉 쥔 칼만큼은 결코 손에서 놓지 않았다.

이장이 둘을 데리고 간 곳은 죽은 팽나무가 있는 언덕 위의 제단이었다.

여기서부터는 손전등이 필요 없을 만큼 주위가 밝았다. 제단의 귀퉁이에 커다란 조명탑이 하나 세워져 있었는데, 총 네 개로 이루어진 조명이 뿜어내는 강렬하고 창백한 빛이 풀코트

농구장 넓이쯤 되는 마당 전체를 부담스러우리만치 현란하게 비추고 있었다.

섬에 사는 사람들이 전부 다 모였는지 마당이 시끌벅적했다. 수십 명이 넘는 인파가 얽히고설키며 마당을 바삐 돌아다니고 있었는데, 아무래도 아직 준비가 덜 끝난 상태인 듯했다.

저마다 갖가지 음식들을 날랐으며 그 양이 실로 어마어마했다. 마당의 한쪽 면을 길게 꿰찬 3단짜리 콘크리트 제단 위에, 음식 담긴 제기祭器들이 빈틈을 찾아볼 수 없을 만큼 빼곡하게 들어차 있었다. 사과, 배, 한라봉을 묶은 과일 세트가 주를 이루었고 그 밖에도 돼지고기와 소고기로 꿰어놓은 산적, 통으로 구운 생선, 케이크처럼 큼지막한 백설기, 투명한 소주병, 백미로 지은 고봉밥, 깐 삶은 달걀, 우윳빛 한과 등이 줄을 이었다. 주영은 침을 한번 크게 삼켰다. 음식들이 맛있어 보여서가 아니라, 수현을 미치게 만들고야 말겠다는 섬사람들의 각오가 지나칠 정도로 잘 느껴졌기 때문이다.

준비가 완전히 끝나자 주변이 일시에 조용해졌고, 때마침 바람도 한결 잦아들었다. 제단 앞을 어슬렁거리던 사람들이 약속이라도 한 듯 밖으로 뿔뿔이 흩어졌고, 머지않아 마당 한복판이 개미 새끼 한 마리 없이 텅 비었다. 굿판이 벌어질 무대가 바로 이곳임을 선언하듯, 위압감 있는 정적이 한동안 마당을 타고 흘렀다.

뒤이어 이장이 주영과 수현 앞으로 다가왔다. 이장은 빨간 치마에 노란 저고리를 입고, 그 위에 원피스같이 생긴 얇은 한복 외투를 걸친 차림이었다. 그녀는 수현 앞에 서더니, 호주머니에서 빨간 띠를 꺼내 자신의 이마에 단단히 둘러맸다. 한복을 입어서인지는 몰라도 이제까지 봐왔던 모습과는 느낌이 확연히 달랐다. 속세와 동떨어진 느낌이 한층 더 강해진 듯한 인상이었다.

"준비됐지?"

이장이 묻자, 수현이 고개를 두어 번 가볍게 끄덕였다. 이장은 이어서 사람들이 삼삼오오 모여 있는 변두리를 가리키며 주영에게 말했다.

"학생은 저기로 가. 가서 저 사람들 하는 대로만 따라 해. 싫으면 그냥 가만히 있어도 되고."

"저 혼자요?" 주영이 물었다. "수현이는요?"

"이 학생은 나랑 같이 가야지. 왜, 그쪽도 끼고 싶어?"

주영은 고개를 완강히 저었다. 그러면서도 선불리 발을 떼지 못하자 수현이 말했다.

"금방 갈게. 이제 얼마 안 남았어."

주영은 솔직하게 말했다. "무서워."

"뭐가?"

"그냥 다."

목소리가 떨렸다. 추위와는 별개로 다리도 후들거렸다. 수현은 그런 주영을 자상한 눈빛으로 바라보더니, 손에 쥐고 있던 식칼을 건네주었다. 주영이 얼떨떨한 표정만 지을 뿐 받으려 하지 않자 수현이 가볍게 미소 지었다.

"쓰라는 게 아니라 그냥 들고만 있으라고. 부적이라고 생각해."

수현은 손잡이가 앞으로 오게끔 칼을 돌려 잡았다. 주영은 하는 수 없이 그것을 잡았다. 줄곧 수현이 쥐고 있던 터라 손잡이가 따뜻했다.

주영은 곧 이장이 일러준 대로 사람들이 모인 곳으로 걸어갔다. 혹시나 하는 마음에 주위를 둘러보았지만 은솔과 한아는 보이지 않았다.

처음에는 혼자 외따로 떨어진 곳에 있으려 했지만 그러기에는 꽤 눈치가 보였다. 그렇게 주영은 사람들과 적당히 거리를 띄워두고 따돌림이라도 당하는 사람처럼 쭈뼛쭈뼛 서서, 곧이어 굿판이 벌어질 무대 위로 시선을 옮겼다.

수현은 이장의 안내를 따라 마당의 한가운데로 걸어 들어갔다. 중간에 발을 한번 삐끗했으나 넘어지지는 않았다. 마당 전체가 거의 갯벌 수준으로 질척거려 발을 편하게 딛기가 힘든 환경이었다. 이어서 남자 두 명이 돗자리를 가지고 들어와 활짝 펼쳤다. 그러나 바닥에 깔자마자 흙탕물에 푹 잠기는 바람에 금세 무용지물이 되었다. 이장은 한쪽 신을 벗었다가 포기

한 듯 도로 신더니, 돗자리를 집어 무대 밖으로 홱 던져버렸다. 그러고는 뭔가를 더 들고 오려던 사람들에게 오지 말라고 손사래를 쳤다. 원래는 앉아야 하는데 여러모로 진행이 원활하지 못하니 그냥 서서 하기로 타협한 모양이었다.

이장이 이어서 수현에게 뭐라고 말하기 시작했다. 수현은 별 대꾸 없이 간혹 고개만 툭툭 끄덕였다. 멀어서 말소리는 들리지 않았는데 아마도 굿의 절차를 설명해주는 듯했다. 대화가 끝나자 이장이 수현을 보며 마당의 중심부를 향해 손짓했다. 수현은 시키는 대로 고분고분 그쪽으로 가서 섰다. 그러자 스포트라이트가 일제히 쏠리듯, 수현의 존재감이 적나라하게 부각되었다.

수현의 등에 업혀 있던 아이가 잠에서 깼다. 아이가 곧장 몸서리를 치자 수현이 순순히 내려주었다. 아이는 맨발로 젖은 땅을 딛고 놀라 제자리에서 발을 동동 구르다가, 이장이 다가와 손을 잡아주자 금세 얌전해졌다. 둘은 곧 촉수화를 나누었고 꽤 오래 이어졌다.

그사이 누가 주영 앞으로 불쑥 다가왔다. 전에 저택까지 길안내를 해줬던 젊은 여자였다. 그녀는 손에 들고 있던 보온병을 열고 안에 든 음료를 컵에 따라 한 잔 건네주었다.

"춥죠? 좀 드세요. 녹차예요."

주영은 컵에서 모락모락 피어오르는 김을 미심쩍은 눈초리로 내려다보다가, 끝내는 받아 들었다. 주위를 둘러보니 준비해 온 따뜻한 차를 마시며 소소하게나마 몸을 녹이는 사람들이 여럿 있었다.

"너무 긴장할 필요 없어요." 여자가 말했다. "그냥 동네의 작은 이벤트쯤으로 생각하면 편할 거예요. 원래 굿이란 게 그런 거니까."

주영은 대답 대신 차를 한 모금 마셨다. 뜨겁긴 했지만 입천장을 델 정도는 아니어서 호로록 잘 넘어갔다. 여자가 계속해서 말했다.

"그리고 내가 봤을 땐, 저 학생한테 도깨비가 들어가는 일은 아마 없을 거예요."

"왜요?"

"기가 너무 세서."

주영이 시큰둥한 반응을 보이자, 여자가 웃으며 말했다.

"혈기 왕성해 보인다는 거예요. 정신상태가 건강할수록 미치기 힘든 법이거든요."

"……솔직하시네요."

"사실이 그런 걸요, 뭐."

여자는 그렇게 말하며 보온병째로 차를 홀짝거렸다.

"그럼 저는요? 저는 어때 보여요?"

"뭐가요?"

“그, 기운 같은 거요.” 주영은 반신반의하며 물었다. “저는 기가 좀 약해 보이죠?”

“아…….”

여자는 얼굴을 가까이 들이대며 주영을 골똘하게 바라보더니, 이내 원래 자세로 돌아갔다.

“네. 뭐, 그럴 수밖에 없죠.”

“……네?” 주영이 되물었다. “왜요?”

여자의 미소에 일순 경멸이 섞였다. “네가 그렇게 믿고 있잖아.”

그때 북소리가 한 번 쿵, 하고 크게 울렸다. 주영은 움찔 놀라 손에 든 컵을 떨어뜨릴 뻔했다. 북소리에 이어서 이번에는 꽹과리 소리도 들렸다. 주영은 소리가 나는 곳을 돌아보았다. 덩치 큰 남자 서너 명이 천막 아래에서 악기를 점검하는 모습이 보였다. 북, 징, 장구, 꽹과리 등 타악기로만 이루어진 소규모 악단이었다. 다들 왠지 머슴을 연상케 하는 싸구려 무명옷 차림이었고, 무기라도 손질하듯 비장한 표정으로 줄을 조이거나 금속에 광을 내며 마당 쪽을 내다보고 있었다.

이장은 어느덧 아이와 촉수화를 마치고 제단 앞으로 몸을 옮긴 상태였다. 수현은 아이와 함께 마당 가운데에 서서 굿이 시작되길 기다리는 중이었다. 어찌 된 일인지 모르겠으나 아이도 수현과 함께 굿에 참여하는 모양이었다.

아이의 표정이 어둡긴 했지만 이장과 촉수화를 나눈 덕인지 딱히 안절부절못하는 기색은 없었다. 한편 수현은 아이의 뒤에 서서 아이의 어깨에 양손을 올려놓고 있었다. 호의적인 제스처라기보다는 아이가 혹시라도 도망갈까 봐 잡아놓으려는 것처럼 보였다.

그리고 주변이 조용해졌다.

이어서 묵념이라도 하듯 엄숙한 분위기가 마당을 덮었다. 주영은 저도 모르게 옷깃을 여몄다. 누가 따로 설명해주지 않아도 행사가 시작되었음을 알 수 있었다.

이장이 제단 중심에 놓인 향로 앞으로 가서 향을 여러 개 피워 올렸다. 바람이 세서 타는 모양새가 다소 불안했으나, 삼면에 철제 바람막이가 설치되어 있어 초가 날아가거나 하지는 않았다. 이장은 이어서 무릎을 꿇고 뭐라고 짤막하게 중얼거린 후 금방 다시 일어났다. 그리고 자리를 옮겨 죽은 팽나무 앞으로 가서 섰다.

잠시 나무에 이목이 집중되었다. 인위적인 조명이 더해져서 그런지 끔찍한 몰골이 낮때보다 한층 더 잘 드러났다. 주영은 찍히고 긁혀 성한 데가 없어 보이는 나무의 표면을 게슴츠레 뜬 눈으로 바라보다가, 왠지 발가벗겨진 누군가를 보고 있기라도 한 듯 불순한 기분이 들어 시선을 얼른 돌려버렸다.

별안간 사람 두 명이 마당으로 난입하듯 뛰어들었다.

둘 다 전통 탈을 쓰고 있었는데, 하나는 하얀 바탕에 모난 데 없이 인자한 미소를 지은 얼굴이었고 다른 하나는 붉은 바탕에 익살스러운 미소를 과장되게 지은 도깨비 탈이었다. 주영은 고개를 갸우뚱했다. 굿이라고 하길래 대충 무당 혼자 폴짝폴짝 뛰면서 생쌀이나 뿌리겠거니 하고 예상했는데, 꼴을 보아하니 저 둘이서 촌극이라도 펼칠 모양인 듯했다.

하얀 탈을 쓴 등장인물은 순백의 소복素服을 입었는데 곱고 단정한 얼굴과 잘 어우러졌다. 도깨비 탈을 쓴 등장인물은 헐어서 여기저기 구멍 난 갓에, 갈기갈기 찢어놓은 천 쪼가리들을 모자이크하듯 이어 붙인 듯한 거적때기 상의, 몸빼 바지보다도 품이 크고 너덜너덜한 흰색 바지를 입은 거지부랑자 차림이었다. 둘의 분위기가 극명하게 대조되어서 그런지 각각의 인상이 머릿속에 쉽게 들어앉았다.

이장이 '아'인지 '하'인지 구분이 되지 않는 감탄사를 대차게 내뱉었다. 그렇게 그물 치듯 주목을 확 끌어모으더니, 이어서 커다란 목소리로 나무를 향해 뭐라고 말하기 시작했다. 왠지 판소리 같기도 한 오묘한 선율이 장내의 분위기를 휘어잡았다. 분명히 한국어가 맞는데도 뭐라고 말하는지 알아들을 수 없었다. 아마도 제주도 사투리인 모양이었다.

이장이 떠드는 동안 하얀 탈과 도깨비 탈은 시종일관 쉬지 않고 마당을 돌아다니며 서로를 상대로 까불거렸다. 주로 도깨비 탈이 쫓아가면 하얀 탈이 도망쳤다가 적당히 거리를 벌려 멈추고, 다시 도깨비 탈이 쫓아오면 하얀 탈이 또다시 도망치는 패턴이 반복됐다. 단순한 술래잡기 같지는 않은 미묘한 기류가 둘 사이를 타고 흘렀다. 굿에 포함된 절차 같아 보이지는 않았고, 이장이 나무에 대고 서막을 여는 동안 청중들의 집중력을 붙잡아두기 위한 여흥인 것 같았다. 실제로도 둘이 밀고 당기는 모습을 보며 간간이 웃음을 터뜨리는 나이 많은 사람들이 여럿 있었다.

이장이 독백에 손짓을 섞기 시작했다. 목청이 무르익었는지 말의 속도와 크기도 더 빨라졌다. 거기에 타악기 소리가 하나 둘씩 끼어들어 금세 요란한 장단을 이루었고, 뒤따라 청중 쪽에서도 한두 음절 정도의 짧고 굵은 추임새를 보태며 소음을 부풀렸다.

악기가 쾅쾅거리는 것들뿐이라 들으면 들을수록 심장박동을 단순무식하게 펌핑당하는 듯한 기분이 들었다. 그렇게 대중음악 한 곡이 끝날 만큼의 시간이 흐르고 나니, 장내에 은근슬쩍 리듬감이 형성되었다. 큰북 소리가 엮어내는 규칙적인 박자 때문만이 아니라 이곳에 모인 사람들 모두의 숨이 한꺼번에 공명하는 것처럼 느껴졌다.

얼마 후 이장이 독백을 멈추더니 제단 앞으로 자리를 옮겼다. 이후로는 주영도 왠지 어디서 본 듯한, 굿이라고 하면 으레 떠오를 만한 전형적인 광경이 펼쳐졌다. 굿을 주재하는 이장, 즉 무당이 제자리에서 통통 뛰기 시작했고, 가까이에서 구경하는 사람들도 허리를 숙였다 올렸다 하며 제단을 향해 기도를 올렸다. 다만 특이한 점이 있다면 마당에서 촌극을 펼치는 배우들의 존재였다.

하얀 탈과 도깨비 탈은 어느덧 술래잡기를 끝내고 미리 합을 맞춘 듯한 움직임을 선보이고 있었다. 둘 다 말없이 마임 연기를 펼치듯 몸동작으로만 의미를 전달했는데, 주영은 뒤늦게야 일종의 단막극이 시작되었음을 깨달았다.

초장은 여흥 때와 비슷하게 주로 도깨비 탈이 하얀 탈의 주위를 맴돌며 찝쩍대기 바빴다. 그럴수록 하얀 탈은 일말의 빈틈도 허용치 않는 단호한 태도로 도깨비 탈의 호의를 튕겨냈다. 그러자 도깨비 탈이 부아가 치밀었는지 하얀 탈의 손목을 거칠게 잡았고, 하얀 탈은 그대로 도깨비 탈의 품 안으로 빨려 들어갈 듯하더니 재빨리 어깨로 파고들어 업어치기를 날렸다. 도깨비 탈이 낙법 자세를 취하며 웅덩이에 등부터 떨어지자 찰박거리는 소리가 크게 났다. 청중들 사이에서 가벼운 탄성이 나왔고, 주영 역시 살짝 놀랐다. 아무리 연극이라도 꽤 아파 보였기 때문이었다. 도깨비 탈은 곧이어 자리에서 툴툴 털고 일어나더니, 하얀 탈에게 질렸다는 듯 발로 애꿎은 땅바닥만 찰박찰박 밟다가 이내 마당 밖으로 나가버렸다.

하얀 탈은 홀가분하다는 듯 허리를 쭉 펴더니, 한동안 꿔다 놓은 보릿자루 신세로 방치되어 있던 수현의 곁으로 팔랑팔랑 다가갔다. 그러고는 수현을 축으로 원을 그리듯 어슬렁거리기 시작했다. 위협하려는 것 같지는 않았고, 그저 자신이 모르는 뭔가를 발견한 어린아이가 호기심에 차서 대상을 관찰하는 듯해 보였다.

수현은 싫은 티를 팍팍 내며 하얀 탈이 시야에 들어올 때마다 째려보았다. 그러거나 말거나 하얀 탈은 점점 거리를 좁히며 수현에게로 접근했고, 급기야 수현의 몸을 손으로 툭툭 치기까지 했다. 수현이 팔을 휘두르며 뭐라고 항의했으나 그럴수록 하얀 탈은 즐거운 듯 수현의 팔이나 등을 손가락으로 쿡쿡 찌르며 도발의 강도만 높였다. 주영은 저게 대체 뭐 하는 짓인지 옆에 있는 여자에게 물어보려고 고개를 돌렸다가, 잔상 하나가 휙 지나가는 것을 일순 목격했다. 주영은 얼른 그것을 눈으로 좇았다.

도깨비 탈이었다.

그는 단거리 육상선수처럼 매우 빠른 속력으로 마당을 향해 돌진하더니, 그대로 점프해 하얀 탈에게 몸통 박치기를 날렸다. 서로 체격이 비슷했기 때문에 둘 다 도깨비 탈이 들이받은 방향으로 함께 날아가 쓰러졌다. 그렇게 도깨비 탈이 하얀 탈을 깔아뭉갠 자세로, 둘은 한동안 바닥에 누워 꼼짝도 하지 않았다.

잠시 후 도깨비 탈이 주섬주섬 몸을 일으켰다. 그는 어영부영 일어나 몸을 대충 털더니, 마치 아무 일도 없었다는 듯 태연한 걸음으로 마당을 나가버렸다. 걸음걸이도 더 이상 익살스럽지 않아서 촌극 안의 세계에서 벗어나 잠시 현실 세계로 돌아온 듯한 분위기가 흘렀다.

도깨비 탈의 퇴장 후 마당 안에는 다시 수현과 아이 그리고 하얀 탈만 남겨졌다. 주영은 여전히 쓰러진 채로 일어날 생각을 않는 하얀 탈을 가만히 지켜보다가, 이내 숨을 삼켰다. 하얀 탈의 허리춤에 대못 같은 얇고 기다란 막대기가 박혀 있었다. 그리고 그것을 중심으로 종이에 잉크가 번지듯 하얀 옷이 새빨갛게 물들기 시작했다.

"저거…… 진짜 피 아니죠?"

주영은 물어보며 고개를 돌렸으나, 어디로 갔는지 여자의 모습은 찾을 수 없었다. 이어서 수현을 쳐다보았다. 수현도 하얀 탈을 내려다보고 있었다. 주영의 반대편으로 고개를 돌린 상태여서 표정은 보이지 않았는데, 어쨌거나 별로 심각하게 생각하는 것 같지는 않아 보였다. 무엇보다도 청중들 역시 딱히 동요한 기색이 없었다. 안타깝다는 듯 고개를 젓거나 혀를 차는 사람들이 좀 보였는데, 반응다운 반응은 그뿐이었다. 이장은 제단 앞에서 폴짝폴짝 뛰느라 바빴고, 기도하는 사람들은 기도하는 등 굿은 별 차질 없이 진행되고 있었다.

그럼 그렇지, 하고 주영은 생각했다. 다 일종의 연출일 뿐이었던 것이다. 그렇지 않고서야 사람이 저렇게 쓰러져서 피를 철철 흘리고 있는데 하나같이 구경만 하고 있을 리가 없었다. 뒤이어 청중들 중 남자 두 명이 마당으로 들어왔다. 둘은 각각 하얀 탈의 상체와 하체를 잡아 들것처럼 들어 올리고는 그대로 밖으로 나가 다시는 돌아오지 않았다.

이장이 돌연 제자리 뛰기를 멈췄다. 북소리도 그쳤다. 주영은 저도 모르게 참고 있던 숨을 훅 뱉어냈다. 특히나 시끄러웠던 꽹과리 소리가 빠지자 귀에서 삐, 하는 이명이 그 공백을 채웠다. 주영은 스마트폰을 켜 시간을 확인했다. 별로 한 일도 없는 것 같은데 벌써 새벽 네시였다.

잠시 쉬어가는 시간인가 싶어 긴장을 풀려는데, 이장이 이번에는 노래를 부르기 시작했다. 주영은 버거워서 한숨을 쉬었다. 판소리 비슷한 느낌이었고 여전히 무슨 말인지는 알아들을 수 없었다. 반주로는 장구만 가끔 따라붙었고, 듣기 싫은 금속음이 나지 않아 그나마 다행이었다.

어디선가 우는 소리가 하나둘씩 들려오기 시작했다. 주영은 관객들을 죽 둘러보았다. 몇몇이 이장의 창을 들으며 한 맺힌 듯 목 놓아 우는 모습이 보였다. 주영은 어떻게든 이해해보려고 노력했다. 아무래도 도깨비 탈이 하얀 탈을 '죽인' 것이 스토리 전개 중 일부이고, 사람들은 현재 하얀 탈의 죽음을 두고 비통해하는 것이라 해석할 수 있었다.

애처로운 분위기도 잠시, 이장이 노래를 마치고 어디론가 모습을 감췄다. 얼마 후 불쑥 나타난 이장의 손에는 커다란 칼이 들려 있었다. 주영이 쥐고 있는 식칼 따위가 아니라 무술용으로나 쓰일 법한 큼직한 장도長刀였다.

이장이 허공을 향해 칼을 한 번 휘두르자 떨어지던 빗물이 칼날에 부딪혀 커튼처럼 얇게 퍼졌다. 그것을 신호로 악단이 연주를 이어나갔는데, 하얀 탈이 죽기 전보다 훨씬 시끄러워서 듣고 있기가 힘들 지경이었다. 주영은 귀를 막고 싶은 충동을 참는 대신 식칼 손잡이를 꽉 잡았다.

이장이 제자리에서 널을 뛰며 칼춤을 추기 시작했다. 그리고 얼마 지나지 않아 도깨비 탈이 마당으로 재등장했다. 퇴장했을 때와는 다르게 익살스러운 느낌이 다시 돌아와 있었다.

도깨비 탈은 수현에게 다가가 하얀 탈이 그랬던 것처럼 그녀의 근처를 맴돌기 시작했다. 주영은 그 모습을 지켜보다가 돌연 겁이 났다. 도깨비 탈의 한 손에 소주병이 들려 있었기 때문이었다. 혹시나 저걸로 수현의 머리를 후려치기라도 하는 건 아닌지 걱정되었으나 그런 일은 발생하지 않았다. 대신 도깨비 탈은 병나발 부는 시늉을 하며 취권을 추듯 흐느적거리더니, 갑자기 수현을 향해 술을 뿌려대기 시작했다. 그러자 수현이 도깨비 탈을 향해 앞차기를 날렸다. 도깨비 탈은 발을 노련하게 피하더니, 한술 더 떠 소주병을 수현의 머리 위에 대고 콸콸 쏟아부었다. 수현이 곧장 두 손으로 도깨비 탈을 밀쳤으나 몸집이 커서 꼼짝도 하지 않았다. 그렇게 도깨비 탈은 술병의 술을 한 방울도 남김없이 탈탈 털어낸 다음에야 수현의 곁에서 엉금엉금 물러났다.

"연극이 재미있으신가 봐요."

별안간 옆에서 목소리가 날아왔다. 주영은 말을 건 사람을 퍼뜩 쳐다보았다. 녹차를 건네주고 말없이 사라졌던 여자가 어느새 곁으로 돌아와 있었다. 주영이 "네?" 하고 되묻자, 여자가 가볍게 웃으며 말했다.

"웃고 계시길래."

"아……."

주영은 그제야 자기 입꼬리가 올라가 있음을 깨닫고 웃음기를 황급히 지웠다.

"이거."

여자가 다짜고짜 찻잔을 내밀었다. 소주잔보다 두세 배 정도 컸고, 안에 투명한 액체가 담겨 있었는데 녹차가 아닌 것만은 확실했다.

"이게 뭔데요?"

"불타는 물이에요."

"……네?"

주영은 일단 칼을 쥐지 않은 손으로 잔을 받아들었다. 코를 가까이 가져가자 즉시 알코올 냄새가 올라왔다.

"술이잖아요, 이거." 주영은 말했다. "안 마실래요."

주영이 잔을 다시 돌려주었으나 여자는 받으려 하지 않았다. 그녀는 단호한 투로 말했다.

"차가운 생각을 할 수 없게 머릿속을 태워줄 거예요."

"무슨 소리 하시는 거예요, 아까부터."

주영이 짜증을 냈으나 여자는 흔들림이 없었고, 술잔도 끝까지 돌려받지 않았다. 볼이 발그레한 것을 보니 살짝 취한 모양이었다. 주영은 술을 그냥 확 바닥에 쏟아버리려다가, 역시 너무 무례한 행동인 것 같아 이러지도 저러지도 못한 채 잔을 들고만 있었다.

주영은 한숨을 쉬며 주위를 둘러보았다. 사람들이 서로서로 잔을 돌리며 음복하듯 술을 입에 대는 중이었다. 마당 쪽을 보니 심지어 수현조차도 '빨간 탈'이 주는 술을 잔째로 벌컥벌컥 들이켜고 있었다. 그래서 주영도 더 생각하기를 포기하고 잔에 든 액체를 냅다 들이켰다.

원샷 하자마자 소주보다 훨씬 강력한 향이 목구멍을 타고 콧구멍으로 터져 나왔다. 주영은 코피를 쏟듯 두 손으로 코밑 전체를 가리며 격하게 콜록거렸다. 생각해보니 다 마실 필요까진 없었기에 후회가 치밀었다. 수현을 보고 그렇게 하면 되는 줄 알았는데, 정작 다른 사람들은 다 입만 가져다 댈 뿐이었다. 안 그래도 술이 약한 편인 데다 지금은 몸까지 피곤한 상태였고, 무슨 종류인지는 모르겠지만 어쨌든 소주보다는 훨씬 센 술을 이만한 양으로 들이켜기는 처음이라 크게 걱정되었다.

그러나 낭패감도 잠시, 머릿속이 전에 없이 맑아졌다. 예상과는 다르게 졸음기도 사라졌고 눈앞의 해상도도 술을 마시기 전보다 훨씬 더 선명해졌다. 그뿐만 아니라 청각까지 예민해졌는지 어디선가 닭이 우는 소리까지 들리는 것 같았다.

"어디서 닭 우는 소리 안 들리세요?"

주영은 텅 비운 술잔을 돌려주면서 여자에게 물었다. 그러자 여자가 손으로 제단 쪽을 가리켰다. 아주머니 몇 명이 제단 뒤편에서 마당을 향해 막 걸어 나오고 있었는데, 그들의 손에 살아 있는 닭이 들려 있었다.

"희생닭이에요."

벼슬부터 닭발까지 온통 새카만 수탉들이었다. 가장 먼저 도착한 아주머니가 이장과 제단 사이의 빈자리에 무릎을 꿇고 닭을 바닥에 내려놓았다. 그리고 도망가지 못하게 꽉 고정시키자마자 이장이 칼로 닭의 날갯죽지 안쪽을 푹 찔렀다. 닭은 날개를 퍼덕거리기가 무섭게 단말마도 없이 그대로 움직임을 멈추었다. 그리고 찔린 부위에서 피가 기름처럼 새어 나오기 시작했다.

부지불식간에 벌어진 일이라 눈을 피할 깜냥도 없었다. 아주머니가 죽은 닭을 들고 물러나자, 뒤이어 다른 아주머니가 또 살아 있는 닭을 들고 이전 사람과 똑같은 자세를 취했다. 그런 아주머니들이 뒤로 열 명가량 줄지어 서 있었다. 주영은 그때부터는 고개를 다른 데로 돌렸다. 닭들의 단말마는 꽹과리 소리 덕분에 잘 들리지 않아 다행이었다.

한 오 분쯤 지났을 때, 천둥이 한 차례 터졌다. 하늘이 눈 깜짝할 새에 밝아졌다가 도로 어둠에 잠겼다. 주영은 슬슬 끝났으리라 예상하고 조심스레 제단 쪽을 흘겨보았다. 죽은 닭들은 보이지 않았다. 이장은 도살을 끝내고 다시 칼춤을 추고 있었고, 닭을 든 아주머니들의 행렬도 자취를 감추었다.

어디선가 비릿한 냄새가 풍겨왔다. 주영은 주변을 무심코 둘러보다가, 팽나무에 뭔가가 걸려 있는 모습을 포착했다. 죽은 닭들이 나뭇가지에 대롱대롱 매달려 있었다. 다해서 열 마리 정도 되었고, 닭발을 열매 꼭지처럼 묶어놓아 닭 머리가 아래를 향한 모양새였다. 시럽처럼 선명한 빨강이 부리 끝에서 방울져 바닥으로 뚝뚝 흘렀다.

꿈인지 생시인지 분간하기 힘든 광경이었다. 주영은 멀미를 강하게 느끼며 수현을 찾았다. 수현은 있던 자리에 여전히 서 있었는데, 곁을 돌아다니던 도깨비 탈의 낌새가 심상치 않았다. 도깨비 탈은 옷 속에 지네라도 들어간 것처럼 배와 등을 박박 긁으며 펄쩍펄쩍 날뛰고 있었다. 다만 수현과 부딪힐 뻔하면서도 아슬아슬하게 피하는 것을 보니 다 의도하고 움직이는 것 같았다.

주영은 하품을 한 번 크게 했다. 알딸딸한 감각이 혈관을 타고 거미줄처럼 퍼져나가더니 눈이 강제로 스르르 감겼다. 뒤늦게야 술기운이 돌기 시작하는 모양이었다. 어디 앉을 데가 없나 찾다가, 뒤편에 평평한 바위가 하나 보여서 그리로 가 앉았다. 그리고 애써 눈을 부릅뜨며 굿을 관전하는 데 온 힘을 다했다. 무당의 칼춤이 점점 더 험악해졌다. 꽹과리 하나가 깨져서 연주자가 새것을 꺼내 오는 모습도 보였다. 주영은 시간을 확인하려고 스마트폰 액정을 내려다보다가, 잠깐 잠들었다.

어디서 콘센트가 합선된 것처럼 펑 하고 터지는 소리가 났다. 주영은 기겁하며 눈을 떴다. 뻐근한 목을 곧추세우고 재차 스마트폰을 확인하니 이십 분이 지나 있었다. 주영은 일단 주위를 훑으며 폭발음이 난 곳을 찾았다. 그러다 수현과 아이가 딱 달라붙어 있는 모습을 스치듯이 목격하고, 그쪽으로 시선을 되돌렸다.

수현이 아이의 목을 뒤에서 껴안듯 조르고 있었다. 아이는 얼굴에 피가 잔뜩 쏠려 거의 숨이 넘어가기 직전이었다. 주영은 술기운 때문에 잘못 본 줄 알고 눈을 비빈 후 다시 쳐다보았다. 아이의 목이 당장이라도 부러질 것처럼 직각에 가깝게 꺾여 있었다. 이번에는 수현이 공격당하는 게 아니었다. 수현이 공격하고 있었다.

주영은 서둘러 주위를 두리번거렸다. 이해하고 싶지 않은 광경이었기 때문에 일단 설명부터 들어봐야 했다. 옆에서 자꾸 마실 것을 줬던 여자를 찾았으나 어디로 갔는지 또 보이지 않았다.

한편 관객들은 여전히 태평할 뿐이라 주영을 더욱 헷갈리게 만들었다. 굿판이 시작된 이래 내내 그래왔듯 다들 기도 삼매경이었고, 이장의 칼춤도 악단의 연주도 그대로 이어지는 중이었다. 도깨비 탈이 무대에서 사라지긴 했는데, 그것만 빼면 딱히 아무 일도 없었다는 듯 주영이 깜빡 졸기 전과 똑같이 진행되고 있었다.

주영은 문득 생각했다. 혹시 자기만 빼고 이곳 사람들 모두 단체로 미쳐버린 것이 아닐까? 그래서 수현이 아이의 목을 조르는 모습을 봐도 다들 아무렇지 않은 것 아닐까? 만약 그런 것이라면 수현을 말릴 사람은 이곳에 주영밖에 없었다. 그래서 주영은 마음을 단단히 먹고 용기를 내어 마당으로 뛰어들었다.

주영은 곧장 수현의 곁으로 달려가 그녀의 앞에 마주 섰다. 그러자 수현이 팔에서 힘을 풀더니, 놀란 눈으로 주영을 쳐다보았다.

"왜 왔어?"

"이러다 애 죽겠어!"

"뭐?"

수현이 영문을 모르겠다는 듯 주영을 째려보았다. 주영은 도리어 난감해하며 말했다.

"목 조르고 있었잖아."

"뭔 소리야? 애가 추워하니까 그냥 안아주고 있었는데."

"뭐?" 주영은 수현과 아이를 번갈아 보았다. "아니잖아, 아까 애 목이 돌아갈 정도로 꽉……."

"무슨 헛소리야. 그냥 안고만 있잖아, 지금."

말마따나 아이는 수현의 품 안에서 아무렇지 않아 보였다. 꺾여 있던 목도 원래대로 돌아와 있었고, 터지기 직전의 풍선처럼 빨갛게 부풀어 보였던 얼굴도 언제 그랬냐는 듯 멀쩡했다. 추워서 턱을 덜덜 떨고 있을 뿐, 목을 졸렸다가 막 풀려난 사람처럼 보이지는 않았다. 주영은 도움을 구하듯 다시 수현을 쳐다보았다. 수현의 표정은 심각하게 가라앉아 있었다.

"야, 심주영." 걱정과 질책이 반씩 섞인 투였다. "정신 차려."

"뭐야……." 주영은 한두 발짝 뒷걸음질 쳤다. "나 멀쩡해. 왜 그런 식으로 봐?"

"……."

"그런 눈으로 보지 말라니까?"

결국 주영이 먼저 시선을 피해버렸다. 굿은 계속되었지만, 관객들 대부분이 어느덧 기도를 멈추고 마당 쪽을 내다보는 중이었다. 주영은 뭔가 잘못됐음을 어필하기 위해 고개를 설레설레 저었다. 사람들은 모두 주영을 쳐다보고 있었다.

별안간 벼락이 한 줄기 크게 내리쳐 모두가 움찔 놀랐다. 벼락은 제단에서 먼 곳에 있는 나무 위로 떨어졌는데, 주영은 그것을 보고 나서야 아까 깨면서 들었던 폭발음이 무엇이었는지 알게 되었다. 나무가 벼락에 맞아 부러지는 소리였다.

"하…… 미치겠네, 진짜."

주영은 입으로만 웃다가, 모두에게 항변했다.

"아니라니까요? 못 봤어요? 얘가 아까 도련님 목 졸랐잖아요!"

급기야 주영이 사람들이 있는 곳으로 성큼성큼 다가가자, 사람들이 헐레벌떡 일어나 자리를 피했다. 주영은 순간적으로 공포가 속에서 꿀렁거리며 역류하는 것을 느꼈다. 유치원 시절 무슨 벌레라도 되는 양 따돌림당했던 과거가 난데없이 떠오른 탓이었다.

"아니라니까요." 주영은 다소 울먹이며 말했다. "기도하신다고 제대로 못 보신 것 같은데…… 아까 수현이가 진짜로……."

주영의 말이 끝나기도 전에 사람들이 너 나 할 것 없이 질겁

하며 도망쳤다. 주영은 계속해서 고개를 저었다. 사람들이 왜 이렇게까지 겁을 먹었는지 당최 이해할 수가 없었다. 주영은 썩은 동아줄이라도 잡는 심정으로 수현을 쳐다보았다. 수현 역시 아이를 자기 등 뒤로 숨기며 긴장한 기색을 역력히 드러내는 중이었다.

"주영아, 일단……." 수현이 말했다. "그것부터 내려놔."

"뭘?"

주영은 자신의 손을 내려다보았다. 수현이 부적으로 삼으라고 건네줬던 식칼이 아직도 한 손에 들려 있었다.

아차 싶었다. 너무 오래 쥐고 있어서 쥐고 있다는 것조차 잊고 있었다. 그러나 주영은 칼을 손에서 놓지 않았다. 그 대신 칼의 널찍한 부분에 비친 자신의 얼굴을 잠시 들여다보았다. 표면이 완전히 평평하지가 않아서 그런지 위아래로 조금씩 기울일 때마다 얼굴이 잡아당겨지듯 늘어났다가 좁아졌다가를 반복했다. 그 모양새가 우스워서 피식 웃고 있는데, 갑자기 식칼의 표면이 대형 트럭의 헤드라이트처럼 강렬하게 빛났다. 차마 쳐다볼 수도 없을 정도로 눈이 부셨다. 주영은 다른 쪽 손으로 얼굴을 가렸다가, 그대로 트럭에 치이듯 의식을 잃었다.

19

기억났다.

주영은 유치원생 시절, 잠시 수현을 언니라고 부르던 시기가 있었다.

아이들이 주영을 괴롭혔고, 주영이 벌벌 떨고 있을 때 수현이 나타나 그들을 몰아내주었다. 그때가 둘의 첫 대면이었다.

—심주영.

수현은 주영과 키는 같아도 말투나 표정은 대여섯 살이나 더 많아 보였다. 수현은 층계참에 쪼그려 앉아 울먹이는 주영을 몇 계단 위에서 내려다보며 말했다.

—너, 혼자서는 아무것도 못 하는구나?

가볍게 던진 말이었으나, 주영은 고정관념이 깨지는 듯한 충격을 받았다. 그럴 수도 있겠구나, 하고 주영은 가능성을 열어두었다. 그리고 그 틈으로 수현이 스며들었다.

—이제부터 나한테 언니라고 불러.

눈을 떴다.

각막이 녹기라도 했는지 눈앞이 막걸리처럼 뿌옇게 보였다. 주영은 덜컥 겁이 나서 발작적으로 버둥거렸다. 모로 누운 자세였고, 팔을 써서 상체부터 일으켰다. 한쪽 손바닥에 뭐가 붙어 있기에 다른 쪽 손으로 무심코 잡았다가 너무 아파서 얼른 놔버렸다. 식칼이었는데, 손바닥의 살갗이 타서 손잡이에 눌어붙은 모양이었다. 주영은 짧게 고민하다가, 이를 악물고 손잡이를 확 뜯어냈다. 절로 입이 벌어졌으나 목이 쉬었는지 비명은 나오지 않았다. 엄청난 고통 때문인지는 모르겠으나, 다행히도 앞이 서서히 보이기 시작했다.

먼저 빗방울이 물웅덩이로 낙하하며 오돌토돌 튀는 모양이 보였다. 주영은 고개를 좀 더 들어 주위를 둘러보았다. 굿판은 중단된 상태였다. 이장의 칼춤도, 악단의 연주도, 사람들의 기도도 다 멈춰 마당이 완연한 침묵에 잠겨 있었다. 그리고 모두가 주영을 쳐다보고 있었다.

문득 탄내가 나서 아래를 내려다보았다. 새까맣게 그을린 숯검댕 같은 얼룩이 반팔 티셔츠와 반바지에 군데군데 묻어 있었다. 손으로 문질러봤으나 염색된 것처럼 빠지지 않았다. 한쪽 허벅지에는 버드나무의 실루엣 같은 흉터가 손바닥 크기로 나 있었는데, 얼핏 보면 문신 같아 보이기도 했다.

거울을 보고 싶었다. 아쉬운 대로 손에 들린 식칼이라도 써보려 했으나 칼날 전체가 죄다 검게 그을려 있어 뭘 비출 수가 없었다. 주영은 결국 식칼을 내다 버리고 손의 촉감으로 얼굴 상태를 점검했다. 딱히 아픈 부위는 만져지지 않았고, 흉 진 데도 없는 것 같았다. 머리도 쓸어 올리듯 만져보았다. 젖어 있어 머릿결이 얼마나 손상되었는지는 확인하기 힘들었다. 머리카락이 살짝 탔는지 서로 뭉쳐진 부분이 드문드문 만져졌고, 정수리 부위가 좀 뜨겁긴 했는데 신경 쓰일 정도는 아니었다. 어쨌든 식칼을 떼어낼 때 찢어진 손바닥을 제외하고는 딱히 아픈 곳이 없었다.

갑자기 담배가 참을 수 없이 피우고 싶어졌다. 그래서 수현이 곁으로 다가오자마자 물었다.

"담배 있어?"

수현이 고개를 저으며 뭐라고 대답했는데, 귀에 물이 들어찼는지 멀리서 들리듯 알아들을 수가 없었다. 곧이어 수현이 손을 내밀었다. 주영은 그 손을 잡고 몇 차례 엉덩방아를 찧고 나서야 겨우 일어났다.

아직 시력이 채 회복되지 못해 수현의 얼굴이 흐릿해 보였다. 이목구비가 뭉개져서 꼭 달걀귀신 같은 모양새였다. 그게 신기해서 계속 들여다보았다. 어차피 다리도 후들거려 당분간은 수현의 어깨에 두 손을 짚고 있어야 했다. 수현도 주영이 쓰러지지 않도록 허리 쪽을 잡아주었다.

그렇게 주영은 수현과 함께 마치 왈츠라도 추듯, 한동안 마주 보는 자세를 취했다. 아마 고등학교 체육 시간에 2인 1조로 스트레칭을 했을 때가 마지막이었을 것이다. 그녀의 숨이 피부에 닿을 만큼 가까운 거리에서, 꽤 진득하게 붙어 있기는 실로 오랜만이었다. 눈앞이 흐릿해 어색함이 그나마 덜했지만 그래도 주영은 괜히 민망해져서 고개를 떨구었다.

긴장이 풀렸는지 갑자기 방귀가 꾹, 하는 소리를 내며 짧고 굵게 삐져나왔다. 그러자 잡고 있던 수현의 어깨가 순간 움찔거렸다. 아무래도 방귀 소리를 듣고 피식거린 모양이었다.

주영은 고개를 숙인 채로 생각에 잠겼다가, 잠시 후 고개를 들고 물어보았다.

"웃겨?"

주영은 수현의 얼굴에 양손을 가져갔다. 그리고 찢어진 손바닥으로 수현의 얼굴을 어루만졌다. 촉감으로라도 수현이 웃었는지 아닌지 확인해야 했다. 손바닥이 아픈 것보다 수현이 웃었는지 아닌지의 여부가 더 중요했다. 그렇게 주영이 입술을 만져대고, 코를 잡아당겨보고, 눈꺼풀을 닫았다 열었다 하는데도 수현은 마냥 얌전했다. 꼭 부드러운 마네킹이라도 만지는 기분이었다. 볼이 얼음처럼 차가웠는데, 그것은 아마도 주영의 손이 불처럼 뜨겁기 때문인 듯했다.

"응? 언니……." 주영이 말했다. "웃기냐고, 씨발년아."

말이 끝나기가 무섭게 따귀가 한 방 강하게 날아왔다. 주영은 그것을 맞고 고개가 거의 180도에 가깝게 돌아갔다. 아찔해져서 순간 의식을 잃을 뻔했다. 힘이 매우 세서 방망이 같은 것으로 맞았나 싶을 정도였다. 주영은 고개를 원래 위치로 천천히 되돌렸다. 그런 다음 도로 앞을 보니, 수현의 얼굴이 도깨비 탈로 바뀌어 있었다.

"……수현이는?" 주영은 도깨비 탈을 만지작거리며 물었다. "김수현 어디 갔어요?"

촉감이 더 이상 말랑말랑하고 촉촉한 사람의 피부가 아니었다. 탈을 벗기려 해도 벗겨지지 않았다. 주영은 절박하게 고함쳤다.

"우리 수현이 어디 갔냐고!"

얼굴을 세게 밀쳐내자 도깨비 탈이 뒤로 넘어졌다. 주영은 그 위로 올라타 두 주먹을 쥐고 땅을 치고 후회하듯 도깨비 탈을 내려치기 시작했다. 탈이 벗겨지지 않으니 아예 부숴버릴 작정이었다.

도깨비 탈은 반격하지 않고 그저 두 팔을 가지런히 올린 채

막거나 맞기만 했다. 나름 견딜 만한 모양이었다. 그도 그럴 것이 주영이 휘두르는 주먹의 태반이 빗나가기 일쑤였다. 게다가 꿈속에서 싸우듯 몸에 힘도 잘 들어가지 않아서 사실상 주먹질이라기보다는 중력에 의존해 주먹을 떨어뜨리는 행위에 가까웠다. 힘은 점점 더 빠져만 갔고, 그럴수록 분통이 터졌다.

"……만만해?" 주영은 헉헉거렸다. "내가 한심해?"

도깨비 탈은 급기야 팔까지 내리고 고스란히 얼굴만으로 주영의 공격을 받아내기 시작했다. 굴욕감을 느낀 주영은, 손가락으로 도깨비 탈의 얼굴을 더듬어 눈을 찾았다. 그대로 손가락을 찔러 넣으려 하자 도깨비 탈이 깜짝 놀라며 주영의 손을 쳐냈다. 그는 이어서 윗몸일으키기 하듯 상체를 들어 올리더니 그대로 주영의 이마에 박치기를 날렸다. 주영은 번뜩이듯 스치는 잔상을 보며 뒤로 나뒹굴었다. 주영이 정신을 못 차리고 흙탕물에서 허우적거리는 사이, 도깨비 탈이 다가와 주영의 복부를 축구공처럼 뻥 찼다.

숨이 안 쉬어졌다. 꿈에서 확 깬 기분이었다. 주영이 배를 부여잡고 입만 뻐끔거리는 사이, 도깨비 탈이 주영의 머리채를 잡고 어디론가 질질 끌고 갔다. 그러더니 복숭아뼈까지 잠길 만큼 꽤 깊게 파인 웅덩이에 주영의 얼굴을 처넣었다.

주영은 흙탕물을 꿀꺽꿀꺽 마시며 미친 듯이 발버둥 쳤다. 공포감이 극한까지 치밀자 몸이 갓 잡은 생선처럼 팔딱팔딱

뛰었다. 주영은 진흙을 한 움큼 쥔 다음 뒤로 돌아 도깨비 탈을 향해 던졌다. 코에 제대로 맞았는지 도깨비 탈이 콜록거리며 자세를 흐트러뜨렸다. 그 틈에 주영은 도깨비 탈의 손아귀에서 벗어난 다음 숨부터 세차게 몰아쉬었다. 그대로 땅을 질질 기며 도망치려 했으나 곧장 도깨비 탈에게 두 발을 잡혀 다시 웅덩이 쪽으로 질질 끌려갔다.

주영은 지독한 절망감을 느끼며 주위를 둘러보았다. 말리러 오는 사람이 한 명도 없었다. 다들 겁에 질릴 대로 질려 마당으로 들어오려고도 하지 않았다. 주영은 도깨비 탈에게 재차 뒷덜미를 붙잡히며 직감했다.

'진심으로 죽일 작정이구나. 둘 중 하나는 죽어야 끝나겠구나.'

문득 한 손에 식칼 손잡이가 잡혔다. 주영은 그것을 집자마자 주저 없이 도깨비 탈의 목을 향해 휘둘렀다. 퍽 소리와 함께 목을 정확히 때렸고, 주영은 팔을 당겼다가 다시 한번 휘둘렀다. 그렇게 도끼질하듯 도깨비 탈의 목을 식칼로 퍽퍽 찍었다. 그러나 칼날이 물체에 착착 박혀 들어간다기보다는 그냥 둔탁하게 때리는 듯한 감촉이었다. 잘 보니 칼날이 뒤를 향해 있었다. 이제껏 칼날 반대편의 뭉툭한 부분으로 때리고 있었던 것이다.

그래도 공격은 먹힌 모양인지 도깨비 탈이 무릎을 꿇고 손을 짚으며 반쯤 쓰러졌다. 주영은 발로 그를 밀어 완전히 넘어뜨렸다. 이어서 날이 앞을 향하게끔 손잡이를 돌려 잡은 다음, 큰절하듯 무게를 전부 실어 칼을 내리쳤다. 도깨비 탈이 가까스로 피한 자리에 칼날이 푹 들어가 박혔다. 다시 뽑으려고 힘을 줬으나 깊숙이 박혔는지 꿈쩍도 하지 않았다.

그사이 도깨비 탈이 어디서 바윗덩이 하나를 들고 왔다. 그러고는 그것을 머리 위로 치켜들더니 곧장 주영의 머리를 향해 내던졌다. 주영은 피했으나 약간 늦어 뒷덜미에 맞았다. 스친 수준이었는데도 충격이 커서 다리에 힘이 확 풀렸다. 주영이 쓰러지자마자 도깨비 탈이 그녀에게 엉겨 붙었고, 곧장 엎치락뒤치락 뒹굴며 싸움박질을 벌였다. 그렇게 둘은 한동안 온몸이 흙탕물로 범벅이 될 때까지, 싸우고 또 싸웠다.

문득 무아지경에서 빠져나오고 보니 주영은 서 있었고, 도깨비 탈은 대자로 뻗어 있었다. 설마하니 주영이 이긴 모양이었다. 그러나 아직 도깨비 탈이 숨을 쉬고 있었기 때문에 끝장을 봐야 했다. 그래서 주영은 아까 도깨비 탈이 들고 왔던 바위를 집어 들고 도깨비 탈의 배 위에 올라가 앉았다. 그리고 바윗덩이를 머리 위로 치켜든 다음, 벌이라도 받는 자세로 잠시 멈추었다.

도깨비 탈은 아예 의식을 잃지는 않았지만 의식이 혼미한 모양인지 모기 쫓듯 두 팔을 허공에다 휘두를 뿐이었다. 그 손이 간간히 주영의 볼에 맞기는 했는데 그냥 톡톡 건드리는 수준이어서 아무렇지도 않았다. 힘이 빠질 대로 빠진 것이다. 주영 역시 그랬다. 팔에 힘이 다 빠져서 바위가 손에서 미끄러지려 하고 있었다. 버티기가 힘들어 슬슬 도깨비 탈의 얼굴 위로 바위를 내려놓으려는 순간, 말소리가 들렸다.

"아무도 나 못 이겨."

수현의 목소리였다. 주영은 아래를 내려다보았다. 땟국물이 잔뜩 낀 채 서럽게 우는 수현의 얼굴이 보였다.

"……져본 적 없단 말이야."

주영은 바위를 옆으로 내팽개치듯 내려놓았다. 바위가 웅덩이로 첨벙 떨어지자 흙탕물이 수현의 얼굴을 향해 한껏 튀었다. 수현은 잠시 흐느낌을 멈추고 세수하듯 얼굴을 닦아내더니, 또다시 울기 시작했다.

주영은 수현의 옆으로 비켜 앉았다. 그대로 수현의 옆에 드러누울까 하다가, 그랬다가는 꼼짝없이 잠들어버릴 것 같아서 애써 참고 자리에서 일어났다.

고개를 들어 먼 곳을 내다보니, 해가 막 떠오르는 광경이 시야로 흘러들었다. 비는 그친 지 오래였고, 먹구름도 북쪽으로 멀찌감치 멀어지는 중이었다. 모질게 느껴질 만큼 눈부신 아침이 젖은 섬을 천천히 말리고 있었다.

주영은 주위를 둘러보며 아이를 찾았다. 아이는 이장 곁에서 있었다. 주영은 곧 그들 쪽으로 터덜터덜 걸어갔다. 이장은 주영이 다가오자 아이 어깨에 두 손을 올리며 보호하려는 듯한 자세를 취했으나 도망가지는 않았다. 다만 그녀는 주영에게 마치 저주라도 걸듯 경고를 남겼다.

"위험해요. 죽을 수도 있어요. 도깨비한테 거스른다는 건 그런 뜻이에요. 그래도 정 도련님을 데리고 나가고 싶다면, 내 말 명심하세요."

주영은 아이의 손을 잡았다. 그리고 손바닥 필담으로 '나가자'라고 한 마디만 적었다. 아이는 잠을 많이 못 자서 피곤해하는 와중에도 신이 난 듯 고개를 끄덕거렸다. 그렇게 둘은 나란히 손을 잡고 함께 언덕을 내려가기 시작했다. 말리는 사람은 아무도 없었다. 다들 그저 배웅하듯, 둘의 뒷모습을 까마득하게 바라만 볼 뿐이었다.

20

언덕을 내려온 주영은 먼저 회관에 들렀다. 은솔과 한아는 이미 문밖에 나와 있었다. 그들은 멀리서 주영이 내려오는 것을 보고 서둘러 다가왔는데, 가까워지면 가까워질수록 점점 걸음이 느려졌다.

"일어나 있었어?"

주영이 물었으나 둘은 대답 없이 주영만 뚫어지게 바라보았다. 그저 둘 다 못 볼 것이라도 본 사람들처럼 입을 가리거나 미간을 한껏 좁혔다. 주영은 그러려니 했다. 반응을 보니 딱히 거울을 쓰지 않아도 자신의 몰골이 어떤지 충분히 가늠할 수 있었다.

"엉망이지?" 주영은 말했다. "흙탕물에서 좀 뒹구느라고."

농담조로 말했으나 둘은 전혀 호응해주지 않았다. 표정만 더더욱 굳어갈 뿐이었다. 괜히 민망해진 주영은 뒤통수를 긁적이며 말을 이었다.

“괜찮아. 보기에만 이렇지, 멀쩡해. 그보다 아직 수현이가 위에 있거든? 난 얘랑 같이 먼저 요트에 가 있을 테니까, 둘이서 수현이 데리고 와줄래? 내가 지금 좀 피곤해서…….”

여전히 아무 말도 하지 못하는 둘을 내버려두고, 주영은 아이와 함께 요트로 터덜터덜 걸어갔다.

둘은 승선했다. 아이를 갑판 위로 올리는 데 약간 애를 먹었으나, 이윽고 함께 안전하게 올라탈 수 있었다.

라운지는 나가기 전과 별 차이 없어 보였다. 파도에 이리저리 휩쓸렸던 터라 난장판이 돼 있을 줄 알았더니, 고정이 잘돼 있어서인지 쓰러진 물건 없이 멀쩡했다. 주영은 우선 아이를 소파에 앉혀놓고 잠깐 화장실에 다녀오겠다고 손 글씨로 일러둔 다음, 아래층으로 내려갔다.

화장실로 들어가자마자 거울부터 확인했다. 전쟁통에서 가까스로 살아남은 피난민 같은 꼬락서니였으나 치명적으로 다친 부위는 없어 보였다. 주영은 물을 틀어 차근차근 씻었다. 흙탕물을 걷어내고 머리도 대충 감은 다음, 수건으로 물기를 닦고 다시 거울을 보았다.

광대뼈에 멍이 들었고, 오른쪽 눈이 퉁퉁 부었고, 양 눈썹과 턱이 찢어졌고, 아랫입술이 터져서 부풀어 있는 것을 확인했다. 머릿결도 사자 갈기처럼 부스스했고, 손바닥이나 다리에도 평생 남을 만한 커다란 화상이 생겼다. 하지만 별로 속상하지는 않았다. 오히려 이 정도로 끝나 고맙게 느껴질 뿐이었다. 죽지 않고 살아 있는 것 자체가 기적이라고, 주영은 진심으로 생각했다.

주영은 라운지로 돌아와 아이 옆에 앉았다. 아직 이른 아침이라 잠이 모자랐는지, 아이는 옆으로 누워 곤히 자고 있었다. 주영도 아이의 포근한 표정을 내려다보다가 끔뻑 잠에 빠져들 뻔했다가, 창밖 멀리서 은솔과 한아가 오는 모습이 보여 소파에서 일어났다.

주영은 갑판으로 나가 한아 등에 업힌 수현을 보았다. 움직임이 없는 것을 보니 잠들었거나 아니면 죽은 것처럼 보였다. 곧 요트 앞에 도착하자 한아가 수현을 깨운 다음 내려놓았다. 수현은 숙취로 고생하는 사람처럼 한아의 어깨를 부여잡고 잠시 기대어 있다가, 곧 정신을 차렸다.

수현이 요트를 고정하던 밧줄을 풀기 시작했고, 한아와 은솔도 거들었다. 작업이 끝나자 수현은 밧줄을 갑판에 던져놓고 먼저 요트 위로 올랐다. 뒤따라 한아와 은솔까지 안전하게 승선을 마쳤다.

넷 모두 라운지로 들어왔다. 주영은 전과 마찬가지로 아이 옆에 앉았고, 은솔과 한아는 맞은편 소파에 앉았다. 수현은 싱크대 수돗물로 대충 세수한 다음, 운전석으로 가서 앉았다. 주영이 보기에 수현의 얼굴은 주영보다는 덜 처참해 보였다. 어쨌든 그렇게 각자 묵묵히 자신의 포지션을 잡았고, 그러는 동안 아무도 말이 없었다. 새삼 불편할 것도 없는 침묵이 라운지 안을 감돌았다.

수현이 요트에 시동을 걸고 담배를 한 개비 꺼내 피워 물었다. 주영은 안에 아이가 있다고 한마디 하려다가, 어차피 은솔이나 한아가 하겠지 싶어 관두었다. 그러나 둘 역시 딱히 수현을 말리지 않았다. 담배 연기는 머지않아 주영이 앉은 곳까지 뻗쳐왔고, 이어서 요트가 천천히 앞으로 나아가기 시작했다.

주영은 무심코 창밖을 내다보았다. 해안가에 사람이 아무도 없었다. 테트라포드 위로 길쭉길쭉한 새가 몇 마리 날아다니는 모습을 제외하면, 섬은 마치 무인도처럼 고요했다.

삼십 분 정도가 지나, 아이가 잠에서 깼다.

아이가 부스스한 얼굴로 소파에서 일어났다. 손을 잡아주자, 화장실에 가고 싶다는 대답이 돌아왔다. 주영은 곧 아이를 아래층에 있는 화장실로 데려갔다.

아이가 볼일을 마치고 화장실에서 나왔다. 올라가기 전에 아이가 주영의 손을 잡더니, 이모들은 어디 있느냐고 물었다. 아이는 잠깐 나갔다 오는 줄로만 알고 있는 것이 분명했다. 물론 그렇게 될 가능성도 있지만, 그렇게 되지 않을 가능성 역시 있었다. 주영은 짧게 고민하다가, 이모들은 나중에 만나게 될 거라고 대답해두었다.

그런데 갑자기 요트의 시동이 꺼졌다.

급정거한 것은 아니었기에 흔들림은 크지 않았지만, 괜히 불안해졌다. 주영은 아이와 함께 얼른 라운지로 올라갔다.

"왜?" 주영이 모두에게 물었다. "무슨 문제 생겼어?"

은솔과 한아도 주영과 같은 심정으로 운전석을 쳐다보는 중이었다.

"몰라." 수현이 계기판을 만지작거리며 대답했다. "잘 가다가 갑자기 꺼지네."

"……왜?"

"모르겠다고." 수현은 혀를 차며 덧붙였다. "태풍 때문에 대미지 좀 받았잖아. 엔진이 고장 났거나 뭐, 그런 거 같은데."

수현이 말끝을 흐리자, 라운지 안이 더 깊은 침묵에 잠겨 들었다. 별안간 은솔이 "어!" 하는 감탄사를 뱉었다.

"이제 폰 된다."

그 소식을 듣고 주영도 얼른 스마트폰을 꺼내 들려는데, 호주머니에서 아무것도 만져지지 않았다. 아무래도 굿판에서 뒹굴 때 떨어뜨리고 온 모양이었다.

"구조 요청하면 돼?" 은솔이 액정을 톡톡 두드리며 말했다. "119에 하면 되겠지? 아니다, 해경한테 해야 하나? 해경 번호가……."

"아니, 하지 마." 수현이 스마트폰을 귀에 댄 채 말했다. "지금 할아버지한테 전화하고 있어."

"아, 응."

은솔은 금세 납득하고 스마트폰을 내려놓았다. 전화가 연결되자 수현은 한동안 통화에 집중했다. 목소리가 작아 소파 쪽까지 들리지는 않았다.

전화는 꽤 길게 이어졌고, 주영은 그동안 바람이나 쐴 겸 갑판으로 나갔다. 숨을 한껏 들이켜며 느긋하게 주위를 돌아보았다. 대기가 구름도, 바람도 없이 극도로 차분했다. 요 며칠 동안 겪은 게 다 뭐였나 싶을 만큼 평화로운 분위기가 망망대해에 고루 퍼져 있었다.

담배가 피우고 싶어졌다. 수현에게 한 개비 얻으려고 안으로 막 들어가려는데, 선체 밑에 뭔가가 쿵, 하고 닿았다. 잔잔했던 요트가 약간 흔들거리자 주영은 입구 옆에 달린 봉을 부여잡고 뒤를 홱 돌아보았다. 불안하리만치 강렬한 기시감이 느껴졌다. 그리고 불현듯 깨달았다. 섬에 들어오기 전, 라운지에서 책을 읽다가 스치듯이 느꼈던 그 충격과 비슷한 감각이었다.

어디선가 음식을 기름에 튀길 때와 비슷한 소리가 들려왔다. 주영은 선체의 주변을 내려다보았다. 잔잔했던 수면 위로 자잘한 물거품이 탄산음료처럼 하얗게 일어나고 있었다. 거품은 요트를 중심으로 원을 그리듯 점점 범위를 넓혀갔다. 자세히 보니 멸치처럼 작은 물고기들이 떼 지어 튀어 오르느라 생기는 현상이었다.

어쨌거나 신기하고 보기 드문 광경이었다. 좀 더 가까이에서 보려고 다가가려는데, 문득 주영이 선 갑판 아래로 거대한 그림자가 불쑥 드리워졌다. 순간 개기일식이라도 일어났나 싶을 만큼 주변이 돌발적으로 어두워졌다. 이어서 주영이 차마 뒤돌아볼 새도 없이 육중한 충격이 요트를 덮쳤다. 크고 날카로운 충돌음과 함께 선체가 요동쳤고, 주영은 꼼짝없이 라운지로 내동댕이쳐졌다.

주영은 데굴데굴 구르다가 이내 소파 등받이에 부딪혔다. 그대로 소파의 등받이 부분을 어떻게든 부여잡고 버티며 주위를 살폈다. 다들 넘어진 직후였고 허겁지겁 고정된 뭔가를 잡기 위해 애쓰고 있었다. 수현은 운전석에 있는 안전 바를 잡았고, 은솔도 쓰러진 아이를 데리고 고정 테이블 밑으로 숨어들었으며, 한아는 바닥에 배를 깔고 스파이더맨처럼 딱 달라붙어 신체 능력만으로 버텼다. 요트는 바이킹처럼 앞뒤로 크게 오르락내리락했으나, 다행히 뒤집히는 일 없이 점차 균형을 잡기 시작했다.

잠시 후 선내가 어느 정도 안정을 되찾자, 하나둘씩 자리에서 일어났다.

"일단……." 수현이 잔뜩 상기된 얼굴로 헐떡이며 말했다. "또 어떻게 될지 모르니까, 일단 다들 구명조끼부터……."

말이 끝나기도 전에 창밖으로 그림자가 또 치솟았다. 그것의 정체가 무엇인지 채 확인하기도 전에 먼젓번보다 훨씬 강한 충격이 요트를 찍어 눌렀다. 요트는 물속에 반쯤 잠겼다가 부력에 의한 반동 때문에 수면 위로 스프링처럼 튀어 올랐다.

선체가 허공에 살짝 뜬 채로 거의 직각에 가깝게 기울어지자 선내에 있던 물건들이 우당탕 쏟아지거나 굴러다녔다. 냉장고나 소파, 싱크대처럼 큼직한 내장재는 고정돼 있었으나, 접시나 도마, 프라이팬, 수저나 포크 따위의 집기류가 요란하게 날아다니며 소파나 벽에 푹푹 꽂히거나 창문을 퍽퍽 깨뜨렸다. 일행은 찰나의 무중력 상태에서 핀볼 게임 속 구슬처럼 라운지 안을 엎치락뒤치락 굴러다녔다. 요트는 마침내 완전히 거꾸로 뒤집혔고, 그대로 바닷속으로 곤두박질쳤다.

모두 원래는 천장이었던 부분으로 떨어져 나뒹굴었다. 라운지가 물속에 푹 잠기자 창밖의 풍경이 일순 아쿠아리움처럼 변했고, 이어서 깨진 창문과 입구를 통해 물이 콸콸 들어차기 시작했다. 몇 초도 지나지 않아 멀쩡했던 창문도 수압을 이기지 못해 빠직빠직 금이 가다가 폭발하듯 깨졌고, 물이 사방팔방에서 쏟아져 들어오자 라운지 내에 숨 쉴 공간이 급격하게 줄어들었다.

주영은 아무것도 하지 못하고 그저 꼼짝없이 마비된 채로 바깥만 내다보았다. 아까 밖에서 봤던 작은 물고기 떼가 요트 곁을 먼지바람처럼 휙휙 지나치고 있었는데, 그 뒤로 *그것*이 보였다.

한눈에 다 들어오지도 않을 만큼 거대한 실루엣이 요트 주변을 아주 천천히 맴돌고 있었다. 그것은 점점 더 가까워졌고, 이윽고 주영이 창문 너머로 팔만 뻗으면 건드릴 수 있을 만한 거리까지 접근했다. 표면에 따개비 따위의 딱지가 다닥다닥 붙어 있는 부분을 지나, 이어서 농구공만 한 눈깔이 주영의 얼굴 앞을 스윽 스쳐 지나갔다.

심장이 멎을 뻔했다. 호흡이 감당하기 힘들 정도로 가팔라졌다. 그것이 우우웅—하고 초음파 같은 굉음을 내뱉자 선체가 부르르 진동했다. 주영은 떠나기 전에 이장이 했던 말이 떠올랐다.

'여기서 모두 다 죽게 될 것이다.'

주영이 그렇게 확신하는 순간, 그것이 잠깐 시야에서 사라졌다. 주영은 그러기 싫은데도 아래를 내려다보게 되었다. 아마도 꼬리로 추정되는 그것의 일부분이 발밑의 선루프 너머로 얼핏 보였다. 그것은 또다시 요트를 들이받을 준비를 하고 있었다. 검은 실루엣이 요트를 향해 돌진하는 순간, 주영은 짧게 의식을 잃었다.

정신을 차리고 보니, 주영은 문짝이 다 날아간 싱크대 하부장에 머리만 빼꼼 내민 채로 처박혀 있었다. 웬일인지 하늘이 보였다. 숨도 편하게 쉬어졌고, 허리춤까지 차 있던 물도 다 빠져 있었다. 아무래도 재차 공격을 받은 후 요트가 원래대로 뒤집힌 모양이었다.

주영은 하부장에서 빠져나와 주위부터 살폈다. 물에 빠진 사람 하나 없이 은솔도, 아이도, 한아도, 수현도 모두 라운지 위에 올라타 있었다. 다만 요트는 심각하게 파손된 상태였다. 라운지의 실내는 창문이며 천장이 다 깨지고 부서져 가까스로 뼈대만 남았고, 소파나 부엌을 비롯한 가구, 내장재는 물론이고 갑판의 바닥까지 대부분 떨어져 나갔다. 가라앉지만 않았을 뿐 사실상 난파선이나 다름없는 상태였다.

충돌의 여파로 선체가 여전히 출렁거리는 가운데, 주영은 일단 친구들이 있는 곳으로 엉금엉금 기어갔다. 은솔은 경악에 찬 듯 눈만 크게 뜬 채로 빳빳하게 굳어 있었고, 아이는 은솔의 품에 안겨 엉엉 울고 있었다. 한아가 죽은 듯이 축 뻗어 있어서 그리로 다가갔다. 코로 귀를 가져다 대보니 숨소리가 잘 들려서 일단은 안심했다. 주영은 이어서 운전석 계기판 밑에 숨어 있는 수현에게로 갔다.

가까이 가자마자 주영은 입을 막았다. 수현은 신음을 흘리며 매우 괴로워하고 있었는데, 한쪽 팔에 포크가 깊숙이 박혀 있었다. 수현이 주영을 보자마자 물었다.

"다른 애들은?"

"이, 일단 괜찮은 것 같아." 주영은 울먹였다. "그보단 네가 지금……."

"이거? 별거 아니야."

그러나 말과는 달리 수현은 고통에 파랗게 질려 거의 죽을상을 짓고 있었다. 그녀는 반대편 손을 팔에 꽂힌 포크로 천천히 가져갔다가, 손잡이를 톡 건드리자마자 비명을 지르며 손을 잽싸게 물렸다.

"와……." 수현이 감탄을 뱉었다. "이렇게 아픈 거 처음이야."

수현의 눈에서 감정과는 무관하게 눈물이 찔끔 비어져 나오는 것이 보였다. 이어서 *그것*이 크게 우는 소리가 수면 밑에서 한 번 더 들려왔다. 화가 난 듯한 불규칙한 음파가 귓바퀴에서 팽이처럼 빙글빙글 맴돌았다. 마침내 주영은 희망을 남김없이 상실해버렸다.

"쟤 계속하려나 보네." 수현이 애써 여유를 가장했다. "뭐 기분 나쁜 일이라도 있었나?"

"포기하자." 주영은 반복해서 말했다. "포기하자."

"갑자기 뭘?"

"아이."

주영은 구태여 아이를 손으로 가리켰다. 아마 여전히 영문조차 모르고 있을 아이는, 은솔의 품에 안긴 채 거의 발버둥을 치듯 격정적으로 울어대고 있었다.

"뭘 어떻게?" 수현이 코웃음을 쳤다. "바다에 던져서 인신공양이라도 하자고?"

"다시 섬으로 돌려놓자고."

"아직도 그 소리냐?"

"저거 도깨비잖아."

주영은 정색하고 진심으로 말했다.

"도깨비가 아이 못 데려가게 막는 거잖아. 사과하자. 잘못했다고, 다시 섬으로 돌려놓겠다고 빌자. 안 그럼 우리 다 죽어."

"휴우……." 수현이 산 너머 산이라는 듯 눈을 지그시 감았다. "알았으니까 일단 진정하고……."

"아니, 싫어." 주영은 점점 언성을 높였다. "아니, 나 지금 지, 진정됐어. 수현아, 우리 저 애 데리고 못 나가. 돌려드리고, 사죄드리자."

"알았으니까 잠깐 조용해봐. 머리 울리니까……."

"포기하고 돌려드리겠다고 빌자. 잘못했다고, 살려달라고, 원래 있던 곳으로 돌려놓겠다고, 잘못했다고, 제발 살려달라고 빌자, 어?"

"아, 좀 닥치라고!"

수현이 버럭 소리를 지르자 팔에 꽂힌 포크가 좌우로 크게 덜렁거렸다. 그녀는 비명을 지르며 인상을 한껏 찌푸리더니, 이내 각오를 굳힌 얼굴로 고개를 들었다. 그리고 숨을 그르렁 그르렁 몰아쉬며 손잡이를 잡은 다음, 짧고 굵은 기합 소리와 함께 포크를 확 뽑아냈다. 계기판 밑으로 피가 한 줄기 길게 튀었다.

수현은 뽑아낸 포크를 놓치듯 떨어뜨린 다음, 한동안 헐떡 헐떡 숨을 골랐다. 그 후 입고 있는 티셔츠를 올려 이마와 눈에서 줄줄 흐르는 땀과 눈물을 닦아냈다. 이어서 티셔츠를 벗더니 그것을 이로 쭉 찢어서 고정해놓고 반대편 손으로 옷감을 잡아 팔에 난 상처 부위를 돌돌 감기 시작했다. 그렇게 수현은 혼자서 직접 지혈을 끝마치고 나서, 뜨겁고 기나긴 한숨을 토해냈다. 방금과는 다르게 표정이 매우 평온해 보였는데, 그새 눈 밑으로 다크서클이 한 뼘은 내려와 있었다.

"그냥 고래잖아."

수현이 쉰목소리로 말했다.

"저거 그냥 고래라고, 향유고래. 브리칭* 한 거고."

"……."

"도깨비 아니야. 사이즈만 좀 클 뿐이지, 우리랑 똑같은 포유류야. 그러니까 정신 똑바로 차려. 혼자 상상의 나래 펼치지 말고, 딱 눈에 보이는 것만 봐."

수현은 말을 마친 후, 멀쩡한 한쪽 팔을 지팡이 삼아 어디론가 기어가기 시작했다. 선내의 흔들림이 아직 가시지 않았기 때문에 서서 걷기는 힘들었다. 그녀는 입구 쪽에 떨어져 있던 산탄총을 주워 들고 다시 포복하는 자세로 되돌아왔다.

수현은 처음에는 두 손으로 총을 들어보려고 여러 번 시도했다. 그러나 다친 팔이 아예 올라가지 않는 모양이었다. 끝내는 한쪽 팔만으로 총을 쏘는 자세를 취해보기도 했으나 총이 무거워 팔 하나만으로는 지탱하기가 힘들어 보였다.

"아, 씨……. 안 되겠다."

수현은 일말의 고민도 없이 즉시 주영에게 총을 내밀었다.

"네가 쏴."

"……어?" 주영은 거의 경기를 일으켰다. "싫어!"

"싫든 좋든 네가 해야 돼."

"못 해! 내가……." 주영은 격하게 더듬거렸다. "내가, 나, 나

* Breaching. 고래가 물 위로 뛰어오르는 동작을 일컫는 말. 고래가 이러한 행위를 하는 이유는 아직 명확히 밝혀지지 않았다.

총 한 번도 안 쏴봤어. 물총도 안 쏴봤다고!"

주영은 서둘러 한아를 찾았으나 여전히 비몽사몽 누워 있었다. 은솔은 깨어 있었지만 정신적으로는 기절해 있는 상태나 다름없어 보였다.

"너밖에 없어." 수현이 말했다. "산탄총이라 쉬워. 총알 파편이 넓게 퍼져나가는 방식이라서. 반동이 세서 자세를 제대로 잡긴 해야 하는데, 가르쳐줄게. 초보도 쉽게 쏠 수 있어."

뭐라는 건지 귀에 하나도 들어오지 않았다. 그저 "너밖에 없어"라는 무거운 한마디만이 계속 머릿속을 맴돌았다.

주영은 일단 총을 받아 들었다. 차갑고 묵직한 감촉이 손바닥의 뜨거운 열기를 어느 정도 식혀 주었다.

"어떻게 쏘는지 알려줄게."

수현이 설명과 함께 자세를 잡아주기 시작했다. 보는 사람이 화딱지가 날 만큼 침착한 태도였다.

"이건 개머리판이야. 이걸 어깨 앞에 대고……. 아니, 아니. 걸치지 말고 대라고. 이렇게……."

주영은 몸을 수현의 손길에 전적으로 내맡긴 채 삐걱삐걱 자세를 취했다.

"총알이 넓게 나가니까 디테일하게 조준할 필요 없어. 그냥 보이면 총으로 그쪽 가리키고 바로 방아쇠 당겨. 총알 들어 있고, 안전장치 풀었고, 그냥 쏘기만 하면 돼. 망설이지 말고, 보이자마자 바로. 알았지?"

수현이 설명을 끝내자마자 기다렸다는 듯 고래가 또 한 번 사납게 울어댔다. 뱃고동처럼 깊게 퍼지는 소리가 먼젓번보다 훨씬 가깝게 들렸다.

"안 하면 안 돼?" 주영은 수현을 간절하게 바라보았다. "못 하겠어, 진짜……. 자신 없어. 너무너무 무서워. 미안해, 수현아. 미안. 나 진짜로 못 하겠어……."

어릴 때 엄마 앞에서 투정 부릴 때나 쓰던 앵앵거리는 목소리가 비어져 나왔다. 그렇게 주영은 빌고 또 빌었다. 그러나 수현은 눈 하나 깜빡하지 않았고, 다만 어루만져주듯 부드러운 말씨로 말했다.

"할 수 있어."

별안간 눈물이 왈칵 쏟아졌다. 주영은 하염없이 흐르는 눈물을 어찌할 바를 모르고 손등으로 막아내다가, 결국 입을 벌리고 소리 내어 울기 시작했다. 이십 년 넘게 쌓여왔던 울음이 둑이 무너지듯 지금 여기서 다 쏟아져 나오는 것 같았다. 그렇게 주영이 말 그대로 펑펑 울 동안, 수현은 옆에서 조용히 기다려주었다.

주영은 곧 울음을 그쳤다. 그리고 총을 지팡이 삼아 후들후들 자리에서 일어났다. 너울이 어느 정도 진정됐기 때문에 설 수는 있었다. 그러나 0.1초라도 다른 마음을 품었다간 곧장 무너져 내릴 것처럼 다리에 아무런 감각도 없었다. 울어서 마취된 정신력만으로 온몸을 지탱하는 중이었다. 주영은 코를 한 번 훌쩍인 다음, 총을 끌어안듯이 들고 갑판의 선두로 나갔다.

울먹거리는 듯한 웃음이 목에서 새어 나왔다. 어디서 헬리콥터 소리가 난다 했더니 턱이 덜덜 떨려 이빨끼리 부딪히며 나는 소리였다. 팔도 너무 떨려서 하마터면 총을 놓쳐 바다에 빠뜨릴 뻔했다. 주영은 수현이 일러준 대로 자세를 잡고, 용기를 쥐어 짜내 물 밑을 내려다보았다.

짙은 코발트색이 새벽하늘처럼 잠잠하게 펼쳐져 있었다. 고래처럼 생긴 실루엣은 보이지 않았고, 수면도 조용했다. 어쩌면 고래가 물러갔을지도 모른다는 희망을 품기가 무섭게 주영의 발밑이 확 기울었다. 어뢰가 터지는 듯한 충돌음과 함께 요트의 선두가 시소처럼 기울었다. 주영은 바닥이 갑자기 높아진 탓에 강제로 무릎을 꿇고 넘어졌다. 어떻게든 균형을 잡고 다시 일어서보려는데, 방금 것은 여파에 불과했다는 듯 선두 쪽이 전보다 훨씬 더 강한 힘으로 치솟았다.

주영은 거의 트램펄린을 뛰듯이 높이 내던져졌다. 몸이 허공에 붕 뜨며 풍차처럼 회전하자 세상이 돌연 반대로 뒤집혔다. 이어서 용이라도 강림하듯, 먹구름처럼 탁한 바닷물을 뚫고 그것이 모습을 반쯤 드러냈다.

수현의 말대로 그것은 고래였다.

바닷물에 머리부터 처박히기 직전에, 오만가지 주마등이 머릿속을 은하수처럼 쓸고 지나갔다. 수현이 잡아준 자세는 하나도 기억나지 않았고 그럴 여유도 없었다. 총을 놓치지 않고 잡고 있는 것만으로도 기적이었다. 그래서 주영은 고래와 눈이 맞자마자 방아쇠를 당겼고, 반동으로 밀려난 총대에 이마를 들이받으며 바다에 빠졌다.

물속에 잠기자 바람 소리와 파도 소리, 총의 격발음 등 온갖 소음이 일시에 지워졌다. 이어서 아득하게 피어오르는 피리 같은 소리가 물이 꾸르륵꾸르륵 소용돌이치는 소리에 섞여 귓구멍으로 흘러들었다. 주영은 눈을 뜨고 보았다. 총에 맞아 터져버린 고래의 눈에서 대량의 선혈이 타오르는 불길처럼 솟아오르고 있었다. 고래는 입을 쩍 벌린 채로 어마어마하게 몸부림치다가 얼마 안 가 엔진이 멈춘 듯 축 늘어지더니, 마침내 천천히 가라앉았다.

바닷물의 소금기가 주영이 여태껏 입어온 모든 상처들에 남김없이 스며들었다. 고통이 일종의 한계점을 넘어서자 도리어 기분 좋게 느껴졌다. 주영은 이대로 고래와 함께 저 깊숙한 심해까지 가라앉는다면 얼마나 황홀할지 상상해보다가, 퍼뜩 정신을 차리고 몸부림쳤다.

고개를 쳐들자 몇 미터 떨어진 수면 위로 비쳐 들어오는 강렬한 햇살을 느낄 수 있었다. 주영은 오직 그 빛만을 바라보며 남은 힘을 다 짜내 위로 올라갔다. 거의 다 올라가자 손이 먼저 수면을 뚫고 바깥으로 나갔다. 그러자 긴장이 풀렸는지 그 이상은 힘이 들어가지가 않았다. 두 손은 계속 허공을 휘젓고 있는데 정작 코와 입은 종이 한 장 차이로 물속을 나가지 못하고 있었다. 숨이 막혀 서서히 의식이 흐릿해지기 시작할 즈음, 딱딱한 뭔가가 갑자기 얼굴을 퍽 때렸다. 누군가가 던져준 구명 튜브였다. 주영은 얼른 그것을 잡고 수면 밖으로 얼굴을 꺼냈다. 푸하, 하고 게걸스럽게 숨을 들이마시자 생애 최고의 행복감이 폐 속으로 빵빵하게 들어찼다.

허리춤에 튜브를 끼자마자 온몸에 힘이 축 빠졌다. 다들 무사한지 알고 싶어서 고개라도 들고 싶었으나 아예 전원이 나간 것처럼 꼼짝도 할 수 없었다. 파도로 오르락내리락할 때 문득문득 요트가 보였으나, 나중에는 튜브가 엉뚱한 방향으로 돌아가버려서 그마저도 보이지 않게 되었다. 그 대신 끝없이 펼쳐진 바다와 하늘이 시야 한가득 들어왔다. 정말 아름다운 풍경이었다.

바람이 젖은 얼굴을 부드럽게 쓰다듬었고, 주영은 솔솔 풋잠에 빠져들었다.

21

눈을 뜨니, 요트 위였다.

주영은 소파에 눕혀 있었다. 누운 채로 정면을 향해 고개를 돌리니, 태양이 중천이었다. 햇살에 닿아 눈살을 잠시 찌푸렸다가, 수현의 얼굴이 보여서 이윽고 초점을 똑바로 잡았다.

"깼어?"

수현이 물었다. 주영은 대꾸 없이 그저 수현을 지긋하게 바라보기만 했다.

"좀 있으면 구조대 올 거야. 더 자도 돼."

그 말을 듣자 주영은 괜히 누워 있기가 싫어졌다. 끙끙거리며 상체를 일으키려 하자 수현이 거들어주었다.

주영은 소파의 등받이에 등을 기대고 앉았다. 그리고 폭격이라도 맞은 듯 다 뜯겨 나간 라운지 내부를 둘러보았다. 아이를 비롯해 다른 친구들이 보이지 않았다. 돌연 두려움이 치솟아 황급히 물었다.

"다 어디 갔어?"

"아래에 있어."

"……아래?"

주영은 아래층으로 통하는 층계참을 쳐다보았다.

"저기 괜찮아? 물 차거나 그러지 않았어?"

"위에만 박살 났지, 아래는 의외로 멀쩡하더라. 그래서 다들 침실에서 쉬고 있어. 아니, 숨어 있다고 해야 하나? 아무튼."

요트는 뗏목처럼 남해 한복판을 표류하는 중이었다. 물어볼 것도 없이 시동은 걸 수 없는 상태였다. 가라앉지 않고 둥둥 잘 떠 있어주는 것만으로도 감지덕지였다.

수현이 담뱃갑을 꺼냈다. 거기서 두 개비를 꺼내 하나는 입에 물고, 다른 하나는 주영에게 건네주었다. 주영 무심코 손을 뻗어 받으려다가, 도로 거두었다.

"안 피울래."

수현이 주영을 잠시 경계하듯 바라보더니, 곧이어 알겠다는 얼굴로 입에 물고 있던 담배를 빼냈다. 그리고는 담뱃갑을 라이터와 함께 바다 멀리 던져버렸다.

곧 온다던 구조대는 코빼기도 보이지 않았다. 그래서 둘은 소파에 나란히 앉은 채 한동안 조용히 수평선이나 감상했다.

"그래서……." 한참 후, 수현이 지나가듯 물었다. "생각 좀 정리됐어?"

"무슨 생각?"

"학교."

"아……."

새삼 그런 고민이 있었음을 이제야 깨달은 기분이었다. 주영은 짧게 생각해보다가, 이내 고개를 끄덕였다.

"응, 정리됐어."

그러자 수현도 따라서 고개를 끄덕거렸다.

"잘됐네."

주영은 기지개를 켜고 소파에서 일어났다.

원을 그리듯 수평선을 죽 둘러보았다. 떠나기 전에 마지막으로 눈에 담아두고 싶었지만, 섬의 모습은 더 이상 보이지 않았다.

도깨비섬

초판 1쇄 인쇄일 2024년 4월 3일
초판 1쇄 발행일 2024년 4월 17일

지은이 배준
펴낸이 정은영
편집 박서령 박진혜 정사라
디자인 홍선우
마케팅 최금순 이언영 연병선 최문실 이유빈
제작 홍동근

펴낸곳 네오북스
출판등록 2013년 4월 19일 제2013-000123호
주소 04047 서울시 마포구 양화로6길 49
전화 편집부 (02)324-2347, 경영지원부 (02)325-6047
팩스 편집부 (02)324-2348, 경영지원부 (02)2648-1311
이메일 neofiction@jamobook.com

ISBN 979-11-5740-409-4 (03810)